老旦是一棵树

杨争光　著

开明出版社

图书在版编目（CIP）数据

老旦是一棵树 / 杨争光著 . —北京 : 开明出版社，
2018.5

ISBN 978-7-5131-4293-9

Ⅰ . ①老… Ⅱ . ①杨… Ⅲ . ①中篇小说—小说集—
中国—当代Ⅳ . ① I247.5

中国版本图书馆 CIP 数据核字 (2018) 第 080376 号

责任编辑：卓玥

老旦是一棵树

著　　者：杨争光

出　　版：开明出版社

　　　　　（北京海淀区西三环北路 25 号　邮编 100089）

印　　刷：北京市玖仁伟业印刷有限公司

开　　本：880×1230　1/32

印　　张：12.125

字　　数：220 千字

版　　次：2018 年 5 月第 1 版

印　　次：2018 年 5 月第 1 次印刷

定　　价：45.00 元

印刷、装订质量问题，出版社负责调换。联系电话：(010)88817647

目　录

黑风景

一

事情开始的时候很简单。其实后来发生的一切也很简单。那天，种瓜人站在瓜棚跟前朝瓜地里看了一眼。太阳总是从东边出来，然后从西边落下去。西瓜又长大了一些。没有什么东西能让人激动或者不安。就这么，他朝瓜地里看了一眼。然后，太阳就旺了。然后，他在地畔上找了块地方，躺下去。

瓜地在峁上。一条土路像裤带一样摇晃着从两边搭下去。峁是挂那条裤带的架子。再就是西瓜。瓜棚边的土坑里有一些啃过的瓜皮。在这种地方，竟然长出来这么一片西瓜，让人感到有些滑稽。西瓜确实丰收了，它们排列在那里，不动声色。远处，依然是那种沟壑梁峁一类的东西，直往人眼窝里蹭，干巴巴像塞满了土。

那里有一道拐坎。他刚好把头枕在拐坎上，脸上盖着一顶草帽。他没有睡着。他感到小腿上有个什么东西。他把腿抬起来，很熟练地在那里扇了一巴掌。他立刻感到一阵黏糊，很得意。

那是一只飞虫。

后来，他就听见了一阵牲口走路的声音。它们踩着那条裤带悠然地往上爬着。他突然产生了一种想吼一句什么的欲望。

"来了，来了，又来了……"

他这么唱了一句。他顺着帽檐朝路上看了一眼，一群贩牲口的人已停在地头了。那是一群面目肮脏的男人。他们穿着那种少颜无色的长腰宽腿裤子，扎一条线裤带。他们进了瓜地，猫着腰，挨个儿在西瓜上摸着，像摸着一样可心的东西。

他听见他们摸过来了。

他听见他们摸过来了。他没看他们，他用耳朵听着。一会儿，他感到一只手摸上了他的草帽。

"切个瓜吃。"

摸他的是一个长着茬茬胡子的人。

种瓜人没说话，也没动，茬茬胡子揭掉他脸上的草帽。阳光猛烈地刺进他的眼窝。

"切几个瓜吃。"茬茬胡子说。

种瓜人依然未动。他正对付着猛烈的太阳光。茬茬胡子把草帽放在屁股底下，在他的头跟前坐下来。

种瓜人听见一声西瓜破裂的响声。

瓜地里响起了一阵西瓜破裂的响声。

种瓜人斜着眼。他看见几个牲口贩子砸着西瓜吃，他们吃得很高兴。种瓜人想闭上眼，但又睁开了。他看见他们砸着西瓜耍闹，看着看着，种瓜人变脸了，气粗了。他甚至夸张地吹了几口气。

又一声西瓜破裂的响声。

"这伙熊人。"他说。

他突然坐了起来。

"甭砸！"他说。他鼓着全身的力气，使劲摇着头。

"甭砸！"他这么说。

"给你钱。让他们砸去。"茬茬胡子说。他大口大口地啃着西瓜。

"甭砸！"种瓜人又喊了一声。他好像很固执。他像喊给自己听一样。他仍然坐着。

牲口贩子们愣了一会儿。

"我说甭砸！"种瓜人说。

瓜地里响起一阵更激烈的破裂声。

种瓜人看见一个贩子抱着一个大西瓜，朝那个蹲着吃瓜的光头头上砸了下去。西瓜砰然破裂。光头上满是破碎的瓜瓤。光头动了动，依然吃瓜。

"甭砸！"种瓜人说。

那个贩子并不理会。他把半个西瓜朝那颗光脑袋扣了下去。他感到他的喉咙里很快就会颤抖出一阵笑声。他没笑，因为他感到有些不对劲。他扭过头，种瓜人已到他跟前了。他把那一阵笑声给了种瓜人。他笑得很憨厚。

"我说甭砸！"种瓜人声音小了，但语气很硬。

贩子又笑了一声。贩子笑得依然憨厚。

种瓜人突然抡起了切瓜刀。那是一把弯月形的切瓜刀。那一声和西瓜破裂的声音很相像。这回，贩子没笑出声，他使劲扭着身子，倒了，脸上浮着那种憨厚的笑容。

贩子们围过来，他们看着挨了刀的同伙，然后瞅着种瓜人。

"你这熊人。"其中的一个说。

"我说甭砸，他要砸！"种瓜人说。

"你的瓜不卖钱得是?"

"不卖钱做甚?"

"那你杀人。"

"我说甭砸，他要砸！"种瓜人不明白贩子说什么，他眨矇着眼。他想，瓜卖钱当然瓜要卖钱，可他做什么要砸。

光头上满是碎瓜瓢的那位凑过脸来，仔细端详着种瓜人的老脸。他是个矮壮的男人。

"你狗日的杀人。"光头说。

"他砸西瓜。"种瓜人说。

光头抓住种瓜人的一只手往背后拧，一直拧到他发出一声痛苦的喊叫。然后，光头把种瓜人的两条腿扳上来，往鼻尖上折。种瓜人躺在地上，并不反抗，眼珠子定定地看着他的两只脚，一点一点朝他的鼻子折了过来。

"这老熊筋还软。"贩子们说。

"就是。"

他们终于听见了骨头挫裂的梆梆声。种瓜人又发出了那种痛苦的喊叫。就这么，他们摆弄着种瓜人。他们摆弄得很仔细，很认真。他们像做一件平常的事情一样做着这一切。后来，他们从瓜棚上取下来一条麻绳，拴在种瓜人的脚脖子上。他们把他倒吊在橡上，用他的头夯着松软的土。再后来，他们把他的头装在裤裆里，种瓜人也穿着那种褪色的蓝布大裆裤。他们到底把他弄成了一个圆球，吊了起来，吊在了瓜棚上的木橡上。光头一下一下拉着麻绳，圆球打着旋儿往上升着。

"狗日的还杀人，让你杀。拿三千块大洋来。送个没开苞的女人来。七天不见人影，就把村子洗了。"光头说。

村子在沟坡底下，像随便扔在那里的一堆温暖的旧衣服。

贩子们把挨了刀的同伙搭在牲口背上走了。

他们是一群贩牲口的土匪。

那时候，吊在瓜棚上的种瓜人像一件东西，悠悠晃动着。瓜地里，有几个西瓜被竖了起来，在阳光里闪着油光。

二

六姥是村里最有魅力的女人，六姥家上房厅里聚集着一群表情淡漠的男人。他们在这里商量着一件重大的事情。他们蹲着，坐着，靠着墙壁。他们听着酸菜缸上苍蝇振翅的声音。那里排列着几口大菜缸。

六姥靠着门框，手里拿着半截红萝卜。她是个爱吃红萝卜的老女人。她形容枯槁，一脸老皮，但牙齿很好。灯光从屋里射出来，抹亮了六姥的半个瘦脸。另一盏灯放在菜缸的缸盖上。

他们刚刚吃完晚饭。他们的脚跟前放着一碟酸菜。有人伸长舌头，努力地舔着碗里的饭粒，舌头在瓷碗上拉出一阵悦耳的响声。

"这么大一个村子，找不出一个合适的，我不信。"有人说。

"拴牢。"有人喊了一声。

拴牢抬眼盯了喊他的那人一眼。

"我家女子才十二岁，亏你说得出。"拴牢说。

"那你说谁家的女子合适？"

"我看存道家月桂合适。"拴牢说。

众人都把目光放在了存道的脑顶上。

存道半晌没说话。存道似乎触到了伤心处。存道难受得什么似的。存道说：

"事到如今，我也不护卫了。我家月桂跟人睡过了。就是那个补锅的。他在我家住了几天，就出了丢人事。他把村上的烂锅补好了，他把我家月桂睡成了烂女人。我家月桂的肚子大了，不信到我家看去。他走的时候，没给我家要补锅钱。他不声不响就走了。他个狗日下的。不信到我家看去。"

存道泣不成声了。

六姥不说话。她一直嚼着手里的那半截红萝卜。

"来米她爹。"一个年轻一点的户主喊了一声。他叫德盛。

他们把头扭向墙角。来米她爹像没听见一样。他没有抬头。

"你家来米合适。"德盛说。

"来米她爹你自己说。"

来米她爹一动不动。

他们看六姥了。他们的意思很明白：我们把合适的人选出来了，可人家来米她爹不吭声。

六姥眯缝着眼。她好像在笑一样，其实她就这么一副像笑一样的模样。她停止了咀嚼，嘴巴不动了。她合住嘴唇的时候，嘴巴就像一朵枯萎的花。

"来米合适。"有人说。

"让六姥说。"有人说。

缸盖上的苍蝇们激动地振着翅膀。

来米她爹扬起头，看着德盛。他看了好大一会儿。他突然站了起来。

"德盛。"他叫了一声。

德盛狐疑地看着来米她爹的脸。

"我操你女人！"来米她爹说。

"我操你家女人！"他说。

他拨开人堆，从墙角里走出来，走进了院子，朝大门口走去。半道上，又折过身来。

"我操你女人！"他似乎跳了一下。

他们一直看着他出了大门。他拖着鞋，鞋底打着脚板，啪嗒啪嗒作响。

有人醒过神来，急急地跟了出去。

"甭走，哎，看这人，哎……"

一只猫从门槛上蹿出来，六姥一伸手，熟练地抓住它，朝屋里的土炕上扔过去。猫发出一声尖厉的叫唤。

六姥又嚼红萝卜了。她咬了一口。他们都听到了清脆的声音。

事情就这么定了。

六姥嚼红萝卜的声音很响。

那时候，月光很亮。峁顶上，种瓜人吊在瓜棚的木椽上，像一样东西。满地的西瓜像一个又一个活物，怪绿怪绿的。

远处是山包子。还是山包子。

三

挑客憨娃背靠着碌碡，圪蹴在仁义家门口。他的脖子边上插着一根小竹棍，竹棍上拴着两条红布，这是他的职业标志。他爹死的时候庄重地指着那根小竹棍说，憨娃你甭小看那条红布布，它是你吃饭的碗。憨娃就朝小竹棍看了一眼。他爹又跟憨娃说，憨娃你把小竹棍插在脖子上，你就成了挑客，就有人求你高接远送好吃好待。憨娃给他爹点了点头。憨娃爹从炕角里取出一个油光闪亮的挑刀盒，把它塞进了憨娃的裹肚兜里。他爹说憨娃你下刀的时候手要狠，要用力气，甭怕猪叫唤猪蹬，甭怕血。憨娃又点点头。后来，憨娃成了挑猪阉蛋的能手。

现在，挑客憨娃圪蹴在仁义家的门口。夹在他指头上的烟卷已抽过一半了。仁义家的院子里传出来一阵凄厉的猪叫声。

仁义两手攥着一头小猪的四条腿，从门里碎步跑了出来。

"哪儿？在哪儿挑？"仁义说。

憨娃用脚尖在地上点点。"就这。"他说。他从挂在裤腰上的那个盒子里抽出一把锋利的挑猪刀。他用膝盖压住小猪的后腿根，仁义揪着猪耳朵。猪拼命地挣扎着。

"压住头。"憨娃说。

仁义看着憨娃的脸，他感到憨娃太有些不近情理了。挑猪就挑猪，用那么大劲做什么？

"看你说的。压住压住，不是你家的猪得是？你轻点。"他看着憨娃的手。

憨娃不理他。他用挑猪刀在猪肚子上剃毛。那里很快露出了一块白皮。他在那里划了一刀，猪皮裂开了一道白口，他又划了一刀，猪皮透了。他把挑猪的刀咬在嘴里，然后把一根手指头从刀口里塞进去，在猪肚子里揣摸着，另一只手取下挑猪刀，把带钩的一头顺着那根血指头塞进去，勾出来一团血肉模糊的东西。他掉过刀，噌一声，那团血肉就滑进了他的手心。他一扬手，那团血肉就飞上了街道。一只狗跑过来，舌头一卷，那团沾满泥土的血肉就进了狗嘴。狗牙之间发出一种咀嚼的响声。

"你割的口子太大了。"仁义说。

憨娃用针缝着那道口子。绳子穿过猪皮时也有一种响声。

"我说你割的口子太大了，"仁义说，"这么小个猪，你割那么大口子。不是你家的猪你不害心疼得是？"

憨娃看了仁义一眼。

"我看五个铜钱就行了，你还要七个。你割那么大的口子。"仁义说。

"梆"一声，憨娃把缝好的线割断了。他站了起来。

"我不要钱了。"憨娃说。

仁义的眼珠子不动了。猪乱蹬着腿，他有些抓不住了。

"看你，你看你，"仁义说，"大了就大了，我就说说。你看你。"

"八个铜钱。"憨娃说。

"看你。"仁义要哭了一样。

"八个。"

"看你，说好的七个。"

"八个。"

"八个就八个。"

"掏钱。"憨娃说。

"看你，我这么大岁数还讹你。八个就八个。"仁义说。他从口袋里摸出一把铜钱。"看你，我能挑得起猪出不起钱？你把我看成什么人了。"他说。

憨娃重新缝好了刀口。他们放开了那头小猪。

"你挑净了没？"仁义突然说。

憨娃往盒子里装着挑猪刀和针线。

"没挑净让你赔。"仁义说。

"呸！"憨娃给仁义的脸上吐了一口。他吐得很准。他走了。

仁义看着憨娃的背影，半晌没回过神来。

"这熊人。"他说。

他拽过袖子，擦掉了脸上的脏物。他想起了那头小猪。

"唠唠唠唠……"他叫唤着。

猪已跑得没影了。他看见拴牢敲着鼓从街那头走过来。

"筹粮了——"拴牢喊着。

人们扛着装满粮食的口袋从门里走出来，朝来米家走去。一群踢瓦块玩耍的娃们哄闹着，跟在大人们的屁股后边跑。

四

来米家的院子里堆满了粮食口袋。人们蹲在自己的口袋跟前。口袋上写着他们的姓氏。他们不说话。他们已做出了明智的抉择。他们爱粮食，可更想活下去。好死不如赖活着，他们总这么说。他们抽着旱烟。他们不时地把烟锅嘴上的涎水吸进肚子。他们竖着耳朵，等待厢房屋里的来米她爹开口说话。

又有几个人扛着粮食口袋从门里走进来。那时候，来米坐在上房门口的台阶上择辣椒。她是那种单眼皮的姑娘。她身体很好。她似乎对她家院子里发生的事情漠不关心。她甚至大大方方地走进猪圈，在里边撒出一阵无拘无束的尿水声，然后又进行了一种痛苦而幸福的努力。她屙了一泡。她一边紧着裤带，一边听着那头猪吞食排泄物发出的畅快的声响。她满面红光地走过院子里的粮食口袋，坐在台阶上，拿起了一串辣椒。

"来米她爹说话了没有？"有人说。

"没。没呢。"

"他狗日的嫌少。"德盛说。他也蹲在一个粮食口袋跟前。

他们朝厢房里看一眼。

厢房屋里像死了人一样，让人透不过气来。他们等待得太久了。他们仍然在等待。他们有足够的耐心。他们看着屋顶上的木椽，看着柜盖上的木纹。他们偶尔往来米她爹的脸上瞄一眼。他们给他已说过很多话了。现在他们不吭声。

来米她爹的一条腿伸在炕沿上，另一条腿吊着。他正编着一条线裤带，他腰上的那一条不太管用了。他想他在这时候编一条裤带是很快活的事情。裤带的一头在他的手里，另一头缠在他的脚趾头上。他的表现是所有人中最自在的。他们在求他，哎嗨！他背靠着墙壁。他一抬头就可以从窗户看到院子，但他不看。他编得很专心。他好像胸有成竹一样。人可不是什么时候都能这么胸有成竹。

院子里的粮口袋越来越多。几个娃们在口袋丛里窜来窜去，拍打着数数："十七，十八，十九，二十……"另一伙娃们做着"打桩"的游戏。

来米她爹真是来米她爹。他继续编着线裤带，似乎要编出世界上最光彩最气派足以让他一辈子脸上生辉的一条来。能听见空气流动的声音。屋里的人都盯着他。一种近似于愤怒的东西正在他们的身子里爬动着。他们恨不得咬他一口。他们恨不得夺过他手里的那条裤带，把它扔在猪圈里，塞进屎尿里。

德盛从门口挤进来，讨好似的凑到来米她爹耳朵跟前。

"你看行不？行不行你说句话。"他说。

来米她爹仍然编着他的裤带。

"拿去。再拿去。把囤底腾了。"德盛站在门口给院子里的人说。

"他想勒死村上人。"有人愤怒了。

"不给了。让土匪来吊死算了。"

"看你说的，我可不想吊死。"另一个说。

"走，拿去。"

来米看了他们一眼。她摘好的辣椒已两大堆了，一堆鲜红，一堆墨绿。她把一根红辣椒放在鼻子底下嗅着。她咬了一口。她禁不住辣椒猛烈的刺激，张大口哈着气，眼窝里立刻涌出了泪水花花。有人扭头看了来米一眼。

"给她嘴里塞个驴屎才好。"他们说。

来米没听见。也许她听见了。她张着口。

"你看嘛，你朝外边看一眼。"拴牢给来米她爹说。

有人把盛着糜谷的斗和升子一类的东西也摆在了院子里。还有人拿来了几篮子鸡蛋。

厢房屋里的空气已很紧张了。

"时辰到了。"来米她爹想。

他想往窗外看一眼。他把目光停在了门口。六姥不知什么时候来了。她靠在门框上。他们又听到了那种嚼红萝卜的声音。

"啊哈！"来米她爹突然大动悲声，号啕起来。

"我对不起她妈呀……她妈死得早呀吗啊啊……到了阴曹地府我给她妈咋说呀吗……"他泪流满面了。

六姥走了。

人们大大松了一口气。他们一个一个相跟着出了来米家的大门。

"啊，啊，啊……"来米她爹还在厢房号啕着。

来米愣愣地看着院子里的那些粮食口袋。后来，她整了整衣服，在台阶上坐好，坐成女人哭坟的那种姿势，然后，嘴巴一张，就哭出一长串声来：

"哎嗨嗨嗨嗨妈呀，你把我吔——"

她拖着腔。那是一种真正的歌哭，抑扬顿挫，暗合阴阳，说不出是欢乐还是悲痛。那是一种叙述式的咏叹，把叙事和抒情完美地结合在一起。她吸了两口气，对着满院的粮食口袋继续歌哭。她吸气的时候，喉咙里也有一种声音。

"你把我吔……"

来米的歌哭在空气里颤动着。

五

仁义和他婆娘拌了一天嘴。仁义婆娘让仁义送粮，仁义不送。

"我不出粮。"他说。

他婆娘斜了他一眼。他婆娘是个肥胖的女人，粗腿大屁股，胸脯上嘟噜噜一堆肥肉，看着让人眼馋。

"都出哩你不出，你能的。"女人说。

"我就能的。"仁义说。

"你不出粮就得去骡马寨子，土匪不杀了你才怪。"女人说。

"我不出粮，我也不去骡马寨子，我管屎他。"仁义说。

"能么。你能么。"女人说。

"噢么。"仁义说。

"村上就出了你这么个能豆豆。"女人说。

"我没粮。"仁义说。

"我把粮都装好了。"

仁义的眼窝张大了一点。他看见墙角蹲着一个装满粮食的口袋。他拧过头，往婆娘的脸上瞅。婆娘太日脏了。

"日你妈。"仁义说。

女人张了一下嘴。

"做什么你装粮？"

女人仍然张着嘴。仁义朝她走过来，揪住了她的头发。她知道仁义要揍她了。仁义总这么揍她。仁义揪着她的头发，使劲一拉，她的脸就仰起来，对着屋顶。她的眼珠子钻进了额颅里，眼眶里剩下两窝白东西。她的身子朝后弯着，肚子腆起来，胸脯上的那两堆肥肉鼓鼓的要绷出来。可仁义不动这些地方。仁义把另一只手顺着她的肚子往下塞，一直塞进她的大腿间。仁义的五根指头一抓，就会抓住一把肥肉。然后，仁义就往手指头上使劲。然后，女人就感到了一种钻心的滋味，说不出是疼痛还是兴奋，眼眶和鼻眼里就涌出来一股酸水。女人就淋漓地叫唤一声，露出两排肮脏的牙齿。

这会儿，仁义就这么抓着女人大腿上的一块肉，往指头上使着劲。

"日你妈。"仁义说。仁义狠着脸。

女人龇着牙，正忍受着那种钻心的滋味。

"你把粮食给我倒到囤里去。"仁义说。

"我不。"女人说。

仁义又使了使劲。女人叫唤了一声。

"倒不倒?"仁义说。

"倒。"女人说。

仁义松开手。女人摸着大腿上那块肉，呻吟了几声。仁义看着女人把粮食倒进了囤里。

"他们会让你去骡马寨子。"女人说。

"谁敢让我去? 吃了豹子胆!"仁义说。

"看么。"女人说。

"看么就看么。我管屄他。"仁义说。

"我不出粮，我也不去骡马寨子。"他说。

后来，他们就听见了来米的歌哭。他们静静地听着，都有一种想尿尿的感觉。

"我管屄他。"仁义这么说。他看着屋顶上的木椽。

六

来米一直哭到了天黑。来米没挪地方，还坐在白天歌哭的那地方，还是那个姿势。她的单眼皮有些肿胀。

院子里的粮食口袋已少了许多。来米她爹把它们腾空了，倒进了囤里。囤里的粮食已冒尖了。他把倒空的口袋从屋里扔出来。他给门外边扔了一堆空口袋。

"甭难过了。"他给来米说。

"是女人总要找男人。"他说。他要开导开导来米。

"这穷熊地方有好男人？你说。你见过？土匪也是人，也是吃五谷杂粮的。土匪就不娶老婆了？土匪吃人哩得是？土匪是吃人哩，看吃谁哩。你好好地顺着他，他吃你？不就是让你给他当老婆嘛，是不是？你说是不是？"

他又扔出来一条空口袋。他总是拖着鞋。他从来米跟前走过去。

"让你帮个手你不帮。"他说。他又抱起一袋粮食。"不帮就不帮，紧你爹我一个人往死里累。你的心就这么硬？真是，女人的心比石头还硬。你妈的心就跟石头一样。我说你不能死你得活着，你死了让我和来米咋办，她眼睛一闭腿一蹬就死了。心比石头还硬哩。"

他又站在囤台上了。

"这不比种地强？这不叫种粮食，也不叫收粮食。这是往囤里倒粮食。你长这么大啥时候有这么多粮食。这是粮食我说娃哟，不是土，也不是牛粪。你悄悄地坐着，你爹我把什么都想到了。你爹我能让你吃亏？你说。你想和他过了你就和他过，不想过活了你再回来，他强扭你不成？人心是能强扭的？扭了一月扭不了一年，扭了一年扭不了两年，强扭的瓜不甜。土匪也不是吃草厕料的，他不知道？你看这粮食。你回来了咱坐在家里慢慢吃。吃这东西不会坏肚子。你看你看，给你说你还不爱听。看你难受的样，好像你把粮食给人家了一样，哎嗨。"

来米抬起屁股，进了另一间屋。来米她爹歪着脖子，看着来米关上了门。

"模样，看你那模样。"来米她爹说。

来米吹灭了屋里的灯。院子里满是月亮光。来米她爹背着手，在月亮光里踩踏着，似乎在试试能不能把月亮光踩碎。后来，他竖着耳朵听了一会儿。来米的屋里没有声响。他蹑足走过去，挂上了门闩，又从身上摸出来一把锁子，锁上了门。

"来米你睡，"他对着门扇说，"好好养养神，村上选好人，你们要上远路呢。睡，你睡。"

"我也睡，"他说，"剩下的活我明天做。我这人活了一辈子，一辈子是个闲不住。"

来米她爹进了那间厢房屋。他一眼就看见了白天编好的那条线裤带。他抽掉了裤腰上那条旧的，把它从门里扔了出去。布条正好搭在猪的木栏上，摇来摆去。

他一口气吹灭了灯。

院子里只有月亮光了。像铺了一层水。没顾上倒的几个粮食口袋浸泡在清水一样的月亮光里。不知什么地方传来几声夜鸟的叫声，直往人头皮里钻。

来米她爹挪挪脖子底下的枕砖，睡了。

七

拴牢又敲鼓了。鼓声不紧不慢，像报丧一样，给人一种不祥的预感。

全村的人都聚集在六姥家门前。他们竖七竖八歪拧在那里。他们总是一脸晦气。那里有几棵树，还有一个草垛，一堆粪土。几只鸡不避人，在草垛和粪堆跟前扒食，鸡爪不时挥动，弹蹦着土粒和碎草。一只猪在街道的路沟里拱土，也许就是仁义家挑过的那只小猪。

门前的木桌上白花花放着几锭银洋，还有一只女人用的针线篮子。这会儿，那里放着许多麻纸团。

那时候是正午，太阳光里有种揉断干草一样的响声，让人心里直发毛。

六姥坐在门槛上，眯缝着眼。她没吃红萝卜，她抱着膝盖骨。

没人往木桌上看。他们不知道在看什么，也许什么都没看。他们的眼窝像核桃砸出来的两个圆坑。

有人咳嗽了一声，从人堆里站起来。

是拴牢。

"仁义。"他叫了一声。

仁义没动。他翻了拴牢一眼。

"你没出粮，得是?"拴牢说。

"我没粮。"仁义说。

拴牢把头转向众人。

"仁义没谷子，也没豆子，也没钱，干蘸油葫芦不成。送来米他去。"拴牢说。

仁义慌失了。

"我不去，我腿不好。"他说。

"不去不行，"拴牢说，"有钱出钱，有力出力，这是老规矩。"

"仁义你站过去！"拴牢说。

人们都看着仁义。仁义不敢不站过去，他一边斜着身子一边给拴牢说：

"我不去，咋说我也不去。"

拴牢向大家宣布："还得一个人，没人愿意去，咱就抓阄。"

"不准挑挑拣拣，手指头蛋碰到哪个就拿哪个。"

"我不抓。"来米她爹从人堆里走出来。他很有些自得的样子。他走到六姥跟前，挨着六姥圪蹴下去。

"抓就抓。"

人们纷纷站起来，朝木桌拥过去。

"一个挨着一个。"拴牢说。

人们就排好队，一个挨着一个。

仁义蹲在桌子旁边。他很不服气。

"我不去。日他妈谁爱去谁去。"他说。

来米她爹颠着屁股，欣赏地看着人们抓阄的神态，仿佛他是世界上最自在的人。他想人日他妈就应该这么活着。他突然想起了来米。他想他应该把来米的情况给六姥说说。

"六姥，"他说，"您安安地把心放在肚子里，我把来米在上房屋里锁着哩。我给她送饭，她死不了，也跑不掉。"

六姥没说话。六姥眯缝着眼。

抓完了，没人报告他抓着了。

"谁抓着就报名。"拴牢说。

人们愤怒了。

"谁抓着了站出来，别耍赖。"他们说。

"肯定是鳖娃。"有人说。

鳖娃抱着头在一边一声不吭。

"送人都不愿去，那来米呢？心甭太黑了，我说。"来米她爹说。

"屄!"鳖娃站起来。他把手里的纸团撕成了碎米花。

八

拴牢和鳖娃站在仁义家门口。

"仁义。"拴牢喊。

仁义从屋里走出来。

"我不去。谁爱去谁去。"仁义说。

"我家出粮，我家现在就出。"仁义婆娘说。她从仁义脊背后边腆出来。

"不成。早些做什么去了？"拴牢说。

"我不去。"仁义说。

鳖娃抓得很准。他一把捏住了仁义裤裆里的那一堆东西。仁义叫唤了一声，跪在地上，肚子使劲往后缩着。

"你甭动弹。"鳖娃说。

仁义跪直身子，一动不动。

"你躺下。"鳖娃说。

"我不。"仁义说。

鳖娃用了用力,仁义疼痛难忍,又叫了一声。"我躺,我躺。"他说。

仁义朝后仰面躺下。他看着鳖娃的脸。

"你去不去?"鳖娃说。

"我不去。"仁义说。

鳖娃从腰里掏出了那把挑猪刀。

"拴牢,你把这狗熊的裤带解开。我把他阄了去。"鳖娃说。

仁义婆娘叫唤了一声,朝鳖娃扑过来。她使足劲在鳖娃身上蹬了一脚。鳖娃没动,女人反而被弹了回去,一屁股坐在地上。

"不活了,不活了。"女人哭嚎着。

"脱,把狗日的裤子脱了。"鳖娃说。

拴牢解开了仁义的裤带。鳖娃晃晃那把挑猪刀。仁义没动,一副任人宰割的模样。

挑猪刀扶上了仁义的皮肉。一阵冰凉的感觉,仁义的腿抖起来。他知道鳖娃会真下手的。鳖娃真能把他的那东西割下来喂狗。

"我去。"他给鳖娃说。

"不去不是娘生父母养的。"他说。

鳖娃松开手,把挑猪刀装进了盒子。仁义站起来,拍着身上的土。

"看把你能的。挑猪挑得眼花了你还挑人呀,得是?"仁义说。

"呸!"鳖娃照着仁义的额颅吐了一口。

"呸!"仁义又听见了一声唾。仁义婆娘照着仁义的脸也吐了一口,吐在了仁义的下巴上。仁义没说话。他看了婆娘一眼。

那天晚上,仁义和鳖娃一起蹲在六姥家的门槛里边。仁义顺溜多了。六姥从腰里掏出来一堆银洋,放在柜盖上。

"这是你们路上的盘缠。"六姥说。

他们朝那堆银洋看了一眼。

"吃了饭就走。"六姥说。

出门的时候,六姥说:

"把老眼杀了。"

他们像受了惊吓似的回过头来。

"把他杀了。"六姥说。

六姥靠着木柜。六姥像瞌睡了一样。那只猫卧在土炕上的棉被窝里。

六姥又吃红萝卜了。他们出了门,还能听见那种清脆的咀嚼声。

九

瓜棚上的种瓜人不再晃悠了。没有风。距瓜棚不远有一道土梁。

一阵咯吱咯吱的木轮声。

土梁的豁口处,出现了鳖娃、仁义和来米。来米坐在一辆单轮木车上。车上铺着一床棉被。还有一床棉被在来米的脊背后头，卷着当靠背。仁义推车，鳖娃跟在后头。

来米穿一件红布衫，像红辣椒。她歪着头，顺着眼，任单轮木车颠着，摇着。

鳖娃背着手，边走边观景。鳖娃的脖子边上插着他挑猪阉蛋的标志。

他们看见了种瓜人。他们停了下来。他们听见对面山上有人唱歌。

"来了，来了，又来了……"

"花花大门进来了……"

他们朝对面山上望了一眼。仁义咽了一口唾沫，心里有些虚慌。

"坑人哩！"仁义突然喊了一声。

"凭什么让我去？坑人哩！"

仁义跳了一下。木轮车又响了，他们走下了沟坡。

他们要走一段很长的路程。

他们走到沟底了。一条小河从几块大石头上摔下来，顺着沟流过去。来米一伸腿，从单轮车上跳下来。她要喝水。

"喝就喝，都喝。"仁义说。

仁义和鳖娃跪着，把嘴伸进水里吸着。来米喝完水，靠在土坎上解辫子。她把辫子解开，然后再编。鳖娃和仁义坐在石头上，听着来米解开辫子的声音。

"这回该你推了吧？一人推一程。"仁义说。他看着鳖娃的脏脸。

"人不能耍赖，不能得寸进尺。我可不是你鳖娃雇来赶脚的。让来米说。来米你说。"

来米编着辫子。来米很超脱。来米是坐车的，谁爱推谁推。所以，来米不说话。来米继续编着辫子。编好了，来米朝脊背后头一甩，来米甩得很好看。来米一伸腿，又坐在了木轮车上。

鳖娃攥住木轮车把。鳖娃推着，仁义拉着，他们过了小河。河岸上留下了几个鲜活的湿脚样。仁义看看那几个湿脚样，就跟在车子后头了。他把手背起来。他想他应该把手背起来。人有时候是孙子，有时候就是爷。当孙子就得有个龟孙样，当爷也得有爷的气派，所以，他也要一边走路一边观景。

"就这。哎嗨。"他想。

后来，他想起了来米她爹。他想和来米说几句话。

"我说来米，你爹可真行，成咱村上的财东了。"他说。

"你爹这会儿在家里蒸白馍馍吃哩。你信不？"他说。

车上的来米一颠一颠的，眼睛一动不动。

"信不信由你。我要是你爹就蒸白馍馍吃。哎嗨。"仁义说。

他眯着眼看着远处。他似乎成了来米她爹。他闻到了一股白馒头的香味。

两边都是山。路窄长窄长，在山沟里胡乱拐着，拐着。

他们在路上走着。他们三个人。

十

来米家很热闹。来米家从来没这么热闹过。来米她爹想好好收拾收拾家。现在，他有这个力量了，也有这个心情了。他请了存道、拴牢和德盛几个人给他打墙。他给他们熬罐罐茶。他把熬好的茶水倒在碗里，让他们喝。

"喝，"他说，"甭急，喝了再打。有你们吃的喝的。"

"噢，噢。"德盛几个人对来米她爹笑着，看着他提着菜罐走开。

"心真黑。来米她爹的心黑透了。"存道说。

"他成咱村上的富户了。"拴牢说。

"粮食都给了他，咱喝西北风。"德盛说。

"我就想把这碗摔了去。"存道说。

"摔了去。"德盛说。

"给驴日的摔了。"拴牢说。

"咣当"一声，存道手里的茶碗碎在了一块半截砖头上。存道一脸夸张的表情。

"看你。"德盛和拴牢说。他们都看着来米她爹。

"没抓牢，日他的没抓牢。"存道说。

来米她爹看了地上的碎碗一眼，他没过来。

"尿，一个碗，尿。"来米她爹说。

德盛他们都感到肚子憋。

"这不成。他一人好过，这不成。"存道说。

"我婆娘和我闹翻了，"德盛说，"我一进门，她就抓我的脸，骂我是鳖蛋，抓了我一把就回娘家去了。"

德盛脸上真有几道指印。

"总得想个办法。"存道说。

"就是。"德盛说。

"找六姥去。"拴牢说。

他们放下手中的活计，相跟着朝村里走。来米她爹以为他们想厕屎撒尿。

"我家有猪圈。"他说。

"这伙熊人。"他说。他似乎有些不满。

就是这时候，德盛发现有人在他家偷鸡。不知道这人的名字，就叫他溜溜吧。他进了德盛家的门。他一边往进走一边说："大叔大婶爷爷奶奶给点吃的。"他背着一个布褡裢。窗台上有一双洗过的布鞋。他飞快地把它装进了褡裢里。"大叔大婶爷爷奶奶……"他这么叫着。后来，他看见那只母鸡。半墙上有个鸡窝，母鸡正在窝里下蛋。他把它抓了出来。他拧着脖子想把它拧死，然后装进褡裢。

"贼！"德盛站在大门口吼了一声。

溜溜吓了一跳。他把一根手指头飞快地塞进了鸡屁股。

"有蛋哩。真是个母鸡。我摸着有蛋哩。嗬，嗬嗬。"他一脸赖皮的模样。他对德盛笑着，想往外溜。

"放下！"德盛说。

溜溜放开母鸡。母鸡扇了几下翅膀。

"我看它有蛋没蛋。有哩，我不骗你。"溜溜说。

"看你贼眉鼠眼的。"德盛说。

"闪开!"溜溜突然变了脸，喊了一声。趁德盛发愣的工夫，他猫起腰朝德盛冲过来。他没有成功。德盛一把撕住了他的耳朵。他歪着脖子转了一圈。

"我没偷。我看它会不会下蛋。"溜溜尖声喊了起来。

德盛把撕耳朵的那只手往上一提，溜溜就踮起了脚尖。他们就这么出了门，上了街道。一碰见人，溜溜就放开嗓子干嚎，没人的时候就求饶。

"你放了我。我一辈子不来你们村了。谁哄你是四条腿。我把你叫爷。爷，大爷。"溜溜给德盛说。

德盛把浑身的力气都用在了手指头上。他撕着溜溜的耳朵。

十一

六姥盘腿坐在土炕上，她抽着旱烟。那是一根长杆铜头烟锅。除了吃红萝卜，六姥还爱抽旱烟。那只猫卧在六姥的怀里。

除了拴牢和存道，还有许多人。他们都来找六姥要主意。

"日子没法过了。"拴牢说。

"他不仁，咱也不义。"存道说。

"六姥你拿个主意。"拴牢说。

"把他做了。"有人说。

六姥敲掉了烟锅里的烟灰。她抬起一只胳膊取柜盖上的那半截红萝卜。

他们听见了溜溜的喊叫声。一会儿，他们就看见德盛撕着溜溜走进来。

"他偷我家鸡。"德盛说。

"没有。我看它会不会下蛋。"溜溜说。

德盛使劲拧了一下。溜溜踮着脚叫唤。德盛的手塞进溜溜的裆裤里，取出来一只鞋。

"他还偷鞋。"德盛说。

"叭！"德盛用鞋底在溜溜脸上扇了一下。

"把狗日的绑了。"有人喊。

他们把溜溜绑在门前的树上。

"取刀去！"有人说。

"剐了他！"有人说。

溜溜不叫唤了。他闭上眼。

"死了吧，死了吧。"他说。

人们有些诧异。他们感到事情有些不好办。贼娃子不怕死，你能有什么办法。

六姥从人堆后边走出来。

"放了他。我有话和他说。"

溜溜睁开眼，瞪着六姥。拴牢给溜溜松开绳子。溜溜活动活动胳膊，很轻蔑地扫了众人一眼，跟着六姥进了屋。

后来就发生了溜溜给来米她爹剃头的事。

来米她爹用热水洗完头，把毛巾围在脖子上，在那条单人木凳上坐下来。看着溜溜磨剃刀。溜溜磨得很利洒。

"你说你能剃头？不像。"来米她爹说。

"人不可貌相，海水不可斗量。"溜溜说。他用指头试试刀刃，朝来米她爹走过来。

"弄这事多年了，最拿手的就是剃光葫芦，"他说，"你又不是没见。德盛、拴牢，都是我剃的。你又不是没见。"

"怎么看也不像。"来米她爹说。

溜溜一手按在来米她爹头上，一手举着剃刀。他朝门外边看了一眼。他想这事情事关重大，得稳住神。

"嗞——"来米她爹的脑顶上出现了一道白皮。一堆毛发顺着剃刀卷下来。溜溜的手好像抖了一下。

"嗞——"溜溜挨着白茬又剃了一刀子。又一堆毛发卷了下来。溜溜的脸严肃得有些怕人。来米她爹很有些无所谓的样子。他想起了村上人恶心的嘴脸。

"他们眼红我呢！"来米她爹说，"我日他妈让出了闺女，他们出了点粮就眼红我。这是什么世道。闺女是好养的？我早后悔了，他们还眼红我。黄花闺女换粮食，我吃多大的亏？你说是不？"来米她爹斜过脸，翻眼看着溜溜。

溜溜心虚了，手抖得厉害。他又朝外边看了一眼。他知道他们在外边等着他。

"你剃，剃，"来米她爹说，"我看你的手艺还凑合。听刀子的声音就知道。"

"嗞——"剃刀挨着白茬又一次划过来。溜溜已经满脸汗水了。有人在什么地方咳嗽了一声，又咳嗽了一声。他们都听见了。

"吃白石灰了。狗日的吃白石灰了。"来米她爹说。

"嗞——"

"嗞——"

剃刀的速度越来越快。后来，溜溜手上的剃刀闪了一下，就在来米她爹的脖子上划出一道口子。来米她爹叫唤了一声。溜溜从门里跳出来，跌跌撞撞跑上街道。

街道上黑压压蹲着许多人。他们突然站起来，看着溜溜。溜溜从人伙堆里撞了过去，一直跑出村子，跑上那座土峁。种瓜人还吊在瓜棚上，像一件东西。

"啊，啊。"他叫喊着。他不时地看着身后。没有人追他。他们用不着追他。

来米家厢房屋也有一种"呵呵"的叫唤声。那是从来米她爹的喉咙里发出来的。后来，人们就看见他从门槛上爬出来半截身子，脖子上的刀口冒着一种粉红色的泡沫。

人们屏息静气地看着他。他们围在他的跟前，直到那些红色的泡沫一个一个破灭净尽。

"死了。"他们说。

拴牢把来米她爹的头转过来。他们看到了一双怕人的眼睛。眼珠子从眼眶里掉了出来，沾满了土，圆鼓鼓地对着他们。

人群一阵骚动。人们向粮囤拥过去。来米她爹倒完粮食后扔掉的那些空口袋堆在上房门口的台阶上。他们翻腾着，找自己的口袋。

拴牢从布衫口袋里掏出一个麻纸本。

"还有规矩没有?"他说。

"一家装了一家装。"他说。

他照着麻纸本念了起来:

"刘存道,谷子三斗,小麦二斗。"

刘存道提着口袋走向粮囤。

"王德盛,谷子八斗。"

他们排着队,挨个儿装粮。一会儿,来米她爹曾经抚摸过的粮囤就空了,像一只空洞的眼窝。

院子里安静下来。来米家的猪不知什么时候拱开了木栏,在院子里吃着撒落的粮食,一直吃过门槛,吃到粮囤跟前。

十二

他们在一孔土窑跟前停了下来。天已麻黑了,他们想歇歇脚。他们看着那孔窑。

"你进去看看。"鳖娃给仁义说。

"你去,你去喀。"仁义说。

那是一孔拦羊人废弃的空窑洞,很大。里边有些干草一类的东西,好像有人睡过。鳖娃把干草往一块踢踢,踩平。

"就睡这。"他说。

"怎么睡?"仁义看着干草说。

来米已在最里边躺下了。鳖娃从木轮车上取下铺盖卷。他伸手进去摸了摸,里边有银洋的响声。它们在。他把铺盖卷放在头底下当枕头，紧挨着来米躺下去，边上留出来一溜干草。仁义知道那是给他留的地方。他想说什么，又憋了回去。他坐在干草上，脱鞋，倒鞋窝里的土，然后躺下。

窑里一满是干草和羊粪的气味。

月亮光从窑门口照进来。他们都张着眼窝。

"睡不着。日怪了，想睡睡不着。"仁义说。他听见来米的身子动了一下，他突然想起了什么，两只胳膊一用力，把半个身子撑起来。他看看来米，又看看鳖娃，然后就看他们之间的空档。来米和鳖娃的身子快挨在一起了。

"我睡不着。"仁义说。

"咱换换地方，"仁义给鳖娃说，"我这人躺在门边上睡不着。"

鳖娃一动不动。仁义又躺了下去。

"睡不着，真日怪了。"他说。

他感到他身上有一样东西正在起着变化。他立刻就想起了他那位肥胖的婆娘。一到晚上，他总要想起她。他想起她的时候，就会闻到一股缠人的怪味，他身上的什么东西就会变化，硬挺挺的让他难受，他就想干一件什么事情。他就这么想着，难受着。

鳖娃真是个鳖娃。鳖娃早睡着了。他想没沾过女人的男人都这么贪睡。他这么一想，就有些模模糊糊了。

他听见了一阵干草的声音。他看见来米站起来，从他的脚跟前走过去，出了窑门。他推了推鳖娃。

"来米想跑。"他说。

鳖娃跟着来米出了窑门。他看见来米在一块石头背后蹲了下去。他感到身上什么地方被触动了一下。他看着那块石头，听见了一串尿水声。仁义站在他后头，和他一起听着。来米一站起来，就看见了他们。来米没说话，来米动了动眉毛，来米从他们身边走过去。

"你看人家来米尿尿！"仁义说。他感到鳖娃很无耻。

"你真不要脸。人家一个大姑娘。"他说。

来米好像听见了仁义的话。来米没回头，她进了窑门。鳖娃一直看着她。

"我看你存心不良。"仁义说。

"好啊你个鳖娃！"他说。

鳖娃瞪着仁义。鳖娃的脸让仁义感到害怕。

"好吧好吧我不说了，爱看你看去。看还不是干看，哎嗨！"仁义说。

他们没有进窑。他们在石头上坐下来。山沟里很安静。

"你说咱能杀了老眼？"仁义说，"他们都是杀人的货，咱能杀了他？你说。"

"咱不弄那事。咱把来米送到就走。咱管尿他。"仁义说。

"他们会把咱怎么样？咱把来米和钱给他们送到手，他们能把咱怎么样？"仁义说。

"不知道。"鳖娃说。

"来米呢？他们会把来米怎么样？他们把来米……"仁义说。

"不知道。"鳖娃说。

"咱跑。咱不去了。"仁义突然说。他看着鳖娃的脸。

"咱手里有三千块大洋。咱满世界浪去。咱浪出个什么眉眼就什么眉眼。"仁义说。

鳖娃不吭声。

"要不你让我走。我的腿有病,你给我分点,咱各走各的。"仁义说。

"行不?"仁义说。

"我割了你。"鳖娃说。他突然变了脸。

仁义听见鳖娃裤腰上的挑刀盒响了一声。

"看你看你,"他说,"不跑就不跑。我还有老婆娃哩。不跑就不跑。"

窑里传来一阵哽咽声。他们听了一会儿。

"来米想他爹了。"仁义说。

他们一进窑门,看见来米坐在干草上抽泣。来米没想她爹。来米不知道她这是怎么啦。来米压根就没想这事。来米想你让我坐单轮车我就坐单轮车,你让我去骡马寨子就去骡马寨子。来米想往前的路是黑的。来米有时候会想起她妈。她记不得她妈的模样。她想她妈可能是个比她年龄大的女人。她一想她妈,心里就有些不是滋味,就想流些眼泪什么的。她感到这很怪。人有时候就有这么一种很怪的感觉。

天麻亮的时候,来米出了窑门。仁义看见来米出了窑门。他没惊动鳖娃,悄悄跟出去。他看见来米下了沟坡。他有些慌失了。

"来米跑了!"他朝鳖娃的腿骨上踢了一脚。鳖娃一骨碌爬起来。

"我看着她从沟坡那里下去了。她跑了。"仁义说。他没跟鳖娃出去。他从铺盖卷里取出了装银洋的布袋。他没想到鳖娃会折回来。他愣了一下。

"看什么?人都跑了你还看什么?我说她要跑你还不信。"仁义说。

"一人一千五,咱各走各的。"仁义说。

鳖娃没动。

"你想多分?那不成。一人一半。"仁义说。他解开了布袋上的绳子。

他们听见了脚步声。来米从沟坡那里走上来,来米的怀里抱着一抱山果。来米不知道他们要干什么。她看着他们。

几块银洋从解开的布袋里掉下来,在地上滚了几圈,像仁义张大的眼睛。

"这熊人。"仁义说。他给鳖娃笑了一下。

来米坐上单轮车。他们又起程了。来米把一颗鲜红的山果放进嘴里,嚼了几下。

后来,他们就碰上了溜溜。

十三

溜溜在沟里坡里胡窜了几天几夜,就忘了他给来米她爹剃头的事。他感到肚子很饿。他看见了在沟底下行走的鳖娃他们。他想他应该把他们截住，也许能弄点吃的。他抡开胳膊，从峁顶上栽爬下来。

鳖娃他们一上沟，就看见了溜溜。他们不认识他。他坐在路边的塄坎上。在这么个很难看见人影的地方突然看见了一个人，他们都有些惊奇。他们想和他打个招呼，但没打。他们从他跟前走了过去。他们甚至没有回头。

溜溜一直看着他们。他感到他们太没道理，有这么见人不打招呼的么？

"嗨！"溜溜喊了一声。

鳖娃和仁义回过头看着溜溜，等溜溜说话。溜溜不言语了。仁义感到没什么危险，就朝溜溜走过来。

"你喊啦？"仁义说。

"我喊啦。"溜溜说。

"你做什么喊？"仁义说。

"我说嗨！"溜溜说。

"你吃多了？"仁义说。

"我饿啦，"溜溜说，"我几天水米没沾牙了。"

"饿了你还喊？"仁义说。

"我说嗨！"溜溜说。

"我摸摸你肚子。"仁义说着就要摸。

"摸女人的肚子去。"溜溜说。他看了来米一眼。

"你狗日的真会想。"仁义说。他突然伸出手在溜溜的脖子上扇了一巴掌。溜溜跳了起来。

"你打人。"溜溜说。

"我想卸你的腿。"仁义说。

"你敢打人。我几天水米没沾牙你敢打人。你看你看，你还卸我的腿。"溜溜一边说一边往后退，一直退到木轮车跟前。他扫了来米一眼。他愣住了。来米的脸很美，红是红白是白。他给仁义笑了一下。

"你们送新娘，得是?"溜溜说，"我跟你们混口饭吃。"

"我推车。"溜溜又看了来米一眼。

"你知道我们去哪儿?"鳖娃说。

"我管屎。该不是杀人去?"溜溜说。

"还真让你说着了，哎嗨!"仁义说。

"我推我的车，我管屎。"溜溜说。

"到时你就尿裤裆。"仁义说。

"墙缝里看人哩。我也弄过那号事。剃头刀子一抹，就是一个血脖子。你不信? 我溜溜走南闯北，什么事没经过?"他又看了来米一眼。

"我给咱推车吧。"他说。

"一路上都推?"仁义说。

"看你说的。给点吃的。"溜溜说。

鳖娃给溜溜一张玉米煎饼。溜溜推着来米在前，鳖娃和仁义背着手相跟在后。

就这么，他们收留了溜溜。

后来，他们碰到了一棵树。那时候太阳正热。他们在大树下睡了一觉。

十四

来米没睡。来米在离他们不远的一块石头上坐着。来米看着远处的什么东西。那时候太阳正热。空气里有一种干土的气味。

仁义睁开眼睛，正好看见了来米绷紧的屁股蛋。他好像想起了一样重大的事情。他看看鳖娃和溜溜。他们正睡得一塌糊涂。他爬起来，走到来米跟前，挨着她坐下来。

"你要小心鳖娃。"仁义说。

"我看他心怀鬼胎。他想打你的主意哩。"仁义说。

来米好像没听见，身子一动不动。

"给你说你还不信？"仁义说。

溜溜睁开眼，在鳖娃身上蹬了一脚。

"挑猪阉蛋的没好人，我说，"仁义继续给来米说着，"你可不能让他把你弄了。"仁义说得很诚恳。

仁义听见了一阵响动。他回头一看，鳖娃不知什么时候站在他背后了。仁义有些难堪。

"来米真会找地方。这儿有风，凉快，"仁义站起来，给鳖娃说，"不信你试试。"

鳖娃没动。他想扇仁义一个耳光。

"你们谈，你们谈。"仁义说。他从鳖娃跟前侧了过去。

溜溜远远看着他们。他飞快地从鳖娃当枕头的铺盖卷里摸出钱袋，取出两块银洋，塞进鞋窝，然后穿好。

那时候，鳖娃改变了扇仁义一个耳光的主意，他想往仁义脸上吐一口。他感到仁义这样的人只能吐给一口唾沫。他侧过头，他感到唾液已爬上舌头尖了。可他没吐。他看见溜溜正在偷钱。

"你们谈，你们谈。"仁义这么说。

鳖娃没吐出那口唾沫。

来米转过头来了。她看着鳖娃。来米的眼睛好像大有深意。她挺着绷紧的胸脯。鳖娃心里有个什么东西动了一下。

然而，鳖娃转身走了。来米看着鳖娃的背影，眼睛一点一点顺下来。她走到单轮车跟前，一伸腿，又一伸腿，坐了上去。溜溜很麻利地驾起了单轮车。他心里正烧着一团火，因为他的鞋窝里有两个光闪闪的银圆。

"妹子，你坐好。"他给来米说。

"我要快走了。"他说。他把袢绳在肩膀上挪挪好，手上运了运劲。车子果真快了。

"什么好，女人的大腿好。"

溜溜听仁义给鳖娃这么说。

"妹子，你听见没?"溜溜已满头大汗了，他问来米。他看着来米的脖子。

来米在木轮车上一颠一颠的。

溜溜想干一件什么事。他刚干了一件，那两块银圆在鞋窝里正美好地磨着他的脚掌。他还想干一件好事。好事多了不累人，也不遭罪。谁不想多干好事，谁都想不停地碰到好事，让好事淹死。溜溜这么想着。他不停地回过头看被他越甩越远的鳖娃和仁义。

"女人的大腿好。我不信。"溜溜想。

溜溜终于下了决心。溜溜一下决心，木轮车就翻倒了，来米惊叫一声，从车上摔下来。溜溜飞快地凑到来米跟前。

"摔着了？我看我看。"他捏着来米的脚脖子顺腿往上摸。

"这儿疼？这儿？"他捏着，问着。

"这儿？这儿？"溜溜的手又顺着来米的大腿往下捏。

"怎么啦？怎么啦？"仁义喊着。

"绊倒了。石头把车子绊倒了。"溜溜也喊着。他在来米的大腿上狠狠捏了一把。

来米看了溜溜一眼，溜溜驾起车辕。他给来米笑了一下。

"我有银圆。"溜溜突然说。

"我晚上给你看。"他说。他又笑了一下。

鳖娃和仁义赶上来了。

"你狗日的怎么推车？"鳖娃说。

鳖娃拽着溜溜的胳膊，把他从车辕里揪出来。溜溜打了个趔趄。溜溜很得意。

"你推得好。"来米给鳖娃说。

溜溜看着仁义的后脑勺，很不服气的样子。他想教训仁义几句。

"你说女人的大腿好？"溜溜说。

"咋啦？"仁义说。

"我看没什么好。"溜溜说。

"你知道个屄。"仁义说。

"我捏过。"溜溜说。

"你知道个屄。"仁义说。

仁义根本不把他溜溜放在眼里。

"你见过几个女人？你那不叫见，叫看。你闻过女人的肉没？你骑过女人的肚子？你知道个屄。"仁义说。

溜溜瞪圆了眼珠子。他想一掌把仁义扇倒。仁义不知道溜溜的心思。仁义背着手，头仰得老高老高。

溜溜没扇。溜溜吸一口气，又吐了出来。他看着来米的背影又下了一次决心。他想他无论如何也要闻闻来米的肉。他想他闻了来米的肉还不行，他还要好好教训教训仁义。他不想骑来米的肚子。他想女人的肚子没什么好骑，没什么意思。还是闻肉好。那时候，他感到脚掌一阵阵疼。他知道是那两块银圆在鞋窝里作怪。他想来米不让他闻肉的话，他就把银圆送给来米。两块银圆哩，她还不让闻？

那天晚上，他们歇息在崖畔底下。那天晚上没有月亮，溜溜枕着他的那双鞋躺了一会儿。然后他趴在来米耳朵跟前给来米说："来米我想闻闻你身上的肉，我有银圆你让我闻闻。"

来米扇得真准。她抡圆胳膊，手掌重重地落在溜溜的脸上。溜溜想喊叫一声。溜溜捂着半个脸，没喊出声来。他没想到来米会扇他。他感到事情太突然了。他轻轻地叫了一声来米。来米不说话。她好像什么事也没做过。她好像快要睡着了一样。

溜溜听见了一阵金属敲击的声音，然后又听见"啪嗒"一声，一双鞋飞过来，摔在他的脚跟前。溜溜立刻想坏了坏了。他拧过头一看，鳖娃不知什么时候坐起来了。鳖娃手里拿着两块银圆，一下一下敲着。溜溜急了。溜溜想发作。他感到鳖娃太不要脸了。

溜溜没发作，他要哭一样，把那双鞋放到他头底下睡了。一阵尖厉的疼痛正从脚掌上往他的心里钻。

那时候他们都没了瞌睡。他们在黑暗里张着眼窝。他们突然感到了一种沉重的东西。

"再五十里，就到骡马寨子了。"鳖娃像自言自语。

一溜土从崖背上溜下来，发出一阵"滋啦"的声音。他们都听见了。

"要下雨了。"仁义说。

天上的云确实越来越重了。

来米走到鳖娃跟前，看着鳖娃黑乎乎的脸。鳖娃不知道来米要干什么。

"我命苦。"来米说。

来米转过身，半个屁股坐在单轮车上。那时候天还没亮，他们又上了路。

十五

那是一座野店。周围什么也没有，独独这么一座野店。店门紧紧地闭着。

"过了这个店，就是骡马寨子。"仁义说，仁义的声音很虚弱。

他们一路上都没想骡马寨子。现在他们不能不想它。他们要到那里去。他们的独轮车上推着一个女人和三千块大洋。

"把老眼杀了。"六姥嚼着红萝卜给他们说。

鳖娃脸上的皮动了一下。他看见来米正看着他，目光里有一种让人怜惜的期待。一股风吹过来，撩起那根竹棍上的两条红布。红布条在风里甩出一阵响。然后就是一阵雷声。然后就大雨如注了。雨点猛烈地砸在他们的肩膀上，砸在木轮车上。地上积水横流。

"鳖娃你狗日的说句话。"仁义喷着满嘴的雨水朝鳖娃喊着。

"要走你一个人走。"仁义说。

仁义踏着雨水，跑到店门跟前，用力一推，门开了。

院子里没有人。几间屋子的门关闭着。除了雨水，什么声音也没有。这里一定发生过什么事情。

他们听见了一阵毕毕剥剥的声音，是从伙房里传出来的。一个蓬头垢面的男人靠着墙壁，脸埋在胸脯上，好像睡着了。灶膛里的火已灭了，灰堆里不时爆出一阵响声。锅里不知道煮着什么东西。

"哎。"仁义对那个人喊了一声。仁义上前拨了一下。那人直直地倒了下去。仁义看见了一张结满血痂的脏脸。

他早已死了。

仁义叫了一声。仁义像疯了一样在院子里跑着，寻找着什么东西。他终于找到了一块石头。他朝自己的脚踝上砸了几下。

他的手被鳖娃紧紧攥住了。鳖娃把他从泥水里拽起来，恶狠狠地盯着他。

"叭!"鳖娃打了仁义一个耳光。

"叭!"鳖娃又打了一个。

仁义愣愣地看着鳖娃。鳖娃手一松，仁义又一屁股坐在了泥水里。他看着鳖娃进了一间屋子。

"我不去，我死也不去，"仁义突然放声哭了起来，"老眼会杀了我们，啊，啊……"他痛苦地捂着脸。

雨小多了。天急剧地黑下来。他们没走。他们在野店里住了一夜。

来米坐在一间偏房的土炕上梳理头发。溜溜蹲在墙角，瞅着黑洞洞的炕门。他不时抬头看看来米。来米梳头的时候总有一种头发的声音。一会儿溜溜就靠着墙根睡着了。来米把梳好的辫子甩到脊背后头，出了门。

鳖娃在另一间屋。他躺在一堆干草里。那是一间堆干草的屋子。他不知道在想着什么。

"鳖娃。"来米在门口叫着。来米从门口走进来，她看着草堆里的鳖娃。

"你们不会活着回来。"来米说。

"我不是黄花闺女。"来米说。

鳖娃好像没听懂来米的话。

"我和男人睡过觉。"来米说。

"和我爹，我不骗你。"来米说。

鳖娃的脸色剧烈地变化着。

"母狗!"鳖娃突然跳了起来。鳖娃脸上的肉突突跳着。鳖娃抓着来米的肩膀。鳖娃的眼睛睁得老大。鳖娃的目光慢慢变得复杂起来。鳖娃甚至有些温柔了。

"来米……"鳖娃这么叫了一声。鳖娃的声音很轻,只有来米能听见。

来米迎着鳖娃的目光。鳖娃感到来米的胸脯正一点一点膨胀着,让他不能自已。不知怎么的,他把来米扳倒了。

"噢。"来米惊叫了一声。来米惊叫的那一声和呻吟一样。

就这么鳖娃弄了来米。鳖娃喘着气,来米呻吟着,来米像蛇一样扭着身子。后来,他们都软在了那堆干草里。

"鳖娃……"来米说。

"来米……"鳖娃说。

"你娶了我。我跟你走。"来米说。

鳖娃躺在来米跟前。鳖娃不说话。

"我知道你不会娶我。"来米说。来米站起来,扣上衣扣。她穿的是那种大襟布衫。

"我再也不坐你的车了。"来米说。

来米出门的时候,看见仁义站在门口。仁义等来米一走,就发疯一样扑进来,扑向鳖娃。他想骑在鳖娃身上,劈头盖脸打他一顿。他没打,鳖娃的目光把他吓住了。他伸出手做了一个要打的架势。

"鳖娃你起来。"仁义说。

鳖娃站起来。

"你别动。"仁义说。

鳖娃没动。

"我要打你。你让我打。"仁义闪着巴掌。

后来，仁义放下了手。他在屋里走来走去。他很激动。他狠狠地教训了鳖娃一顿。

"好你个挑猪的，"他说，"你敢睡来米。有你这么伤天害理的人么？就算她不是黄花闺女，她是你能睡的么？你鳖娃手捂着胸口想一想，哪个女人不能睡，你偏偏要睡来米……"

十六

骡马寨子真是骡马寨子。骡马寨子有许多马房。马房里拴着马、驴和骡子一类高足牲口。土匪们以贩牲口为职业。骡马寨子是他们聚居的老巢。他们把牲口从内蒙古贩回来，然后在骡马交易会上卖给当地人。他们像走亲戚串门一样在内蒙古、山西和甘肃一带做着牲口生意。他们爱牲口如命。他们都是些杀人不眨眼的货色。他们就是这么一伙人。他们有他们的活法。他们给牲口刮毛、配种、铲蹄子、钉掌。他们熟悉牲口像熟悉他们的脚趾头一样。

他们也是吃五谷杂粮的。来米她爹这么说。

那天，他们和往常一样在马房里忙碌着。他们说着各种各样的笑话。他们的说笑夹杂在牲口的叫声里。驴叫声是这里最嘹亮的声响。有人在伙房里做饭。

　　石头冢是骠马寨子最高的地方。冢上面有许多窑洞，那是贩子们睡觉的地方。老眼住在最中间的那孔窑里。窑前边盖了一截木房。

　　一条大路从马房跟前伸出来，一直伸到远处。那里有一道石头垒成的矮墙。过了那道矮墙就下山了。

　　鳖娃、仁义他们就是从那里走上来的。那时候，一匹小公马从远处跑进了马房，跑到一匹母马跟前。正给母马铲蹄的土匪说：该骗这狗日的了。然后，他们就听见了一阵木轮车的咯吱声。然后他们就看见了鳖娃他们。

　　鳖娃他们站在那道矮墙跟前，肮脏的脸上布满了太阳光。他们看着土匪们。土匪们看着他们。他们都有些疑惑不解。

　　土匪们以为那几个人走错了路。他们又各干各的事情了。可是，鳖娃他们眼睁睁朝马房这里走了过来。

　　"老眼呢?"鳖娃说。

　　没人回答。一个矮个子土匪不知从哪里追出来一只狗。狗拼命地跑着，叫着，狗叫声像刀子一样。快追上了，矮个子土匪灵巧地伸出一只脚，朝狗的后腿上踏过去。

　　"咔嚓!"狗的一条后腿断了。

　　狗打了一个滚，翻过身子，更凄厉地叫了一声，拖着一条断腿跑着。

　　"咔嚓!"又一声。

　　另一条狗腿断了。

　　仁义的腿打抖了。仁义闭上了眼睛。

矮个子土匪像戏耍一样，把狗提起来，提到伙房跟前。那里有一口锅，水已烧开了。土匪取过刀子，朝狗的脖子抹过去。

土匪剥下狗皮。他把狗皮挂在了伙房的墙上。狗头没有割断，连带在狗皮上，涂满了鲜红的狗血。矮个子朝马房里的土匪们笑了一下。他把狗肉放进了锅里。

没有人搭理鳖娃他们。

仁义的身子像筛糠一样。他圆瞪着双眼，扑通一声跪在地上。

"他要杀人！"仁义突然喊叫了一声。他指着鳖娃。

"他杀人来啦！"仁义喊着。

鳖娃好像迷糊了一会儿。他听见土匪们哄一声笑了起来。

土匪们以为仁义是个疯子。

仁义失慌了。仁义慢慢爬起来。他折过身，撒腿跑了。谁知道呢？人有时候就会这样。

"杀人啦！杀人啦！"

仁义一边跑一边喊着，一直跑过了那道矮墙。没有人追他。

"老眼呢？"鳖娃又问了一句。

溜溜一直没放下车辕。来米也没下去。她感到鼻眼里有些难受。她把小拇指塞进鼻眼里掏了一会儿，掏出来一块鼻痂。她吸了两下鼻子，然后弹了一下指甲盖儿。她感到好受多了。

"老眼呢？"她听见鳖娃这么说。

老眼正给一匹马灌药。老眼五十多岁，戴一副茶色石头镜，穿一件白布褂，宽腿裤。他不像土匪头，像一个经纪人。以后鳖娃就会知道，其实老眼不坏。老眼挺好。来米也会这么说。

马痛苦地扭着脖子，药很难灌进去。

溜溜把木轮车直推到老眼跟前。来米下了车。来米下车的姿势很好看。

鳖娃解开钱袋，把一堆银圆倒在地上。老眼看也没看。

"耍哩，耍笑哩，你们就当真了。"老眼说。他到底把药灌进了马嘴。他朝来米的脸上看了一眼。

"耍哩。"老眼说。

鳖娃气歪了脸。他冲着老眼大吼了一声：

"我操你妈！"

鳖娃的眼眶里涌满了泪水。

"村上人快让你们整死了。"鳖娃说。

老眼一点也不生气。

"人总要有点什么事。无事生非哩。你没听人这么说？"老眼说。他又看了来米一眼。

"走，咱们走。"溜溜说。

"哎，"老眼说，"来了就住几天。"

他们住下了。

十七

鳖娃盘腿坐在马房的土炕上。他们被安顿在这里了。这里拴着几匹牲口。

"这地方不坏。"溜溜说。他贼眉鼠眼到处乱瞅。

鳖娃正卷着一根烟。

"吃狗肉了——"

他们听见矮个子土匪喊了一声。从炕墙上的窗口刚好能看到伙房那里。他们看见矮个子土匪揭开锅盖，用鼻子嗅着冒出来的热气。他想取一块肉尝尝。太烫了。他赶紧拔出手，放在嘴边吹着气。土匪们夹着碗，围在锅跟前等着领肉。

"我也领去。"溜溜说。

土匪看了溜溜一眼。溜溜指指锅里。

"有福同享。"溜溜说。

土匪夹了块肉，放在溜溜碗里。

"吃。日他妈不吃白不吃。"溜溜给鳖娃说。他把狗肉碗重重地蹾了一下。

鳖娃没动。鳖娃看着老眼的那座小木房。从马房的门里正好能看到那里。矮个子土匪端着一大碗上好的狗肉，敲着老眼的木门。他侧耳听了听，给其他土匪们做了个鬼脸。

门开了。老眼一身热汗。

"把肉放门口。"老眼说。

老眼在木房门边上尿了一泡。他端起肉碗，门又关上了。

"操他娘。"溜溜说。他有些愤愤不平。

溜溜开始吃肉了。他愤怒地对付着一块带肉的骨头。

"什么世道。不吃白不吃。"溜溜说。

"操他的妈妈。"溜溜又骂了一声。

鳖娃掐灭了手里的烟卷。烟头上掉下来一溜火星。天黑了下来。

明月高照。土匪们已经入睡。几排平静的马房里亮着几盏灯光。偶尔能听见牲口响鼻和挪动蹄脚的声音。

溜溜脱着裤子，唱了两句酸曲：

> 先解纽扣后解怀那个，
> 然后再把那个裤带解，
> 奴和你玩耍来……

老眼的木门紧紧关闭着。鳖娃一夜没睡。鳖娃一夜都想着来米和老眼睡觉的样子。溜溜累极了，一夜睡得很香。

天一亮，老眼就来找鳖娃。

"来米不是黄花闺女。"老眼说。

鳖娃板着脸，他看见来米提着一个空脸盆从木门里走出来。她在伙房门口的瓮里打了一盆水，又进了那座木房子。

"她和男人睡过。"老眼说。

"噢么。"鳖娃这么说了一句。

"你们在路上走了几天，怕是和你睡的?"老眼说。

"没。没有。"鳖娃说。

"看你说的。"鳖娃又说一句。他好像给老眼笑了一下。

"大屁股，肥突突的。"老眼说。

老眼从屁股后边摸出来一把铲蹄刀。

"到马房里转转。"老眼说。老眼似乎忘了来米和男人睡觉的事。

"这些马都是从蒙古买回来的。"老眼给鳖娃说。他很得意。他和鳖娃转了好几个马房。他铲蹄的技术很老练,搬起腿噌噌两下就铲好了。他放开马腿,在马臀上拍了两下。

"纯纯的蒙古种,至少赚一半价钱。"老眼说。

就这么转了一圈,鳖娃不太别扭了。他甚至忘了老眼是个土匪。他甚至感到老眼是个能人。他想不通老眼怎么会是个土匪。他想世上的事说到底没个什么道理。

"把老眼杀了。"嚼红萝卜的老女人说。

十八

那天早上,鳖娃看见一群土匪往牲口背上搭驮子,好像要上远路。

"他们去定边城赶骡马交易会。你要回去就跟他们一起走。"老眼给鳖娃说。

鳖娃没准备回去,所以鳖娃半晌没说话。

"不走住几天也行。"老眼说。他的一只手在一匹母马的肚子下摸着。

"怀驹了。狗日的怀驹了。"他说。

那匹小公马扬着蹄子从马房跟前跑过去,鬃毛像水一样颠簸着。

"该骗他狗日的了。"老眼说。

"我骗。"鳖娃说。

要上远路的土匪们搭好了驮子。

"这回一定要卖个好价钱。"一个土匪说。

"顺便去一趟蒙古。回来走山西。山西的女人奶子大。"另一个说。

来米从木门里出来倒水。她提着脸盆，朝马房这里看了一眼。溜溜趴在一口大缸跟前喝水。溜溜看没人注意他，便放下马勺，朝木房子溜过去。

"来米。"他扒在窗口往里看。木房子的偏墙上有个窗口。

来米已坐在炕上了。

"老眼把你怎么啦？我问你话哩。"溜溜一副不要脸的样子。

"呸！"来米隔窗朝溜溜脸上吐了一口。

"你让我进来，我有话跟你说。"

来米开了门。溜溜和太阳光一起跨进来。

"行啊来米。"溜溜在凳子上坐下，自在地翘起一条腿。桌子上有吃剩的狗肉。溜溜拿过来一块塞进嘴里。

"老眼这地方不坏。"溜溜说。

来米正在清点一叠皮货。她对它们好像很满意。她好像没听见溜溜的感叹。

"你看这，三个月的羔皮。"来米说。

"老眼从蒙古弄的。"她说。

溜溜好像发现了一件重大的秘密。他一下一下瞪圆了眼睛，他使劲把那口狗肉咽下了喉咙。

"我说来米，你还真跟老眼过一辈子呀？"溜溜说。

那时候，鳖娃正要骗那匹小公马。老眼和几个土匪把小公马绑在一根木桩上。鳖娃骗马的技术和挑猪一样熟练。他在那里割了一刀。那一刀和挑猪很相像。他把带血的刀子在裤腿上抹了两下。

溜溜给来米讲了他剃头的事。

"他还以为我给他剃头哩，"溜溜说得眉飞色舞，"剃着剃着，我就剃到他脖子上了。我手这么一划拉，他就成了血脖子。你不信？我说的你不信？"

"他是我爹。"来米说。来米没抬头。

溜溜的眼睛又瞪圆了。

"你爹？你说他是你爹。"溜溜说。

"你把我爹割死了？"

"看你来米净说笑话。"溜溜说。

老眼从门里进来。老眼一边走一边问来米：

"谁把你爹割死了？"

"没有。来米说笑哩。嘿嘿，嗬嗬。"溜溜有些不会笑了。他想往外走。

"杀你爹就是杀我岳丈大人。"老眼笑着给来米说。

"来米你可别胡说。嗬嗬，你们在，你们在。"溜溜顺手拿走了吃剩的那碗狗肉。他退出门槛，撒腿就跑。

溜溜在土崖边上找到了鳖娃。

"来米不走了。这里好吃好喝，她不想走了。"溜溜说。

鳖娃一脸铁青，不知道想着什么。溜溜把那碗剩狗肉推在鳖娃跟前。

"吃。我在老眼屋里偷的。"他说。

"她要和老眼过活。"他说。

"没看出来。真不是个货。"他说。

"烂脏女人。"他说。

鳖娃一声不吭。鳖娃咬着牙根，腮帮子一鼓一鼓的。

"你说咋办?"溜溜说。

"日他的! 遇到这号事情。"他说。

他看见鳖娃把什么东西塞进嘴里嚼着。

"你不管? 这么大的事你不管? 你还是男人呢! 他还睡过人家来米呢!"溜溜说。

溜溜终于看清了，鳖娃往嘴里塞的是土坷垃。鳖娃不紧不慢地嚼着。他又捡了一块。

"你吃土?"溜溜说。

"做什么你吃土?"溜溜说。

溜溜有些害怕。溜溜的脸扭成了一堆难看的肉皮。

"啊哈，你吃土，"溜溜突然尖声叫喊起来，"他吃土呢! 他狗熊吃土呢!"

鳖娃已经是满嘴湿泥了。

远行的土匪们上路了。牲口队走过马房，走上大路，一直走过了那道矮墙。

"他吃土呢!"溜溜喊着。

溜溜回到了马房。他跪在炕上，想着鳖娃满嘴湿泥的样子。

十九

天还没大亮，老眼就来喊鳖娃，叫鳖娃和他给牲口铡草。老眼说人上了年纪瞌睡就少。鳖娃说人不上年纪有时候也睡不着。老眼说就是就是，咱铡着草谝着闲话我还爱和你谝。鳖娃说走，鳖娃瞪上了鞋。

一间马房跟前有一个干草垛。鳖娃扳铡刀，老眼递草。他们都是铡草的把式。他们铡得很老练。他们都很认真。

"嚓——嚓——"

那时候天边慢慢有了几道红色，像枣刺划破的血印。那时候来米和几个没出门的土匪肯定还在睡觉。那时候骡马寨子只有老眼鳖娃铡草的声音。溜溜睁眼看看鳖娃的被窝，以为鳖娃尿尿去了。他又闭上眼，嚼着唾沫翻过身睡了过去。

"嚓——"

铡刀有力地切割下去，被铡断的碎草向一边翻卷着。铡刀抬起来的时候，刀口那里就齐刷刷亮出一道白茬。老眼的膝盖压在干草上，一下一下递着。鳖娃扳着刀把，一抬一压，一起一落。

"嚓——"鳖娃狠狠地压下去。他把铡碎的草朝旁边拨了一下。

"我看你这人不坏，留在骡马寨子算了。"老眼说。

"弄我们这营生没什么窍门。你到蒙古去，没钱不怕，你借，你借蒙古人的。第一回少借点，借二十块，还的时候你还三十。他巴不得你再借。再借你就借他三百，借了你就走人，走得远远的，你再买马。天下那么大，他到哪儿找你？找个屄！"老眼说。

"你不要怕事，也不能怕死。人不怕死，什么事情都能干成，要什么有什么。"老眼说。

老眼说得不紧不慢，像讲着一件平常的事情。他埋着头，没看鳖娃。他知道鳖娃在听他说话。

鳖娃的脸色有些难看，嘴很干。鳖娃的嘴唇上炸起了一层白皮。鳖娃鬓角上的青筋鼓了起来。鳖娃的眼窝像两个土坑。

"把老眼杀了。"六姥说。

"我日他的妈妈。"鳖娃在喉咙里咕噜了一声，不知道是骂六姥还是骂老眼。

老眼没听清。老眼递草的手停下来。他伸着下巴看着鳖娃的脸。他不知道他的手正放在铡刀底下。

"嗯？"他说。

鳖娃使劲把铡刀压了下去。他听见一声手骨断裂的响声。他看见老眼的两只手离开了手腕，从铡枕上掉下来，在白花花的碎草里动弹着。

老眼没感到疼。老眼不知道发生了什么事情。他张着嘴，看着鳖娃。他以为鳖娃要说一句什么话。后来，他终于感到疼了。他叫喊着蜷成了一团，在地上滚着。

鳖娃愣了好大一会儿。他想他应该干点什么。他想他得把这件事干完。他跑进了马房，在马房里寻找着。他找到了一把镢头。他操起它，朝蜷曲着叫喊不已的老眼跑过来。

他用镢背在老眼头上砸了两下。他感到镢头砸在人头上和砸在硬土块上差不多。就这么他砸死了老眼。老眼的茶色石头眼镜断成了两截，镜片上沾着几滴粉红色的液体。那时候太阳正一下一下在云层里往上拱着，云层里有一种挤破东西的咔咔声。

二十

溜溜下了村外的土坡，就失眉吊眼地喊起来：

"杀啦！杀啦！"

他连滚带爬地跑进村街，在街上来回奔跑，惊得鸡飞狗叫。

溜溜从来没有这么光荣过。全村人跟他来到村口，围着他，听他讲述世界上最让人惊讶的事情。他们张着眼窝，眨着眼窝。他们都渴极了一样，想被深深地惊讶一次。

"杀啦?"拴牢的脖子和雁一样。

"给我水喝。"溜溜说。

别人给溜溜一碗凉水。他一饮而尽。人们盯着他的嘴，等着他开口说话。

"来烟。"溜溜说。

有人把正抽的烟卷递给溜溜。他狠狠地咂了两口。

"杀啦?"仁义说。仁义也来了。

溜溜鄙弃地瞄了仁义一眼。

"人头遍地……"溜溜说。

"啊。"人群骚动了。

"遍地?"人们说。

"遍地……"溜溜说。

"遍……"

"尸堆如山……" 溜溜说。

"如山?"

"如山。"

"山……"

"血流滚滚……" 溜溜说。

"滚滚?"

"滚滚……"

"滚?"

溜溜像喝醉酒了一样。人们激动得满脸通红。他们不知道该怎么才好。

"来了。" 有人突然说了一声。

人们鸦雀无声了。他们齐刷刷把头扭过去。他们看见了鳖娃。他站在坡头那里，脖子上飘着两条红布。他站了一会儿，然后下坡，向村口走过来。

鳖娃走到跟前了。

鳖姓看着他们。他们看着鳖娃。他们突然都有了一种陌生的感觉。他们都硬在了地上，一动不动。后来，鳖娃就看见有人想往回溜。

"回来啦。" 拴牢说。拴牢很不自在的样子，脸上的肉动弹了几下。

"嘿嘿。" 拴牢友善地笑了两声。

"回去抱娃去。" 仁义在他婆娘的屁股上踢了一脚。婆娘睬了一下肚子。

再后来，人们一个跟着一个散了。溜溜左顾右盼。溜溜不知道这是怎么啦。溜溜的眼珠子咕噜咕噜滚着。

"嘿嘿。"溜溜给鳖娃笑着。

溜溜也走了。

鳖娃一个人立在村口，鳖娃满脸干土。没有人知道那时候鳖娃心里想一些什么。

那天，村上人给鳖娃烩了几大碗菜。拴牢和存道几个人陪着鳖娃吃喝了一顿。

村上顺便炸了几锅油饼，全村人在六姥家门口吃了一次"大户。"拴牢又敲着鼓在街道上走了一趟。他一边敲鼓一边喊："吃大户了——"

"鳖娃，这是专意给你弄的。"拴牢指着那几碗菜给鳖娃说。

鳖娃像倒脏水一样往喉咙里灌了一瓶酒。

"吃!"鳖娃说。

鳖娃叉开筷子，照准一碗肥肉片插了进去。

后来，人们看见鳖娃摇摇晃晃地从六姥家走出来。他一脸喜色，边走边唱：

来了来了又来了

披红挂绿过来了

来了来了又来了

花花大门进来了……

他们看见他摇进了他家的那道土门。他家门口有许多土坯，整整齐齐地垒成几个方块。人们突然想起来，挑猪阉蛋的鳖娃好像说过，等他有了女人，就盖几间大房。

二十一

六姥脸上像涂了油一样，泛着那种油光。六姥的柜盖上有一串油饼，用筷子串着，像个小塔。六姥家上房屋里光线很暗，人们的脸埋在阴影里。

"不能留这种人。"有人说。

"留不成。谁知道会出什么事。"仁义说。他蹲在最不显眼的角落里。

"他杀了老眼，土匪饶不了咱。"他说。

"等着看么。"他说。

"杀了老眼，不知还杀谁呢!"仁义又说了一句。

六姥一声不吭。六姥的手越过那串油饼，摸出来一根红萝卜。他们看着六姥。

他们肌肉紧张，精神亢奋。他们听见那种不祥的嚼声又响起来了，直往肉里钻。

那天晚上月光很亮。不知谁家的狗叫了几声。许多人影从门里闪了出来，急匆匆穿过街道。他们来到鳖娃家的土门跟前。他们好像要商量什么事情。他们没有说话。

鳖娃歪倒在土炕上正沉沉大睡。一根粗壮的大红蜡烛戳在半墙上的木楔子上。鳖娃挑猪的职业标志胡乱扔在炕头那里。锅台上有一个盛水的黑瓷盆。那是一种连着土炕的锅台。

"鳖娃。"一个男人的声音在门外叫着，很温柔。

"鳖娃开门。"

鳖娃没醒。

"开门!"声音大了起来。

鳖娃醒了。他感到有点渴。他抱起锅台上的黑瓷盆灌了一气。

有人敲门了。敲门声越来越大。门扇猛烈地颤动着。鳖娃感到有些不对劲。鳖娃甚至听见一声窗纸破裂的声音。他看见一根手指头从纸洞里戳了进来。

"嚓——"

窗纸被撕烂了。鳖娃看见了几个人头。鳖娃没见过这种事。他想找一件什么东西提在手里。他听见"哗啦"一声，然后就看见一堆人从门里拥了进来。

谁也不知道他们是怎么弄死鳖娃的。那天晚上，许多人都听见了鳖娃家那一阵可怕的响动。许多人坐在他们的土炕上，他们睁眼静静地听着。

那伙人离开鳖娃睡觉的那间屋的时候，门没有合严。他们看见一股血水从门槛底下爬出来，顺着门缝里射出的那道光亮爬着，像游蛇一样。他们才知道人身上的血能像箭一样往外射，还能像蛇一样地在地上往前爬。

他们在鳖娃家院子里和了一堆泥。他们挽裤腿，在泥堆里踩着。他们想把泥和得匀一些。他们看着那股血水。

"年轻人的血旺。"他们说。

他们排成一行，一直从土门外排到流血的那间屋门口。他们一块一块递着土坯。仁义拿着泥刀，把土坯砌在门框里。仁义砌得很认真，他甚至不放过一个拳头大小的窟窿。

他把窗户也砌上了。

他给砌好的土坯上抹了一层泥皮。

"唰——"他用泥抹子抹着，泥皮越来越光滑。他一直抹到天亮的时候。

"唰——"仁义还在抹着。

仁义抬头往亮天的地方看了一眼。他看见山包子像他婆娘的奶子一样。他想他婆娘这会儿还在炕上睡着。他想他现在回去还来得及。他想他婆娘要是不愿意他就在她的肥腿上拧一把，一拧她就愿意了。他离开鳖姓家的时候，看见还有几道风干的血水没有盖住，他抓了一把泥，摔在上面。

他到底听见了牲口走路的声音。那是许多天以后。那时候也是天刚亮的光景。村上人都听到了。一伙骑牲口的人包围了村子。

他们是骡马寨子的土匪。

1989 年秋

（原载于《收获》1990 年第 1 期）

赌 徒

一

脚夫骆驼拉着两匹真正的骆驼在戈壁滩上走着。他不时地吐几口唾沫。干巴巴的风不时扬起一股沙土，直往他的鼻眼里和牙缝里钻，他吐出来，它们再钻进去。它们让他的眉毛、胡子和宽板牙齿都变成了那种浑黄的沙土色。他嚼几下，牙齿间就会磨出一阵"咯噜咯噜"的沙子声。每一次上路的时候，他都要挨个儿拍拍两匹骆驼软乎乎的厚嘴，说："咱上路吧。"这回也一样。"咱上路吧。"他说，他们就上了路，就走进了戈壁滩。两匹骆驼用那种居高自傲目空一切的眼神看着前面，迈开了蹄脚。路是熟路。

"呸……呸！"他吐着嘴里的沙土。

天像个瓦盆。在这种走几天见不着村庄见不着人影的地方，天就是个瓦盆。你以为你用不了多久就可以走到天尽头，可是，你耐着性子走吧，天永远是个瓦盆，你永远在瓦盆的正中哩，清一色的沙土，一堆又一堆骆驼草像石头一样往眼窝里砸着。

"呸!"他又吐了一口,"人说坐在井里天有瓦盆大,睁着眼胡说哩。走在路上天也是瓦盆大。"他说。没人和他说话他就一个人自言自语。

"这不是地上走哩,这是在月亮上走哩。狗大个人影也没有。"他说。

"噢么,"他说,"没人和你说话你还憋死不成? 你不和你自个儿说话你和石头说去? 石头又没耳朵。骆驼有耳朵哩,骆驼是畜生。你好好一个人你和畜生说话?"

然后,他就想甘草。他总能想起她。他要甘草的身子,甘草不给。他说甘草你就给我吧我想。甘草看他一眼,不恼也不笑。他说甘草你看我等了这么多年。甘草抿嘴笑着。甘草说你个没成色的吃着碗里想着锅里。他说甘草你胡说,我一口也没吃,你怎么说这话? 难道我吃了? 你说我吃了? 甘草说我给你缝缝补补,生的做成熟的,你还说你没吃。他鼓着眼珠子说那能叫吃? 那不叫吃。甘草说把身子给你,八墩怎么办?

"八墩是个屎毛!"他说。

他不愿提起八墩,他恨不得把八墩掐死。他想总有一天他要用半截砖头把八墩的头砸成烂泥塞进炕洞里,和炕灰搅和在一起,让人看不出哪些是八墩的烂头肉哪些是炕灰,或者扔在粪堆顶上,让狗叼着满街转。他驴日的吃白食,还要和甘草睡觉。

"他是个屎毛!"他说。

甘草看他一眼,依旧抿着嘴笑。他说甘草你让我摸摸,你不让我摸我就羞死了，村上人都说我和你睡哩，可我连摸也摸不成。甘草说："一下?"他说："两下。"甘草说："一下。"他说："一下就一下。"他就摸了甘草的奶子。他的手心里像钻进了虫子。甘草说行了行了够了。他说不行我还想摸一直摸到天亮你说摸一下又没说多长时间。甘草摘开了他的手。甘草就是这么个人。甘草只和他好，不和他睡。她和八墩睡。

再长的路，一想女人就变得短了。骆驼感到他的心像软肉一样泡在热水盆里，手指头上一满是捏着甘草胸脯上那两堆奶子时的感受。

"隔着布衫哩，咦，要是没布衫隔着，咦!"

他想不出那样他的手指头会有什么感受。

"咦——"他把两排结实的宽板牙齿咬在一起，接连咦出来一串声音，然后，把灌进嘴里的沙土远远地吐了出去：

"呸!"

他看见那一团浑黄的唾沫落在了一堆骆驼草上。草猛烈地抖了一下，抖起来几缕干燥的烟尘。

"这是在月亮上走哩。"他说。

要不是甘草，他就不走这条路了。他就走得远远的，随便走到什么地方。人不能让尿憋死。可人有时候就让尿憋死了。世上好女人多着哩，怎么就偏偏舍不得甘草? 人他娘的就是这么个贱东西。好女人多好女人多去，我就想甘草的身子。

突然，他扬起脖子，唱出了几句歌：

> 百七子百八子青稞哟
>
> 二百子街道过了
>
> 年轻轻的时上没欢乐哟
>
> 到老来把脚步儿错了……

　　他感到他的声音不是从喉咙里，而是从脚板底下发出来的，离他很远。他不像在唱歌，他吼着：

> 雪雹子冰雹子掉下来哟
>
> 好端端的庄稼砸了
>
> 眼睁睁地看着没象了哟
>
> 尕妹子把哥哥儿撇了……

　　天像个大瓦盆，他在天底下走着。没有村庄，也看不见人影，他拉着两匹真正的骆驼。

二

　　甘草有一片生动的上嘴唇，从深深的鼻凹处伸出来，像一片肥硕而热烈的嫩白菜叶。那时候她十七岁。一伙骑马的队伍驻扎在她的村子里，那个长胡子的伙夫班长被她的那片嫩白菜叶撩拨得横竖不得安睡。他说甘草你到伙房来我给你吃白面馒头和马肉，大块的。他说得很诚恳。甘草感到她的舌头根上涌出来一股酸酸的口水。她咂着嘴，看着班长满脸的硬胡子，一动不动。班长说你来。她把口水咽进了喉咙，就跟他进了伙房。她坐在灶窝里，吃了三个白面馒头，两大块马肉。班长舔了她的嘴，然后又解开了她的裤子。她挡住班长的手，说：还有我爹妈。班长说，走的时候你拿。她放心地松开手，让班长弄了她。她没觉得她吃什么亏。她每天都去伙房和那个班长幽会。队伍开走以后，她的肚子大了，生下了野种琐阳。她爹说："甘草，你弄这种丢人事，让我和你妈怎么活人。"甘草没想到她爹会说这种话，她瞪着眼看看她爹，又看看她妈。她妈坐在炕沿上淌眼泪。甘草急眼了："你们也吃了馒头和马肉。"她爹说："吃是吃了，谁知道你能弄下这事。"甘草说："你们真不要脸。"就这么，她离开了家，在一个叫胭脂铺的地方落了脚，过上了随心所欲的寡妇生活。她给人做鞋，挣点小钱谋生。时间长了，有人问她，怎么没见过琐阳他爹？她说："挨枪子了。"然后，就把那片惹是生非的嫩白菜叶好看地合在下嘴唇上，做出一种高深的笑的样子。没有人知道她的过去。

　　骆驼回来的时候，甘草正坐在土炕上刮鞋底。她把一堆五颜六色的碎布一层一层糊起来，再依鞋样剪好。鞋底子已刮了许多，在炕头上整齐地摞着，层次分明。她刮得很娴熟，眼睛张得大大的，目光专注。她抹糨糊不用刷子，而是用手指头，右手的食指上沾满了面浆。那真是一根灵巧多变的手指头。

　　她听见一阵骆驼的蹄脚声。野种琐阳把他的脏脸从门外伸进来，说："干爹回来了。"她没抬头，依然在碎布上抹着面浆，听骆驼和琐阳在院子里说话。

"干爹，我拴，我拴骆驼。"琐阳说。他已经七八岁了，剃着光葫芦头。

"你拴，你拴，你能拴出个花。"骆驼说。他从驼背上抱下来一个鼓囊囊的驮子，进了柴房。琐阳拉着骆驼进了后院。

"拴牢实。给它抱些草吃，待会儿我给它上料。"骆驼说。

他拍拍手上的土，进了甘草的屋子。甘草好像不知道出门一个多月的骆驼已经站在了她的眼前，等着她问一句什么，或者说一句什么话。她哼起了一首歌，头顺着歌的节奏一下一下点着，抹糨糊的动作有些夸张了。她平展展地伸着腿。

"咣啷"一声，一块圆圆的东西落在了女人的两腿之间，又弹起来，在炕席上滚着不动了。甘草抹糨糊的手停了下来。

"咣啷！"又一声。

女人的眼睛张大了，放光了，满脸喷出了红色。银圆！

"咣啷！"又一块。

她到底抬起了头，她看到了一张得意的脸。

骆驼不扔了，他用两根手指头捏着一块，在上边弹了一下，放在耳朵跟前，歪脸瞅着甘草。银圆发出一阵悦耳的金属声，拉着*丝丝*，直往甘草的耳朵里钻。

"没成色的，"甘草说，"挣了多少？"

没成色的。嗬，没成色的。骆驼想听的就是这句话。他心里熨帖了许多。他不言语，手在口袋里摸索着，把里边的银圆弄出了一阵响。他看见女人的喉咙动了动，费力地咽了一口唾沫。这时候，他才把它们全部掏了出来，放在炕上。不是七块，也不是

八块，而是十几块！十几块银圆没有一点假。女人使劲蹾了一下
屁股，张开嘴，发出来一串惊呼。她看见骆驼把手又伸进了
口袋。

"还有?"女人的眼睛睁圆了。

骆驼不动声色，在女人的鼻子底下抖开了一块鲜艳的衣料，
绸子的！女人一个蹦子从炕上跳了下来，一把夺过去，贴在她浑
圆的胸脯上。

"挨刀的，没成色的货。"女人说。

骆驼装了一锅旱烟，点着，美滋滋地吸了一口，然后，把半
个屁股放在炕沿上，又搭上去一条腿。

"数数，你数数，看那是多少。"骆驼努着下巴。

女人把炕席上的银圆拢在一起，摆好，一块一块数了起来。
数完一遍，又推倒，再数。

"要是数不完多好，"女人说，"数不完不要紧，我给咱坐在
炕上慢慢数。你笑什么? 笑我爱钱得是? 我就是爱钱。人有钱了
腰硬，心里踏实。"

女人笑了，她笑得很开心，鼻尖上渗出了许多细小的汗珠。
骆驼的心被她笑乱了，他感到有个什么东西在他的身子里动弹
着，他突然想起了琐阳。

"琐阳。"他叫了一声。

他没让琐阳进门。他把琐阳堵在门口，从腰里抽出一把精巧
的短刀。

"给你，到外边玩去，我和你妈有话说。"

他返回身，轻轻地插上门，站在女人的身后。他感到他的心轻轻跳了两下。女人已收好银圆，重新抖开那块布料，在身上比试着，一副陶醉的样子。

"琐阳出去玩了。"他说。

女人没吭声。

他把两只手试探性地从女人的腋下伸过去。

"哪儿弄的?"女人问。

"凉州城。"他说。

他捂住了女人胸脯上那两个高挺的东西。女人的身子一动不动。他的胆似乎壮了，手指头像抽筋了一样，鸡啄米似的在女人的胸脯上弹敲着。他有些不知热冷了。他不停地咽着唾沫。突然，他把女人抱了起来，放倒在炕上，粗蛮地压上去。女人仰着脖子，张着嘴。

"甘草。"他说。他好像要哭了一样。

"甘草，我要解你的裤带了。"他说。

"我解了，我可真要解了。"他两只手急促地寻找着，紧紧捏着女人的裤带头，看着女人的脸。他没想到女人会重重地蹬他一脚。他一点也没有防备。女人先屈腿把他顶开，然后用力一伸，就把他踹到了墙上。她蹬得太突然了。他靠在那里，看着女人，一脸诧异的神情。他看见女人从炕沿上直起身子，整整衣服。女人没有恼。她好像还给他笑了一下。

"没成色的。"女人说。她又比试起那块布料了。

一声马嘶从什么地方传了过来，女人支棱着耳朵。

又一声马嘶。她立刻变了脸色，叫了一声，甩下衣料，奔了出去。

骆驼像一只挨了打的狗，痛苦地抱着头，顺墙溜了下去。

三

一出村，就是那种亘古不变的戈壁滩。

每一次赌输之后，他都要在戈壁滩上纵马疯跑，然后，再把他埋进甘草的怀里，酣畅地睡一觉。那是一匹好马，浑身上下没有一根杂毛。他打马不用鞭子，他用他那只木碗一样蛮横的拳头。他先让它在戈壁滩上跑出一个巨大的十字，然后再绕着圈子跑，一直跑到肌肉鼓硬，眼睛发蓝。这会儿，他就这么跑着，等甘草喊他的时候，已是黄昏时分了。他勒住马，用那双蒙眬的醉眼搜寻着甘草。

他看见甘草远远地向他摇摆着手。

他在马臀上砸了一拳，向甘草奔过去。马绕着甘草转了一个圆圈。甘草像一只兴奋的母鸡，朝他扑打着手脚。他突然伸出手，把她挟了上来。女人淋漓地"噢"了一声，紧紧抱住了他的脖子。

马收住蹄脚，喷着粗气。人汗和马汗混杂的腥味在空气里纠缠着，迟迟不肯散去。甘草一脸爱怜，手指头动情地在他油腻的脖子上滑动着，摩挲着。

"你又输了。"甘草说。

一股燥热从心底里拱了上来，在他的骨头里胡乱钻着。他两腿用力一夹，马突然放开了蹄脚，朝村庄奔去。女人身子激烈地晃了一下，又"噢"地叫了一声，两臂搂紧了他的脖子。

这就是八墩。他是个赌徒，甩刀子，搬赌砖。骆驼想用半截砖头把他砸碎。

骆驼在屋里和琐阳玩着割地的游戏。他已忘掉了刚才的一幕，他忘得很容易，好像什么事情也没有发生过，一脸宽厚祥和的神态。他知道甘草进屋了。他没抬头，依旧和琐阳玩着。

甘草有意把门推出了一声响。

"我和琐阳玩哩。"他说。

甘草靠在门框上，有些难堪。

"八墩来了。"甘草说。

骆驼看了甘草一眼，又扭过头去。

"我知道他来了。我和琐阳玩哩。"骆驼说。

"你和琐阳去柴房玩。"甘草说。

这回，骆驼的目光定在了甘草的脸上。他觉得她太有些不要脸了，麻雀还有指甲盖大小一点脸哩。他想说一句很厉害的话，让面前的这个等着和男人睡觉的女人难受难受，可一时半晌想不出来。女人迎着他的目光，给他微笑着。

"雀儿还有些脸呢!"他说。

女人依然给他笑着。

"走，咱给人家腾地方。"他说。

甘草侧过身子，让骆驼和琐阳出门。甘草用手在琐阳的光葫芦头上摸一下。

"雀儿还有些……"骆驼说。

八墩正在拴马，骆驼朝院子里狠狠地吐了一口。他看着八墩。他看见八墩把头扭了过来。

"你吐谁?"八墩说。

"爱吐谁就吐谁。"骆驼说，他一脸闹事的样子。他想和八墩闹点什么事，不闹点什么事就太便宜他们了。

"咋啦? 我吐啦，你看怎么办?"他冲着八墩说。

八墩好像要发作的样子，可他没有。他似乎看穿了骆驼的用心，立刻换上了一副嬉皮笑脸的赖模样。

"嗬，气不顺，嗬嗬。"八墩说。

骆驼瞥了甘草一眼，说: "你凭什么? 你说。"八墩又笑了两声，说: "如今的世道就是这。有能耐你让她和你睡，去，你给她说去，说好了我让给你一个晚上——模样，瞧你那尿模样。"

"你骂谁?"骆驼朝前走了两步。

八墩不理他。八墩歪着鼻子，一脸轻蔑。他从马背上取下马鞍，提着，进了甘草的屋门。

"哐"一声，门关上了。

"你骂谁? 嗯? 你敢说你骂谁?"骆驼朝门扇吼着。

甘草已点亮了灯。她坐在摊开的被子中间，等待着八墩。八墩把一只脚点在炕沿上，腿一用力，就立在了炕上，向女人横过去。女人轻轻地呻吟了一声。女人软活的身子消化着八墩一肚子的晦气。他晦气，可有的是力气。一会儿，屋里就传出来一阵令人迷醉的响动。他们不说话，在癫狂的情爱中展筋舒骨。

骆驼抱着琐阳坐在柴房的干草铺上，哄琐阳睡觉。甘草屋里的那种响动直往他的耳朵里钻。琐阳睡不着，他不知道八墩为什么要和他妈睡一个屋，也不知道他妈的屋里为什么会有那么大的响动。

"干爹你听，八墩和我妈玩摔跤哩。"

"噢么。"骆驼说。他睁着眼，像干草铺上长出的一截木桩。

"我帮我妈去。"琐阳说。

"你甭去，"骆驼说，"你娃家不懂。"

"我懂。我抱住八墩的腿，把他往倒扳。"琐阳说。

"你甭去。"骆驼说。

"要不你去。"琐阳说。

骆驼感到他的心像什么东西刺了一下，他看着琐阳的脸。

"睡，你睡吧。"他说。

琐阳闭上了眼睛，他确实有些瞌睡了。他躺在骆驼怀里，骆驼轻轻摇着，念着一段歌谣：

小小子，坐门墩儿

啪啦啪啦眼儿

想媳妇儿

想媳妇，做什么

点灯说话儿

吹灯做伴儿……

念着，竟湿了眼眶，鼻根处涌出一股辛辣的酸味。

甘草屋里的灯早已灭了。

四

村庄有个好名字：胭脂铺。村庄不大，直直一条东西街道，房屋像杂乱无章的东西，随便堆放在街道两边。

回到胭脂铺，脚夫骆驼就变成了背包袱的货郎。每天早上，人们就会看见他从甘草家出来，把手里的那把破旧不堪的货郎鼓摇得嘣嘣响，从街东头摇到西头，从西头摇到东头，然后抖开包袱，靠墙根铺开一块方布，把那些花线、顶针一类女人用的东西一一摆好，等着人们光顾。这都是他赶脚时在凉州城弄的，他不放过每一个挣钱的机会。

方布上还放着几双新鞋，是甘草做的。

往常，八墩和甘草睡一两个晚上就走，可这回竟住了几天还没有走的意思。他说甘草你不让那驴日的货走你想让他住到甚时？甘草说他不走我还能赶他走？你做你的营生你管屎他。他说我不想看他的屎眉眼，看他说话的神气，好像八墩是个不受欢迎的住客而他是主人似的。甘草说你不想看他你就摆你的摊子去，到饭时你回来吃饭。所以，每天一大早，不等甘草和八墩起身，他就出门摆摊了，吃饭的时候再回去。在甘草家，只有吃饭的时候他才觉得气顺。我吃我自己挣来的哩，你八墩吃谁的？你吃的也是我挣的，你个驴日的货，要不是甘草，你能吃白食？你吃鸡屎去！

甘草怎么就情愿和这么个驴熊货睡一个炕头？他想不通，气不过。你看她，睡得还怪上心哩，早早就关了房门。"琐阳，你跟你干爹睡柴房。"甘草给琐阳这么说。她好意思，连脸都不红，也不发烧，咦，她……

更让他气不过的是村上人，他们都以为甘草也和他睡，穿的，戴的，都是甘草做的，还能不睡？只是八墩在的时候，甘草才把他从炕上赶下来。他感到他太冤枉了，胭脂铺的人按他们通常的想象力来猜测甘草屋里所发生的男女之事。"骆驼，甘草把你穿得像个官人。"光顾小摊的女人们说得意味深长，眼睛一忽一闪着。

"嗬嗬，嗬，嗬嗬。"骆驼笑得很含糊。他不看她们，他不时地揉着脚脖子。他的脚上穿着甘草做的布鞋。

"骆驼你说实话，甘草和你睡没睡？"

"嗬嗬，看你说的。"他不承认，也没否认。

"你敢不敢喝凉水？"有人说。

骆驼看了那女人一眼，做出一副意味深长的表情。他知道她们想试他。晚上和女人干了那号事，第二天早上断不能喝凉水。

"我不喝，我又不渴。大清早我做什么喝凉水。"他说。

"你敢喝？"她们说。

"我好好的喝凉水？我不喝。"

"他装他不懂。"

"给他端碗凉水来。"

"端来我也不喝，端来了你们喝去。"骆驼说。

"哈！"女人们笑了起来。

"就是嘛，干柴烈火还能不着。"她们说。

"嗬，嗬嗬。"骆驼也笑。他笑得很有节制。

他爱听她们说这些话。她们和他说这些话的时候，他感到心里很滋润。他不能把实情说给她们，她们一知道实情，就再也不会和他说这些话了，就会看不起他，说他没本事，窝囊。这是他最受不了的。

他捺着脚脖子，让她们注意他脚上的新布鞋。

可是，八墩是什么东西。他凭什么和甘草睡！

他想他什么时候一定得和八墩打一架。人不能老这么把气窝在肚子里。

他没想到他会打八墩的那匹马。

那天，他收摊收得早了点，饭还没做好。他看见甘草在厨房里忙活着。琐阳弓着小腿，努力地拉着风箱。后院里传来一声又一声飞刀扎中靶子的声响。

是八墩，他扎得很准，扎上去，拔下来，再甩。他每天都要这么不厌其烦地甩一阵飞刀。他受雇于柳林镇的大赌主麻九，甩飞刀赢羊赢骆驼，然后和麻九分成，然后和麻九搬赌砖，把分来的羊和骆驼再输给麻九。他就弄这种营生。

"驴日的。"骆驼在心里骂了一句。一看见八墩，他总要在心里这么骂一句。

甘草做的是一种叫作搅团的饭。她两手抓着擀杖，在锅里用力搅着，屁股一摆一摆，浑身的肉都在动弹。骆驼走进厨房，她让他帮着烧火，骆驼不烧。

"烧，火太欠。"甘草说。

骆驼把眼珠子滚到眼角处，乜斜着后院里的八墩。

"咋不让他烧?"他说。

"他正忙哩。"甘草说。

"我也忙哩。"骆驼说。"我要给我的骆驼上料。"

他从墙上取下一只木勺，进了柴房。他一看盛精饲料的口袋就鼓圆了眼：口袋空了。他不用想就知道是怎么回事。他把料口袋提起来，摔进了墙角，转身进了马棚。马槽上边的横杆上吊着一只草料袋；八墩的那匹马正悠闲地吃着，并不时地伸过嘴，在小石槽里喝一口清水。

他把手伸进草料袋摸了摸，里边装的全是精饲料。

骆驼的脸一下一下歪了，嘴斜了。这个八墩太不要脸了，他吃白食，马也跟着吃！他想跳起来骂几句恶毒的话。他想冲进后院，在八墩的脸上抓一把，把八墩的脸皮抓下来贴到墙上。他愤怒至极，一下想出了许多主意。

他没骂，也没去后院抓八墩的脸皮。他突然改变主意。他用那把木勺在马嘴上砸了一下。马激烈地摆了一下头，把嘴从草料袋里抽了出来。

骆驼在草料袋里狠狠剜了一勺精饲料。

他走了两步，又回过头来，从横杆上解下那只草料袋。他想他把精饲料倒进自己的料袋，然后就把八墩的这只顺墙扔到村外的土壤里去。

"我让他驴日的找去，我看他驴日的还偷我的精饲料。"

那是一只皮制的草料袋。

八墩的马可真是一匹好马，它飞快地抬起后腿，朝骆驼尥了过来，准准地踢在了骆驼的屁股上。骆驼不禁这突然的一踢，呻唤了一声，平展展趴在了地上，手里的木勺和草料袋一齐飞了出去。

骆驼怔怔地看着那匹马。马打了一个响鼻，嘴伸进小石槽，安闲地吸着石槽里的清水，好像什么事情也没干。

骆驼慢慢地爬起来，捡起那把木勺，朝马走过来。他在马头上轻轻拍了一下。

"好，你真能踢，你踢得真好。"他说。

他甚至给马笑了一下。

他突然抡起木勺，朝马头上砸了过去。他想他要狠狠砸它一阵。他紧紧咬着牙齿。他用的劲太大了。

"咔!"一声，木勺断成了两截。

马似乎没感到疼，只仰起脖子，摇了摇耳朵。骆驼攥着半截木勺把儿傻眼了。他感到他的肋骨里憋满了恶气。他想他得把它们放出来，他得想个办法。

他看中了手里的那半截木勺把儿。

他摊开手看了一会儿，又攥起来，然后，又朝那匹马走过去。

这回，他正儿八经地给那匹马笑了笑，并且，在马臀上拍了一下。马似乎也不计前仇，没有一点敌意，温顺地看着站着。

他把马尾巴提了起来。

他飞快地把那半截木勺把儿朝马屁股里塞进去。

他拾起地上的草料袋，重新挂在横杆上。

"你吃吧。"他给马说。

他大模大样地进了厨房。

"琐阳你起来，让干爹烧火。"他说。

五

马的狂跳终于惊动了八墩。

起初他并没在意。他想它跳几下就好了，没想到它会越跳越狂，越跳越凶。他有些慌失了，以为马得了什么急症。他想喊甘草过来。他想实在不行就要请个兽医来。

马跳着，扬着尾巴，他无法接近它。他不知道马正在进行着一种艰苦的努力，他从来没见过马的这种样子。他急眼了。他不能没有这匹马。

他听见马屁股那里发出一声钝响。他受了惊吓似的打了一个颤，他看见一样东西从马屁股里弹了出来，在空中划出一道弧线，掉在了地上。

"咣啷！"

他怔了。他无论如何也想不到马屁股里会飞出来一样怪东西。

马到底挤出了那半截木勺把儿，立刻安静了许多。八墩能到它跟前去了。他仔细查看了一遍，马屁股没有什么异常，也没有什么损伤，便放下心来。

他走到那件怪东西跟前，用脚蹭了蹭。他很快就认出了它。他咬着牙根，朝厨房走过去。

骆驼烧火烧得很卖力气。他看八墩朝厨房来了，便扭过头去，把风箱拉得呼呼响，身子一前一后地摇着。

"干爹，他瞄你哩！"琐阳叫了起来。

他不能不看八墩了。他看见八墩手里拿着一把飞刀正朝他瞄着，晃着。八墩阴着脸，一声不吭。他心虚了，从灶火窝里站起来，朝后捺着身子，用胳膊挡着脸。他知道八墩真要把飞刀甩过来，他怎么挡也挡不住。

"你别，你个驴……你看你这人……"他有些语无伦次了。

八墩依旧瞄着。

"我又没惹你。"骆驼说。

"甘草，你看他……"他看着甘草。

两个男人的这种事甘草已看得多了，她懒得管，也管不了。她头也没回。

"烧火。"甘草说。

"他瞄我哩。"他说。

"烧火。"甘草说。

骆驼弯下腰，在地上摸着柴火，眼睛不敢离开八墩的手。

"扎，扎吧，扎死算了，我不活了。"他突然直起身，闭上眼睛，脸朝屋顶喊了起来。

"你给我的马尻子里塞木勺把儿。"八墩说。

"我没塞。"骆驼说。

甘草觉得事情有些稀奇，她看看骆驼，又看看八墩。

"你到马棚看去。"八墩给甘草说，"你把木勺把儿塞到马尻子里了。"

甘草一见那半截木勺把儿，就笑得拉不住闸了。

"啊哈！"她仰头笑了一声，从马棚里跳进院子。

"啊哈，好你个骆驼，亏你能想出来，哦哈……"她笑得上气不接下气了。

"我没塞。"骆驼不笑，他很严肃。

"哦哈……"甘草笑倒了，眼里直流泪水花花。

八墩不禁甘草的感染，也想笑。他没笑出来。

"你还嘴硬。"八墩说。他走到骆驼跟前，用刀尖逼着骆驼的鼻子。

"你想吃人不成？"骆驼说。他看见八墩想笑，他想八墩不会把他怎么样，所以胆壮了许多。

"你还吃人呀。"他说，他飞快地扑闪着眼睛。

八墩的脸突然绷紧了。八墩伸出一只脚轻轻一勾，把骆驼勾倒了，炉膛里燃烧的硬柴被碰出来，几粒火星灌进了骆驼的脖子。那是一种钻心的疼痛，他来不及叫喊，只用手在脖子里胡乱刨着，嘴里发出一阵短促的吸气声。

"木勺就是我塞的，咋？看你能把我咋？"骆驼趴在地上，叫了起来。

八墩骑在骆驼身上，一只手抓住骆驼使劲捏了一下。骆驼腿硬硬地鼓着，杀猪一样发出长长一声尖叫。八墩抬起脚，朝骆驼的大腿上踩下去。骆驼噢一声，便躺平了。

八墩把骆驼提起来，出了厨房。他在院子里搜寻了一阵。他看中了黑洞洞的火炕烟囱。他提着骆驼朝烟囱走过去，骆驼失眉吊眼了。

"不！"他叫着，使劲摇着头，"我不！"

八墩硬是把骆驼的头塞进了烟囱。骆驼闻见了一股浓烈的烟油味。他不敢喊叫了。他知道炕洞里有灰，他想他再喊的话就会被炕灰呛死。他紧紧地闭着嘴，憋着气，往外挣扎着。

"你别动。"八墩说。

骆驼撅着屁股，一动不动了。

八墩在骆驼撅起的屁股上踢了一脚，走了。骆驼朝前一拱，哼了一声。他拔出头，仰着脖子朝天吹了一口，脸上沾满了烟油和炕灰。他用手在脸上、在鼻眼里飞快地刨了一阵，然后，就冲进厨房，抓起一把菜刀，又冲了出来，满院子寻找八墩。

"八墩，我日你先人！"他叫喊着。

"八墩，你个驴日的！"

甘草拦住了他。

"没成色的，你治了他的马，他打了你几下，两顶了。"甘草说，"吃饭吃饭。"

"我不吃。"骆驼说。

"不吃你还咋呀？"

"我要杀了他。"骆驼说。

"看把你能成的，你还杀了他？八墩你甭动弹，你让他杀，越说你越能成了，你杀，你今天杀给我看看。"甘草说。

"我不吃。"骆驼说。

"不吃你饿着，你甭说你杀人的话。"甘草说。

"我走呀。"骆驼说。

骆驼甩下菜刀，进了后院。一会儿，他真拉着那两匹骆驼出来了。琐阳急了，叫了一声干爹。

骆驼头也不回，径直出了大门。

"我不让干爹走！"琐阳朝甘草喊着。

"他还会回来的。"甘草说。她从蒸笼里取出几个窝窝头塞给琐阳。

"去，让他路上吃。没成色的。"她说。

六

八墩提着一块磨刀石进了后院。那里有一堆飞刀，他想把它们磨得更锋利一些。琐阳圪蹴在他跟前，手一阵一阵发痒。他不喜欢八墩，可他喜欢八墩的那些飞刀，总想摸摸。

"倒水。"八墩说。

琐阳舀来一碗水，放在八墩的手边。他想他现在可以摸那些飞刀了。

"别动。"八墩说。

琐阳缩回手，朝八墩眨着小眼睛。他感到八墩有些蛮不讲理。

"我也有刀哩。"琐阳说。他从腰里抽出骆驼给他的那把藏刀，"谁稀罕你那些破刀子。我也磨。"

他在墙根下捡来一块瓦片，蹲在八墩对面磨了起来，手指头不时在水碗里蘸点水。

"小心你的手。"八墩说。

"你管。"琐阳说。

天黑了，甘草叫琐阳睡觉。琐阳说我不睡我要磨刀。甘草说："小娃家磨的什么刀，快睡。"琐阳说："我藏刀，我干爹送我的，我不稀罕八墩的那些破刀。"甘草提着琐阳的胳膊，硬把他拉上炕，塞进了被窝。

"睡！"她说。

她不能不让琐阳早些睡。骆驼在的时候，琐阳和骆驼睡柴房，骆驼一走，琐阳死活不睡柴房，要和甘草睡炕。甘草不想让琐阳知道她和八墩的事，不想让他看见什么，天一黑她就要琐阳上炕。

"我睡不着。"琐阳说。

"闭上眼，闭着闭着就睡着了。"甘草说。她给琐阳掖好被子，反拉上门，去后院。

"睡就睡。"琐阳说。

甘草自己也不知道她为什么就喜欢八墩。一看见八墩，她就浑身发胀。八墩很野，八墩想和她睡的时候不低三下四求她。八墩一声不吭，把她扳倒就解她的衣服。八墩很有力气。八墩一会儿是蛤蟆，一会儿是鹞子。她是一只兔子，或者是一匹马，她驮着八墩。她想她总有一天要让他娶了她。她说八墩我要你娶我，你一定得娶我，她说得很动情。八墩依然是一只鹘子或者是蛤蟆，八墩不说话。他一鼓作气，一直把她弄成一堆快乐的软泥。八墩从她的身上滚下来，躺在她的旁边，这时候，八墩才说我不想娶女人，我养不了，我要甩刀子，和麻九搬砖。八墩就这么让她恨不得离不得，让她没有一点办法。

"八墩，你是个鬼。"她瞪着眼睛，声音软软的，好像很遥远。

"我是个赌棍。"八墩说。

"我不信我就化不开你的心。"甘草说。

八墩不吭声了。他睡着了。她坐起来，看着八墩睡实的脸，她觉得八墩像个孩子。她用手在八墩结实的胸膛上抚摸着，心里弥漫着一种复杂的感情，她说不清。

这会儿，八墩正磨着飞刀。

"琐阳睡了。"甘草说。

"噢么。"八墩潜心地磨着。

"咱说说话。"甘草说。

"说么。"八墩说。

"我一点也不稀罕骆驼，走了就走了，我不拦他。没成色的，用不了几天他还会回来。"甘草说。

"尿，我是他我就不回来。"八墩说。

"不回来？"甘草把嘴巴撮成一朵喇叭花，"看你说的，他不回来你和我喝西北风，得是？吃的，用的，都是骆驼挣的。他还偷呢。他也是个人，心也是肉长的。你睡女人，他看着眼馋。倒过来，你是骆驼，你试试。"甘草说得心热了，"他心里想着我，他和你一样，也是个无牵无挂的人，不是想着我，他早走了。"

"你不和他睡，多亏。"八墩说。

"他给我钱，我对他也不坏。我给他缝缝补补，生的做成熟的，两顶啦。"甘草说。

"你作践人家骆驼呢！"八墩说。

甘草脸热了，在八墩肩膀上捏了一把。

"看你，占便宜还嚼舌头。"她说。

"此处不留爷，自有留爷处，偏要在一棵树上吊死，谁知道他图个啥？"八墩说。

"啊哎！"甘草张大眼窝，一脸吃惊的神情。她感到八墩说了一句糊涂话。

"你说图了个啥？"她说，"你说人活着图了个啥？就图有个想头。我是他的想头，你是我的想头，就图了个这！人都要在一棵树上吊死哩！"

"想头，想头。"八墩说。他终于磨完了那堆飞刀，他站起来，想伸伸腰。他把着甘草的肩膀。

"我说的不对？"甘草说。她定定地看着八墩的脸。

"对，对。"八墩说。

甘草把八墩的手从肩膀上拉下来，握在手里。她突然产生了一种强烈的欲望。她想咬八墩一口。

"八墩，我想咬你。"她说。

"咬吧。"八墩说。

"我可是真咬。"

"你咬。"

甘草真咬了。她把八墩的手贴在嘴边，咬住了八墩的手背。她一点一点往牙齿上用着力气。

"呀——"她从牙缝里挤出来这么一声。

她咬烂了八墩的手背。

她突然跳开来，像一只发怒的母鸡。

"我要你娶我!"她喊着。

"听着，我死也要嫁给你!"

"啐!"她吐出了一口带着血丝的唾沫。

八墩一扬手，一把飞刀从手里飞出去，扎进了挂在半墙上的靶心里。

"我的想头是和麻九搬砖头，赢他!"八墩说。

第二天一大早，太平庄的大赌主老五派人给八墩送来一副马鞍。"这是老五专门给你定做的，你可看清了，鞍背上镶着银哩，白银。"来人说。

八墩知道，老五要和麻九开赌了。老五的马鞍子不会白送人。

"不说你也明白，老五想让你给他甩刀子，赢了麻九，他和你三七分成。"来人说。

"我要给麻九甩，甩完刀子，我和他搬砖头。"八墩说。

"老五说你不给他甩也成，可也不能给麻九甩。你出去逛几天，等他们甩完刀子你再回来。赢了麻九，老五照样和你分成。"

"我不想逛，"八墩说，"你把马鞍拿回去。"

"老五是个什么人你知道。开赌那天你要是去赌城的话，事情可就不好办了。鞍子你留着，我走呀。"来人说。

老五的人一走，八墩就牵出那匹马，去了柳林镇。

"我去找麻九。"他给甘草说。

七

麻九家上房屋里充满着那种羊毛烧焦的气味。除了好赌，麻九还爱吃羊头肉。他家的墙上总挂着几只生羊头，轻闲的时候，他就把它们取下来，用烧红的烙铁去毛，泡在清水里洗，再放在锅里煮，然后，用斧头把它们破开，挨个儿吃羊的嘴唇、羊的舌头和羊耳朵，吃羊头上一切能吃的东西。他说羊身上最好吃的就是羊头。吃羊头肉要讲究章法，不能大口大口吃，要一丝一丝啃着吃，剜着吃，这就叫细吃。细吃才能吃出味道。

"你说羊头上最好吃的是什么？"他问他手下的那些跑腿们，"羊舌头？屁！最好吃的是羊眼珠子。这没什么可怕的，羊眼珠摸着软不丢丢，嚼起来很筋道，不信你们嚼去。眼珠子不是尻子，不屙屎不尿尿，有什么肮脏的？不脏。吃羊杂碎的人才肮脏呢！我不吃那东西。"

八墩找他的时候，他刚破开了一只羊头，正在那些骨头里剜着，啃着，啃得满脸流油。他说："八墩，你吃羊头肉不？案板上有，你自己拿。"八墩摇摇头。他说："想吃你就吃，不吃是傻熊。"

八墩看看案板，又摇摇头。

"我知道老五找你了。"麻九说。

"他让我出去逛几天。"八墩说。

"他驴熊输怕了。"麻九从一块骨头里抠出一只羊眼珠子，递给八墩，"羊眼珠，你不吃?"八墩还是摇头。

麻九把那颗眼珠塞进嘴里嚼着，手指头抠着第二颗。

"老五让人给我拿了一副马鞍子。"八墩说。

"他给你你就收下，给你个金人也要，你管尿他。"麻九说。

"甩完刀子，我和你搬砖头。"八墩说。

"这是老规矩，不说。"麻九说。他开始嚼第二颗羊眼珠了。

"说不定老五要翻脸。"八墩说。

"不咋，你放心，咱和他老五耍一回，你就给人说你这回不甩刀子，你要出一趟远门。到时候咱和他老五耍耍。"麻九说。

事情就这么定了。

那天一大早，麻九就领着一伙人赶着羊和骆驼浩浩荡荡来到了赌城，他让人给他抬来了一把黑漆木椅。他要坐在椅子上看着老五输给他。他给八墩说："你找个地方睡觉去，叫你你再出来。"

八墩真躺在了一堵残墙背后，用毡帽盖住脸，睡了。那里有许多残墙断壁，长满了乱草。

"我管尿他。"八墩说。

正午时分，老五的人马到了，和麻九摆出一副两军对垒一决雌雄的架势。唱赌的人站在正当中。

"还是老规矩?"老五问麻九。

"老规矩。"

"唱赌。"老五说。

唱赌人扯开嗓子唱了一声:"开赌——刀手上场——"

从老五身后走出来一个刀手模样的人。他提着几把飞刀。唱赌人问刀手扎手还是扎耳朵,刀手说:"扎耳朵。"

"扎耳朵——"唱赌人扭过头又唱了起来,"扎中耳朵,得羊二百只,骆驼四十匹——"

麻九那边迟迟没有动静。

"麻九,你这回请的是哪路高手?"老五得意地瞟着麻九,"听说八墩游山玩水去了,得是? 没有八墩,你麻九就没辙了,得是? 认个输也行,我把羊和骆驼吆回去,咱另选个日子。"

"我可没听说八墩要游山玩水,叫八墩出来。"麻九说。

八墩从残墙后边站了起来,他用手里的刀子刮着脸上的短毛。老五的脸立刻变得乌青。他鼓着眼珠子看着八墩不紧不慢地走进了场子。老五请来的刀手急了,冲老五喊着:"你骗我! 你说八墩不会来。我不甩了。"

麻九坐在黑漆木椅上摇着二郎腿。

"八墩!"老五突然叫了一声,脸上的肉突突跳着。

八墩好像没听见一样,用手指头试着刀刃。

"我看你活腻了!"老五说。

麻九从木椅里站起来,说:"老五,这就是你的不对了。"

"不关你的事，我和八墩说话。"老五说。

麻九说："这又是你老五的不对了，八墩是我请来的，我可不愿让人说三道四。"

老五的脸色柔和多了。"不说也行，"他说，"八墩，你过来。"

八墩有些迟疑，不知老五要干什么。

"咱生意不成交情在。"老五说。

老五戳得真利索。他一把夺过那个刀手的刀子，朝八墩的大腿戳了过去。"噌——"他们都听见了刀子插进肉里的声音。八墩感到他的大腿根好像钻进了一股冷风，他短促地叫了一声，蹲了下去。

老五把刀子抽出来，扔了。他就戳了那么一刀。

"日他妈不赌了，回!"老五说。

麻九眼睁睁看着老五一伙赶着羊和骆驼呼啦啦走了。麻九没让他的人动手，他亲自把八墩送到甘草家，又提了几个羊头，让八墩养伤补身子。

"你安心养伤，好了再说。"他给八墩这么说。

甘草一听，立刻瞪大了眼，"这玩命呀?"

麻九没理甘草。他说八墩我让人拉几只活羊来，算我麻九给你的报酬。几天后，他真让人拉来了十几只羊，拴在了甘草家的羊圈里。那时候，八墩的大腿上已没了钻风的感觉。他感到有几根针正在他的肉里边一下一下挑着。

八

　　骆驼没出远门，他在一个叫双旗镇的地方住了十几天，给人拉了几趟小脚，晦气得很，交过房钱伙食和两匹骆驼的草料费，手中就没几个钱了。他有些着急，他想他不能这样回去见甘草。他从来没空手回去过。他想他得想个办法。后来，他把主意打在了两个做药材生意的人身上。那天晚上，他偷了生意人的几节虎骨，不辞而别了。他骑在骆驼的背上，一路走得很快，天大亮的时候，就看见了胭脂铺，甚至能看见甘草家后院里的那棵枸树了。他心里一阵舒坦。他把手伸进怀里摸了摸，"在哩。"他说。他甩开两腿，在骆驼的肚子上打了一下，又加快了脚步，他想他再走一程就到甘草家了。他想他吃过饭就出手，把那几节虎骨变成白花花的银圆，银圆保险。他想那两个生意人把时间看得贵重，他们不会追他，有追人的工夫还不如做一笔生意去。

　　他想错了。世上偏偏有那种不惜跑路追贼的人。他眼看着那两个生意人在后边叫喊着追了上来。他心里咯噔响了一下。他知道跑也没用，他们在一块住了十几天，互相都知道了根底。他干脆勒住骆驼，等着他们追上来。

　　"熊人喀，我以为你们不追呢！"他说。他给那两个人笑了一下，他看见他们跑得直喘气。"给你给你。"他说，他从怀里取出一个小布包，扔给了生意人，"不知道你们这么小气。"

　　生意人气歪了脸，让他下来，他看见他们手里拿着绳子。

　　"你下来。"他们说。

"我到家了，我回呀。"骆驼说。

"你下来不?"生意人说。

骆驼从驼背上跳下来。

"你把手伸开。"生意人说。

"虎骨给你们了。"骆驼说。

"伸开!"

骆驼伸开手，生意人抡起绳子，在骆驼的手心狠劲抽了一下。骆驼疼出了两眼酸泪，他像得了鸡爪风一样胡抖着手，歪着脚脖子。

"伸开!"生意人说。

"我疼。"骆驼说，"我的眼泪都疼出来了。"

"你伸不伸?"生意人说。

"好我的爷哩……"骆驼不想伸。

他们把骆驼扭到村口，绑在了碾盘上。他们大声野气朝村里喊着，让人出来看贼。一会儿，碾盘跟前就围了好多人。

"他说是你们村的，"生意人说，"你们村怎么出这货。"

"不是我们村的，是我们村的嫖客。"有人说。

"叫甘草去。"有人喊着。

"来了……"

他们给甘草让开一条路，都看着她。他们不知道甘草会怎么样。琐阳叫了一声干爹，从甘草身后跑过去，要解骆驼身上的绳子，被生意人喝住了。

"谁放了他敲断谁的腿!让他背几天碾盘，看他还偷。"

生意人解下骆驼的裤带，提着走了。人们"嗷"一声笑了起来。他们看见甘草绷不住脸，也笑出了声。

甘草一笑，骆驼的心轻松了一截，他低下头，也做出了一副笑的样子。

"没成色的。"甘草说。

她走过去，麻利地解开了骆驼身上的绳子。骆驼在裤腰上摸索着不敢起来，甘草把绳子扔过去，"就系这个。"

琐阳把绳子抢过来，说："干爹，我给你系。"

人们又一阵哄笑。他们看见琐阳拉着骆驼的手走了。

"八墩在吗?"骆驼问琐阳。

"在哩，"琐阳说，"他让人扎了，在院里晒太阳哩。"

一进门，骆驼立刻把胸膛挺了起来。他想他不能在八墩跟前装熊样，不能气短，他甚至没看八墩。他坐在院子里的台阶上扭着脖子胡乱看着。吃饭的时候他有意把喝粥的声音弄得很响。他努力地嚼着酸菜，像嚼猪耳朵一样咯噜咯噜响，他想，人就要这么自己给自己鼓气。

"三只手。"他听见八墩这么说了一句。

骆驼把粥碗停在嘴边，瞪着八墩。

"看我不认识我? 我说三只手。"八墩说。

骆驼突然产生了一种想哭的感觉。他想谁都可以说他是三只手，而八墩不能说。他感到八墩太卑鄙了。他驴日的是个吃白食的! 他驴日的! 骆驼的嘴唇一点一点变青了，剧烈地抽动着，越抽越厉害。

"你驴日的再说一句。"骆驼说。

"三只手!"八墩又说一句。八墩一副嬉皮笑脸的样子。

骆驼跳了起来,一伸胳膊,就把手里的那碗稀粥一点不留地扣在了八墩的头顶上。"叭"一声,稀粥碰开了一朵花,虫子一样脏兮兮从八墩的额颅上、后脑勺上流淌下来,爬进了脖子。没等八墩醒过神来,骆驼又一个猛扑,扑倒了八墩,骑了上去。他把两只大手抡得很开,在八墩黏糊糊流满稀粥的脸上脖子上扇了起来。八墩腿上有伤,动作不灵便,他从来没遇到过这么个好机会。他想他这次一定要扇美,要好好扇这个吃白食抢夺了甘草的狗熊男人。他想人有机会的时候就不能放过去。他想这和挣钱偷人是一样的道理,过了这个村就没这个店了。扇,扇这个驴日的。

骆驼一声不吭扇着,手上一阵阵发麻。八墩一声不吭忍受着,喉咙里不时发出一声浑浊的呻唤。琐阳看骆驼占了上风,从后院里搬来半截砖头,说:"干爹,我给你砖头砸他,往他后脑勺上砸。"

甘草一把抢倒了琐阳,朝两个男人扑过去,鹰一样扑打着翅膀,把他们拉开了。

"打,往死里打,我让你们往死里打。"甘草喊着。

两个男人喘着粗气,恶狠狠地一个盯着一个。

"打呀,你们打呀!"甘草喊着。

骆驼拾起地上的空碗,盛了一碗饭,蹴在院子里大口大口地吃了起来。他胃口很好。

"滚!"八墩吼了一声。

"让他滚!"八墩冲着甘草吼。

甘草收拾着碗筷。她谁也不看。琐阳眨巴了一阵小眼睛,溜进了后院,把那半截砖头放在了原来的地方。

八墩一颠一跛冲进柴房,把骆驼的褡裢衣服等什物一件一件扔了出来。

"让他滚!"

八墩跛进甘草的屋,碰上门,埋头睡了。骆驼和琐阳把八墩扔在院里的东西一件一件收起来,抱回柴房。骆驼到底出了一口恶心,心里平顺了许多。晚上,当甘草屋里传出那种熟悉的响动的时候,他似乎也没了过去的那种难受。他和琐阳胡说了一些话,就睡了过去,一觉睡到了天亮。

九

院子里平展展铺着一张苇席,甘草盘腿坐在席当中剪鞋样。剪碎的"背子"花呈各种形状纷纷飘落,落在她的怀里、腿上。骆驼抱来一堆柴火,在墙角处给八墩熬汤药。那里支着一只药罐,药汤已滚开了,咕咚咕咚打着泡儿。

"我就不想给他驴日的熬这药,"骆驼说,"不是看你甘草的脸面,我给他熬药?我去河里洗炭去!我给他熬个屎!"

甘草不说话,翘着那片嫩白菜叶一样的上嘴唇,任骆驼唠叨着。

门轴一声轻响。一个上了些年纪的女人从门里走进来,手里拿着一块红布料。"婶子你来啦。"甘草说。她进屋拿出来一双新鞋，说："做好几天了，正要给你送去。女人贼眉鼠眼地看着骆驼，又朝屋里瞄了一眼，她知道甘草的炕上还有一个男人。"知道你忙，两个大男人，够你忙活的。"女人说。她把手里的那块红布料递给甘草："又给你拿活来了，我表侄女出嫁，非要你给她做两双嫁妆鞋，你看这，做好了工钱一块算，成不?"

"有活你尽管拿来，就怕我做不好。"甘草说。

"看你，多会说话。"女人说。

"不送了，婶子慢走。"甘草说。她又坐在了苇席上。

骆驼把药熬好了。

"给，让他驴日的喝去。"骆驼说。他看着甘草端着汤药进了屋里。"琐阳，和干爹到戈壁滩剜蚂蚁窝去。"他把琐阳架在脖子上走了。

八墩喝完药，跟甘草出屋，坐在一截树根上，看甘草剪鞋样。院子里就剩他们两个人了，甘草的心情很好。

"你看这多好，"她说，"我就喜欢你这么坐在我眼前。"她不看八墩，她已沉浸在一种情境里了。"只要你肯，我就嫁给你，咱走得远远的，到个没人的地方去，"她说，"不嫁你也成，反正你是我的人，就这么一辈子也在，我愿意，谁爱说谁说去，我自个儿愿意。"

她剪好了一只鞋样，翻来覆去端详了一阵，她好像很满意。她扭过头，瞅了八墩一眼。她看见八墩正没滋没味地玩弄着他的刀子。他压根就没听甘草的话。

"我说你甭玩你的刀子了，"甘草说，"你以为麻九对你好？他让你给他卖命呢！我再也不让你跟他玩命了。不去，八头牛也拉不动我的脖子。"她说得很自负。

突然，她的眼睛直了，看着门口。

一个男人走了进来，叫了一声八墩。甘草认得他，是麻九的一个跑腿。

"麻九要和刘大头开赌了。"来人说。

甘草看见八墩的眼睛放光了，身子从树根上直了起来。

"什么时候？"

"后天正午。麻九问你伤好了没有。"

"你给麻九说去，八墩不去。"甘草说。

"刘大头请了凉州城有名的贼刀李，麻九说你知道这人。我说八墩，这回你要二八分成，麻九准答应，赢了刘大头，你就得三十匹骆驼，还不算羊。"

"给个金人也不要，"甘草说。她摇着八墩的胳膊，"八墩，你说你不去，快说。"

"我去，"八墩说，他阴着脸，"你给麻九说，甩完刀子，我和他搬砖。"

甘草决心要拦挡八墩。那天早上，她跟着八墩一起进了马棚。八墩解开了马缰绳，甘草抓着八墩的一只手不让他走。

"我不让你去，"甘草说，"我说过了，我不让你去。"

"我要去。"八墩说。

"不。"甘草说。

　　八墩要拨开甘草的手，甘草抓得更紧了。八墩用另一只手捏住了甘草抓他的手指头，一下一下用着劲。甘草疼得直缩身子。

　　"不!"甘草叫了起来。

　　"不!"她松开手，跳了一下。

　　八墩把马牵出了马棚，出了大门。甘草抓住了马笼头。

　　"不!"甘草说。

　　骆驼和琐阳不知道发生了什么事情，从柴房跑出来。

　　"咋啦? 你们这是咋啦?"骆驼说。

　　琐阳一看见八墩要去赌城，想跟着看热闹，说:"我也去。"话未落音，甘草抬起腿朝琐阳踹过去，琐阳翻着白眼，就地旋了一个圈子，被骆驼抱住了。

　　八墩已骑上了马，甘草两眼发红，死抓着马笼头不松手。

　　"要走就拖死我。"她说。

　　八墩两腿一夹，马头一摆，甘草打了个趔趄。

　　"你拖死我。"她咬着牙。

　　八墩动了真的，两腿用力一夹，马甩开蹄脚跑了起来。甘草被拖倒了。骆驼失声喊着:"松手! 甘草你松手! 他驴日的想害你哩!"

　　没坚持多久，甘草的手到底松开了。八墩在马臀上砸了一拳，马飞跑着出了村口。甘草用手捂住脸，身子慢慢蜷了下去，喉咙里挤出来一连串短促的呜咽。

　　骆驼硬把甘草拉进屋里，让她靠炕墙坐好，然后，就在屋里来回走着，很激动的样子。

"他八墩还算个人?"他溅着唾沫星子,"他鬼迷心窍了!我骆驼再不好,也做不出这种没心没肝的事。驴日的,你不让他走远,留他做甚?哎嗨!"他在自己的头上砸了两拳,满肚子的委屈和愤怒不知该怎么说才好。

"你怎么就看上他?他能吃!吃屎!"他说。

"驴!"他叫着,"狗!"

他没想到甘草会冲着他发火。

"闭嘴!"甘草鼓着劲喊了一声,"我的事我自己会管,不用你操心!"

骆驼梗着脖子,喉结上下滑动着,半晌没说出话来。他看见甘草从炕上跳了下来,他以为她要打他,赶紧退了几步。

"你看你,我说错了?难道我说错了?"他说。

"驴!"甘草冲着他喊着,"狗!"

甘草风一样刮出了门。

骆驼听见大门狠狠地响了一声。

十

八墩一刀就扎掉了贼刀李的半只耳朵。赌城里像炸开了一样,爆发出一阵狂热的呼喊。

"扎中了——噢!"

"麻九赢了——噢!"

一伙人欢呼着朝一群迷茫的羊和另一群同样迷茫的骆驼跑过去。羊和骆驼们乱了蹄脚,踏出一片翻卷的烟尘。它们归麻九了。刘大头一脸晦气，拂袖而去。

八墩捡起飞刀，在裤腿上抹了两下，抹去了刀尖上的血丝，给贼刀李说："你不能怨我。"贼刀李愣愣地看着他被扎掉的那半只耳朵，羞愧得忘记了疼痛，血顺着他的脖子往下爬着，像一条红虫。他一句话也没说，他甚至也没看八墩。他一直盯着他掉在泥土里的那半只耳朵。他走过去，把它捡起来看了一会儿，他看见那半只耳朵上沾满了泥土，然后，他手一抬，把它扔了出去，像扔瓦片一样。

八墩和麻九二八分成，得到了四十匹骆驼，六十只羊，可这不是八墩想要的。他要和麻九搬砖。

"麻九，我和你搬砖。"他给麻九说。

"你赢不了我。"麻九说。

"你搬不搬？"八墩说。

"搬。"麻九说。

那里有一张赌台，赌台上堆满了一块又一块结实厚重的赌砖。"搬砖喽——"有人喊一声，飞快地摸着那些雕着图案和数码的砖头。

阳光正旺，赌局很快白热化了。八墩上身一丝不挂，闪着一层油光。他神情专注，眼仁发绿，紧紧盯着摆在他面前的那一长溜赌砖。赌台太大了，他不能坐，他得站着。他猫着腰。

"六饼！"八墩推倒了一块赌砖。

"不吃，来砖！"麻九伸手，有人按顺序递过来一块，麻九把它插进去，"条子！"他推倒了一块。

"白板!"

"八万!"

"风!"

"杠! 后边搬一块。"麻九说。

"啊哈!"麻九跳了起来,"杠底开花!"

"哗啦"一声,麻九把他面前的那一排赌砖全部推倒了。他瞄着八墩沮丧的脸。

"来水!"八墩说。

有人提着一桶水,朝八墩的头上浇下去。八墩像狗一样耸身一摇,摇出了一圈水花。

"你就是把青海湖的水全泼到身上也没用,"麻九说,"我看你还是给咱甩刀子吧?"

"我会赢你的。"八墩说。

"你赢不了我,这是命。"麻九说。

"再开一局。"八墩说。

一阵砖头的撞击声。他们又摆开了一局。

甘草来了。她看到的是一张走火入魔的脸。八墩用两只手抱着一块赌砖,两只慌乱的眼珠子警惕地看着赌台上已经推倒的砖头,迟疑着不敢出"牌"。他大汗淋漓,干燥的嘴唇上炸开了一层薄皮,暴起筋像几条青虫在手背上爬动着。

"出牌。"麻九催促着。

甘草像一只狂躁的母狗,拼力撕开了几个围观的赌徒。她站在八墩身后了。她揪住了八墩的两只耳朵。她咬着牙齿。八墩的耳朵发出一阵响声，耳根裂出了半圈血痕。

"回去！"甘草从喉咙里抖出来一声喊。

八墩努力转过脸来，翻眼看着他身后的女人。他似乎看清楚了，她是甘草，甘草在喊他回去。甘草好像很生气。

"回去？"八墩说，"回去……回……"他的声音含混不清。

甘草松开手。八墩的头又转过去，盯住了赌台上的砖头，手指在抱着的那一块赌砖上烦躁地弹着。

"等一会儿……再等……"八墩说。

"出牌。"麻九说。

"出……我这就出。"八墩说。

甘草气愤已极。她伸开手，朝八墩的脸扇了过去。

啪！一个。八墩的脸摆了一下。

啪！又一个。八墩的脸又摆了一下。

"回去！跟我回去！"甘草说。

八墩的头扭了过来。他感到身后的这个女人有些讨厌。他想应该先处理一下他和女人的事。他放下手里的赌砖站直了身子，他突然抓住了女人的头发，把她抡倒了。他感到女人是一件什么东西，头发是拴东西的绳子，他紧攥着，抡着，让女人的头在地上撞着。他一声不吭。女人抱着头，蜷缩成一团，不时发出一声痛苦的呻吟。他松开头发，后退了一步。他抬起一只脚，朝前跳了一下，朝女人撅起的屁股踢了过去。女人哼了一声，滚了几圈，终于不动了。

"滚！"八墩鼓起全身的力气，朝女人吼着。

"我又不是你的男人，你滚！"

麻九的脸上一满是阴毒的小圆坑，他说："八墩，我看是这，咱改天再来，咋样？"他瞄着八墩的脸。

"来水！"八墩说。

又一桶水从八墩的头上浇了下去。这回，八墩没摇身子。他伸开两只大手，在脸上抹了一下，然后，抱起了那块赌砖。

"条子！"八墩终于打出了那张"牌"。

"吃一砖。二万！"麻九说。

甘草从地上爬起来，摇晃着离开了赌城。

"老饼！"八墩叫着。

"眼镜！"是麻九的声音，他推倒了一张二饼。

乱草枯黄，阳光正烈，甘草跌撞着往回走。

十一

骆驼舀来一盆清水，给甘草清洗鼻子和嘴角的血迹。甘草半倚在卷起的被子上，脸上没有一点表情，任骆驼擦着，洗着。琐阳不懂事，在院子里翻跟头玩，一个，又一个。

一阵杂乱的脚步声从大门外响了进来。两个男人风风火火地跑进院子，用眼睛搜着。

"羊呢？在哪儿？"

"问甘草。"

是麻九手下的两个赌徒。他们跑进羊圈，打开栅栏，把麻九送给八墩的那十只只羊，一只不剩地赶了出来。

骆驼站在屋门口，一脸迷茫的样子。

"是八墩让我们来的，他输急眼了。"他们给骆驼说。

他们看见了骆驼的那两匹骆驼。

"嘀，这儿还有骆驼哩。"一个说。

"拉走。"另一个说。

骆驼急了，"你妈的腿！那是我的！"

赌徒们一脸赖样，给骆驼笑着。"嘀嘀，嘿嘿，我们不知道。我们以为是八墩的。不知不为过，你甭生气，你在，你在，我们走了。"他们说。他们赶走了那群羊。

琐阳从门里溜出去，跟着那两个赌徒走了。骆驼想喊，心里一躁气，就没喊。

"去，让他去，狗日的娃没记性。"

他骂骂咧咧地进了屋。他突然卡住了声音。他看见甘草用一种怪样的目光看着他。他心里有些乱了。他端起水盆，想出去。

"骆驼。"他听见甘草叫了一声。他站住了。他不敢转身，不敢碰上甘草的目光。

"琐阳去……去赌城了，我没喊他。"他说，言不由衷。

"你转过来。"甘草说。

骆驼转过身，他看见甘草直了身子，正一个一个解着纽扣。他感到他身上的汗毛一排一排竖了起来，端水盆的手颤抖着，腿上的骨头正一点一点变软，他快支持不住了。

"不！"他喊了一声。他把眼睛瞪成了两个圆坑。

女人解着纽扣。

"不！"骆驼说。他好像要哭一样。

"骆驼你甭怕，"甘草说，"你想了我多年，我这就把我给你。你来，你想怎么就怎么，我不怪你。"

骆驼被女人的神色吓坏了。他一点准备也没有，他突然转过身，从门里跑了出去。他端着水盆在院子里转圈子跑着。

"不！"他说。他跑了好几个圈子。

"我知道你心里难受，甘草，我……不！甘草。"他跪在甘草的屋门口。他已经泪流满面了。

"哦，啊，啊……"他喉咙里像堵住了什么东西。

他再也没敢进甘草的屋子。傍晚时候，他看见甘草从屋里出来，进了厨房。他知道甘草要做饭。他像一只胆怯的猫一样溜进灶火间，瞄了甘草一眼，把一把柴火塞进炉膛，生着了火。

"咣"一声，大门被撞开了。两个赌徒搀扶着八墩从门口晃了进来。

"他喝醉了。"赌徒说。

"我没醉，"八墩甩开两个赌徒，给甘草笑着，"我，没醉，我，输给了麻九……我，赢不了他。我，没醉。"他摇晃着走了几步，指着骆驼的那两匹牲口，给赌徒说："你们把……把它牵走。"

骆驼的眼睛鼓起来了。

"你让他们，牵走。我把它输给麻九了，以后我赢了，还你……"八墩说。

骆驼慒了。他看着两个赌徒牵走了他的骆驼，竟然没挡。

八墩对骆驼笑着："嗬，嗬嗬，赌场上不能赖账，嗬嗬……"他看见骆驼朝他走过来。骆驼脱下一只鞋，在手里提着。

"啪！"那只鞋重重地落在了八墩的脸上，给那里打出了一个清晰的鞋样。八墩身子一歪，软了下去，软在地上的八墩依然是一副嬉皮笑脸的模样。骆驼还要扇，往八墩的嘴上扇。他想把八墩的嘴扇肿，扇烂，扇成烂肉，然后，再扇他的牙齿。

甘草拦住了他。甘草一脸哀求的神情。

"你，别打了……"甘草说。

甘草没有强夺他手里的鞋，甘草没嫌他打了八墩，她只是哀求他，让他再别打了。"你，别打了……"甘草这么说。甘草让他恨不得怜不得。他看着甘草那张痛苦的脸，真打不下去了。可是，他窝着一肚子气，他不知道该怎么办了。

"呀！"他叫唤了一声。他抡起那只鞋，他自己的头上扇了起来，扇出了一串清脆的响声。

"骆驼，你甭糟蹋你自己。"甘草说。

"呀！"骆驼还在扇着。

甘草捂住脸，呜呜哭了起来。

躺在地上的八墩早已睡了过去，鼾声大作。他睡得很幸福。

那天晚上，骆驼把自己的东西捆成一卷，背在肩膀上，他给甘草说："我走呀，我再也不回这儿来了。"没等甘草醒过神来，他就出了大门。

他真的没有回头。

十二

八墩去戈壁滩遛马，看见几个赶羊的从赌城那边走了过来。他们给八墩说："麻九栽到老五手里了，输得一塌糊涂。"他们还说："麻九蔫了。不信到他家看去。"

八墩真去了一趟麻九家。麻九没心思吃羊头了，他干巴巴坐在椅子里，一脸晦气。

"老五赢了，他风光成熊了。"麻九说。

"我给你赢了他。"八墩说。

"这回三七分成，"麻九说，他来精神了，"我不在乎输赢，我为的是圆气，"他说，"赢了老五，你要愿意，我就陪你搬砖。"

"我和你甩刀子。"八墩说。

麻九有些意外。他没想到八墩会起这种心思。

"你甩不甩?"八墩说。

"不搬砖了?"麻九说，"你不就是想赢我一次嘛，咱还是搬砖。"

"甩刀子，就这一次。"八墩说。

"我的耳朵也不好扎。"麻九说。

"你说你甩不甩?"八墩说。

"甩，"麻九说，"你得先给我赢了老五。"

"一言为定。"八墩说。

麻九没有说错，八墩就是想赢他一次，他做梦都想着这事，再没有比赢麻九一次更大的事情了。一回到甘草家，他就疯狂地练起了飞刀。甘草慌失了。她抱住八墩的胳膊，仰脸看着八墩，"八墩，你就不能听我一句话？我求你了，甭玩你的刀子了，好吗？"八墩拨开甘草的手，说："我不和麻九搬砖了，我和他甩刀子，我要赢他。"

"你这是赌命呢，八墩！"甘草叫了起来。她跑过去，用身子挡住了靶子。

"要扎就往我身上扎吧。"她说，她盯着八墩手里的刀子。她看见八墩的手越抬越高，八墩咬着牙，鼓着腮帮，突然抡开了胳膊。

甘草尖叫了一声。她闪开了。

"咣"一声，刀子深深地扎进了靶心。

八墩疯狂地甩着。

许多年以后，还有人记得八墩和麻九在赌城甩刀子的事。那天，赌城里黑压压人头攒动。八墩提着那把不知扎掉多少人耳朵的刀子，和麻九隔开三十步相对而站，他威风得像个将军，能不能赢麻九，就看这一次了。麻九的耳朵已染上了红颜色，因为八墩要扎的就是麻九的耳朵。

"咱还是搬砖吧，"麻九一直想让八墩改变主意，他说，"有种咱就搬砖。"

八墩不吭声，他已铁了心。

"我知道你想赢我一次。"麻九说。

"你知道就行。"八墩说。

"那我让你一次，你甩吧，我不甩了。"麻九把手里的刀子扔到了地上。他想八墩会把这看成是对他的侮辱。八墩会跳起来。八墩真跳起来，事情就好办多了。

八墩没跳。

"你不甩你不甩，反正我要甩。"八墩说。

麻九没一点辙了。"好吧好吧，你甩，甩。"他说。

唱赌人高声唱着："三刀为限——扎错地方，罚羊五十只，骆驼二十匹；扎成重伤，罚羊一百只，骆驼八十匹；扎死人，偿命——"

"我没那么多牲口，就麻九分给我的那些。"八墩说。

"那怎么成？"唱赌人为难了。

"加上他那匹马。"有人在人堆里喊了一声。

他们都知道，八墩有一匹好马。

"咋样？"唱赌人问八墩。

"不行就不甩了。"麻九说。

"马就马。"八墩说。

"扎错地方，加赔公马一匹——"唱赌人又唱了一句。

麻九圆睁着眼，朝八墩吼一声："你狗日的，动手！"

八墩紧盯着麻九脑袋上的那两只红耳朵。他想他一定要稳住神，他想他最好一刀过去就能削掉它。

"动手！"麻九又吼了一声。

"嗖——"一把飞刀从八墩的手指上飞了出去。人群里发出了一阵惊叫声。

偏了。刀子贴着麻九的肩膀飞过去，在衣服上划开了一道口子。还好，没伤着皮肉。

"哈!"麻九兴奋地叫了一声。

"嗖——"一刀，又落空了。

"哈哈!"麻九叫了两声，他甚至跳了起来。

八墩慌神了，手掌上渗出了一层汗水。

"还有一刀——"他听见唱赌人又唱了一声。

八墩费力地咽了一口唾沫。脸渐渐扭歪了。

"我要赢他——"他拼力喊了一声。

他甩出了最后一刀，刀子沿着八墩沙哑的喊声向麻九射了过去。

"噌!"人们都听见了这一声，很短促，很结实，是刀子扎破障碍的声音。然后，他们又听见了麻九的那一声惨叫：

"噢——"

刀子没扎中麻九的耳朵。刀子从麻九的一只眼眶里扎了进去，一股黑白相杂的东西和血水一起从麻九的指头缝里流了出来。麻九"噢"了一声，扭着身子蹲了下去。

八墩又一次输给了麻九。

明晃晃的月亮升上来，照着空荡荡的赌城。八墩一个人躺在那里，像一只断了气的死狗。他不想回去。他浑身已没有一点力气了。他赢不了麻九，他一点办法也没有。他不知道他这会儿该做点什么，他把他身上那件沾满汗臭的布衫撕成了许多布条，塞在嘴里嚼着。后来，他听见一阵枯草断裂的声音。有人朝他走了过来。

是甘草。他看着她一步一步朝他走近了。

“八墩。”甘草叫着他。

八墩抬起头，眼巴巴看着甘草的脸。他能看清她黑钻钻的眼睛。他突然产生了一种温柔的情感。

“我输了，”他说，“我赢不了他。”

“咱回。”甘草说。

“我没马了。”八墩说。

“你忘了它。”甘草说，“我用我的热身子陪着你。”

那时候，八墩怎么也想不到甘草会偷那匹马。直到麻九领着一伙人找上门的时候，他才知道甘草干了这事。她不知使了什么手段，从麻九家偷出了那匹马，把它拴在了一个山洞里。“你忘了它。”那时候甘草是这么说的。

十三

麻九的那只瞎眼用黑布包着。他一脸恶相，在甘草的院子里走来走去。一大早，他就领着一伙人踏开了甘草家的木门。他们拿着各种家伙。

“狗日的黑心人，扎了我的眼，还要偷马。让八墩狗娘养的出来!”

甘草和八墩还没起身，屋门紧紧闭着。

“不出来就放火烧。”有人喊着。

一只鸡从架上扑扇着翅膀飞下来，一个提短棍的矮个子跑过去，他敲得很准，“嘭”一声敲倒了那只鸡。他把它提在手里扭着，扭出了一股血水。

门开了。八墩从门里走出来，站在门口，他好像还没有睡醒。

"我没偷你的马。"八墩说。

"叫女人出来!"麻九说。

甘草从八墩身后挤出来。她端着尿盆。

"我麻九要开杀戒了，我要杀人!"麻九说。

矮个子胳膊一抬，把那只死鸡甩在了甘草的脚跟前。琐阳用手拨了几下，给他妈说："妈你看它，头断了还动弹哩。"

甘草从人伙堆里挤出去，把那盆尿水泼进了羊圈。

"你们两个谁死都行，你们商量商量。"麻九说，"三天后我来领人。"

他们走了。八墩和甘草看着麻九他们出了大门。

"领人就领人!"甘草喊了一声。

"土匪!"她又喊了一声。她手里提着那只空尿盆。

"你偷了马?"八墩问她。

"噢么。"她说。

八墩急了，"你看你怎么能弄这事! 麻九不杀你才怪。他说杀就真杀他杀人眼也不眨一下你不知道?"

"你就看着让他杀我?"甘草说。

八墩不吭声了。甘草好像没事一样，"回屋去回屋去，看把你难肠的，他麻九谁也杀不成。我都想好了，咱走，咱离开这鬼地方。天一黑咱就走。琐阳，回屋来。"她要给琐阳换件干净的衣服。"你也换一件。"她给八墩说。八墩说："我不换。"他觉得他眼前的这个女人太可笑了，又可气又可笑。

"你走哪儿去?"他问甘草。

"走得远远的。"甘草说。她飞快地收拾着衣柜里的东西。她把它们扔在炕上，拣有用的东西包在一个包袱里。她从柜角里取出来一包银圆，给八墩晃了晃，然后把它夹在包袱中间。"这是我攒下的，我一直没舍得花。我想说不定哪天会有个急用，你看是怎么着，咱到了生地方不花钱还成? 这些事是女人的事，我给咱想着哩。你把你的心宽宽地放在肚子里。"她说。

"你说屎哩!"八墩说，"你说屎哩!"

甘草的手停住了，她抬起头看着八墩的脸。

"你能走到天尽头? 麻九是吃草厨料的，得是?"八墩说。

八墩看见两行清水一样的东西从女人的眼眶里滚出来。一闪一闪地滑过胭脂骨，"啪哒"一声掉在了地上。

"你们两个谁死都行。你们商量商量。"麻九这么说。

"啪哒!"是泪水花花掉在地上的声音。

他们没商量出一个结果，因为他们都不想死。

"我不想死，我也不想让你死，"甘草说，"我好好的为什么要死。"

"谁都不想死，可麻九要让你死。总要死一个。"八墩说。

"你总说死，死，我不想听。"甘草说。

"看你这人，事情明摆着，说不说都一样。"八墩说。

"明摆着明摆着去，你甭说。反正我不想死。"甘草说。

"不说就不说，反正要死一个。"八墩说。

要是没有骆驼，事情就会变成另外一个样子。那天晚上，骆驼突然回到了甘草家。甘草想关门睡觉，她看见骆驼在门口站着。她说骆驼你看我的笑话来了得是？骆驼说我渴了你让我进屋喝口水。她把骆驼让进屋里，给他倒了一碗开水。骆驼一口气喝完了那碗水，然后就一动不动地看着甘草。甘草说骆驼你看我做甚，麻九要杀我你知道不？骆驼点点头。骆驼的眼眶里涌满了泪水。

"马是我偷的。"骆驼突然说了这么一句。

甘草说骆驼你甭和我说笑话我是快死的人了。骆驼说我没和你说笑话，我活够了也不想活了不怨天不怨地怨我娘把我生错了时辰让我碰上了你。我找过几个女人可我就是忘不了你我拿自己没办法。他这么一说，甘草就捂着脸哭了起来。骆驼把脸转过去，看着八墩。

"八墩，你带着甘草和琐阳走吧，"他说，"你离开这熊地方，另找个营生去。"他又说："甘草是个好女人，这是你驴日的福气。我想了她多年，我也不怨她，你们远走高飞去。你驴日的甭忘了我就成。能遇到一起，还算咱们有缘分。"

"到你周年，我和琐阳给你烧香化纸。"甘草说，她已哭成了泪人。

"烧个屎。死了死了，人一死就了了，好好过你的日子比甚都好。"骆驼说。

驴日的八墩靠墙坐着，一句话也没说。

第二天清早，骆驼大摇大摆从甘草家走了出来。

"我是偷马贼!"他大声野气地喊了一句。

"我把马卖给蒙古人了!"他一边走一边喊着，一直喊出了村口。

他到柳林镇找麻九去了。

十四

麻九在柳林镇专门给骆驼摆了一桌"送行饭"。

"吃牛肉拉面?"麻九用那只独眼看着骆驼。

"我要吃肉。"骆驼说。

"好，上肉，要肥肉。"麻九说。

店主端上来几碗肥肉。骆驼无所顾忌，用手抓过来一块塞进嘴里，大口嚼了起来。他吃得很香。几个陪饭的给骆驼劝酒，骆驼不推不挡。

"骆驼，喝。"

"喝!"骆驼说。他仰起脖子，往喉咙里倒了一盅。两盅酒下去，眼睛就呛红了。

"日他的这酒和水一样，喝。"骆驼说。

"骆驼。"是麻九的声音。

"哦。"骆驼应着。他已吃喝得满嘴流油了。他不看麻九。

"我知道马不是你偷的。只要你说一声，我就饶了你。"麻九说。

"是我偷的。"骆驼说。他又咬开了一块肥肉。

"那就不怪我麻九了。"麻九说。

"怪你？我不怪你。看你麻九说的。马是我偷的，我把马卖给蒙古人了。"骆驼说，"不信，你到蒙古打问去，兴许你还能看见那匹马。"

"按规矩，杀贼娃子要先剁手。"麻九说。

骆驼一只手端着酒盅，另一只手往嘴里塞着肉。

"剁，你剁。人死了还要手做甚。"骆驼说。

"剁了手再送你上路。"麻九说。

"我管屄你怎么弄。"骆驼说。

"你想怎么个死法？"麻九说。

"你把我吊死算了。"骆驼说。

"我把地方选在赌城了。"

"赌城就赌城，我不管。"

"我用麻绳给你挽了个圈圈，到时候把你的脖子往里一套就行了。那滋味可不太好受。"

"我不管。我管屄它。"骆驼说。

骆驼吃饱喝足了。他扯起袖子，在油嘴上抹了几下。

"死到临头了，你还有什么话说？"麻九问他。

骆驼认真地想了一会儿。

"我爹妈早死了，没有人和我沾亲带故，我没话说。"骆驼说。

"没话就不说了。"麻九说。

"我这人一辈子没畅快过，这你知道。我想畅畅快快尿一泡尿水。"骆驼说。他说得很诚恳。

"我成全你。"麻九和骆驼一样诚恳。

"这就走?"骆驼说。

"你说呢?"麻九问。

"走。"骆驼说。

他们一会儿就到了赌城。骆驼老远就看见了麻九给他挽好的那个麻绳圈。他们拥着他朝那个绳圈走过去。当他被吊起来的时候,他才想起麻九骗了他。他们没等他尿就把他的头塞进了绳圈里。他想骂麻九一句。他想说麻九你狗熊咱说好的我没尿你就动手了。他张了张嘴,没喊出声。他感到他的耳朵和眼珠子正在发胀,舌头正一点一点往外挤。他努力睁开眼,看见麻九正用那只独眼往他这里看着。他想你狗熊没让我尿我现在尿也不迟。他这么一想,下身就松了劲,一股带着辣味的热水从他的身子里流了出来。然后,他浑身一阵轻松,有了一种飞的感觉。

十五

甘草和八墩拢了一堆硬柴,把骆驼的尸体抬上去。他们把他烧了。甘草和琐阳戴着孝,跪在火堆跟前,看着那堆火越烧越旺。

"琐阳,给你干爹磕头。"甘草说。

甘草突然叫了一声:"八墩!"她看见八墩把一只手塞进火里,手上已燎起了许多泡,正在破裂。她跳起来,朝八墩扑了过去。

"我不赌了。"八墩说。

几天后，甘草用八墩的飞刀给八墩和琐阳剃短了头发，又给他们换上了几件干净衣服。他们真的要离开这个家、这个地方了。甘草把刀子甩进了羊圈，又叫过琐阳，摸出了骆驼送的那把藏刀，也扔了进去。琐阳被甘草的脸色吓住了，没敢吭声。

"你把马收拾收拾，我回来咱就走。"甘草给八墩说。她从屋里抱出一堆鞋和鞋底，出了门，和邻居们道别去了。

八墩抱着马鞍子进了马棚，那匹马已从山洞里拉了回来。八墩把马鞍放上马背，他看见琐阳朝他走过来，很神秘的样子。

"去，到柴房把马肚带拿来。"他说。

琐阳不去。他晃着脑袋，手背在身后看着八墩。

"去，拿去。"八墩说。

琐阳朝后跳了一下，猫着腰，把一只紧攥的小拳头伸到八墩的跟前。他手里攥着什么东西。

"你猜几个?"琐阳说。

八墩不知道琐阳让他猜什么。"去拿肚带去。"他说。

"猜，几个?"琐阳说，"猜对了我给你拿肚带。"

"一个。"八墩随口说了一句。

琐阳的小手伸开了，手心里滚动着两颗鲜红的枸杞豆。琐阳跳起来，一把抓走了八墩头上的毡帽，戴在自己的头上。

"你输了! 噢! 你输了!"

八墩怔了一下，脸突然阴了下来。他看见琐阳的手又背在身后，捣鼓着。

"几个?" 琐阳的小拳头伸了出来。

八墩听见他的头里边 "嗡" 地响了一声。他瞪大了两眼,紧紧盯住了琐阳的那只小拳头。

"几个?"

"一个。" 八墩说。

他又一次猜错了,琐阳的手里仍然是两颗。

八墩的赌火被烧起来了。他脱掉上衣,甩给了琐阳。

"再来。" 他说。

"几个?"

"一个!"

又是两个。琐阳把八墩的衣服刨了过去。八墩恶狠狠地盯着琐阳。这回,他脱下了靴子。

"几个?"

"一个!"

还是两个。

八墩不相信琐阳老出两个,可琐阳偏偏出的是两个。一个越赌越兴,一个越赌越背。他们坐着赌,趴在地上赌,头抵着头赌。八墩把身上的衣服全输给了琐阳。

"再来!" 八墩说。

"你输光了。" 琐阳说。

八墩急了,把眼睛转向了他的那匹马。

"还有那匹马。" 他说。

琐阳精神大振,又一次伸出了他的小拳头。

"最后一次。"琐阳说。

"你来。"八墩的眼里喷着干火。

"输了不能耍赖。"琐阳说。

"来你的，兔崽子。"八墩说。

"几个?"

"一个……不，两个……"八墩有些心虚了。

"几个?"

"两个!"八墩终于下了决心。

这回，琐阳偏偏出的是一个。

"马是我的了——"琐阳从地上跳出来，冲进了马棚。

八墩被彻底打倒了，他感到眼前一阵阵发黑。他晃晃悠悠从地上站了起来，从甘草家走了出去。

琐阳还在喊着："马是我的了——马是我的了——"

甘草进门的时候，琐阳牵着那匹马，抱着八墩输给他的一大堆衣服正从后院里往外走。

"我赢了!"琐阳给他妈说，小眼睛里闪着兴奋的光彩，"八墩输给我了，你看，都是我赢的，还有马。"

甘草的身子摇晃了一下。

"八墩呢?"

"他输光了，走了。"琐阳说。

甘草一口气跑到村外。她没看见八墩。她看见的是一片苍茫的戈壁滩。

"八墩——"

甘草绝望的声音一截一截往远处延伸着。从此以后，她再也没见过八墩。

她把那匹马拉进马棚，拴好。她拴得很结实。然后，她给它添草，倒水，又舀了一勺精饲料搅进去。她看着它吃。它吃得不紧不慢，悠闲自在。琐阳不知道他妈的心思。他感到他妈的脸有些怪。他看见他妈进了羊圈，捡回了那两把刀子。他有些害怕了。

"妈……"他叫了一声。

他妈不说话，也不看他，径直进了马棚。他看见他妈举着那两把刀子朝那匹马刺了过去。他妈像疯了一样。

"那是我的马！"琐阳朝他妈喊了起来。

甘草胡乱刺着。刺进去，拔出来，又刺进去。

"我的马！我的马——"琐阳拖着哭腔跑了。

甘草终于戳死了那匹马。她提着两把血刀，对着死马大口大口地喘着粗气。

琐阳在村外的戈壁滩上奔跑着：

"我的马！我的马……"

1990 年 10 月再改

（原载于《收获》1991 年第 1 期）

老旦是一棵树

一

老旦坐在屋檐下，眼睛像两枚深邃的黑药丸。他在看雨。雨织成细密的薄网，从昏黄色的天空一股一股飘下来，落在院子里。雨不大，但时不时会吹破那张网，吹出些冰凉的水沫，淋在他的脸上，精湿的瘦脸便泛出那种明滑的水光。如果是过去，他就不会这么专注地看雨了。他会立刻把他捂在被窝里，抱着他的女人，或者骑在她身上，制造出一长串欢乐。下雨的时候，男人精气旺，女人阴气盛，他说。他不止一次给双沟村的男人们传授过他的经验。下雨的时候你抱着女人，你会以为你是在水里哩，你会以为你抱的是一条鱼，光丢丢的，信不信由你，你们不信我信，他说。当然，这都是十五年以前的事了。盖上房屋的时候，一片崭新的瓦从房顶上滑落下来，掉在了老旦女人的头上。尖利的瓦棱和女人乌黑的头发一起砸进了头盖骨，她一声没吭，流了一摊污血，死了。他成了鳏夫。

"啐——"老旦朝天上吐了一口。唾沫切断绵长的雨丝，在空中划出一道弧线，啪哒一声，落在水洼里，散成了一朵萝卜花。他吐得很不经意。

老旦的儿子大旦也在看雨，只是心情和他爸有些不同。他三十岁，是个光棍，一颗生姜一样的头很随便地连接在粗短的脖子上。他坐在上房屋的厅堂里，平展伸着两条腿，两只大拇脚趾从鞋的顶端挤出来，好奇地看着外面的世界。他一手提着一副生铁犁铧，一手抓着一块粗糙的石头。

"啐——"大旦也吐了一口。他一直盯着那口唾沫，看着它飞出去，再落下来，散开，被雨水淹没，然后，他扭过头，看着他爸。他和他爸吐在了同一个地方。这不是一件很容易的事情。他想看看他爸的反应。他爸侧着脸。他只能看见他爸的一只耳朵。他爸一动不动，严肃得像个将军。他感到自尊心受到了极大的伤害。他想让他爸说点什么。他一直想让他爸和他说点什么。

"我真想在犁铧上敲一下。"他突然说。

老旦好像没听见。大旦感到他的自尊心又遭到了一次伤害。

"当!"他真的敲了一下。犁铧发出一声短促的钝响。他爸被吓了一跳，头飞快地向他扭过来。这回，他到底看见了他爸的脸，他爸不说话，只是瞅着他。

"当!"又一声。

大旦迎着他爸的目光，一脸挑衅的神情。

"你能不能不敲?"老旦终于开口了。

"不能。"大旦说。

"要敲你提到街道上敲去，甭让我听见，我不想听。"老旦说。

"我敲我的犁铧，你看你的雨，井水不犯河水。"

"敲吧敲吧。"老旦说，"爱敲你就敲。"

"敲就敲。"大旦说。他一下一下敲了起来，不紧也不慢，而且摆出一副要不断地敲下去的架势。他仰着头，偶尔朝他爸斜瞟一眼。

"当——当——当——当——"

老旦终于受不住了。

"你这是敲丧哩!"老旦说。

"不对，我敲犁铧哩!"大旦说。

"犁铧是让人敲的? 难道犁铧是锣? 你说。"

"狗是看门的，还是杀了吃肉的? 你说。"

"你敲得人心里瞀乱。"

"我不敲我心里瞀乱。"

"娶不到媳妇能怪我? 你和我较什么劲?"

"我没和你较劲，我敲犁铧。"

大旦感到他浑身的肉突然变热了。他站起身，把犁铧提在手里，用石头在上面飞快地砸了起来，犁铧立刻发出一阵急促的生铁声。

"当当当当……"

"你驴日的敲吧，"老旦也站起来，"看你能敲出个媳妇来。"他甩甩袖子，要走。

大旦急眼了，他想他敲犁铧就是给他爸听的，他爸一走，他一个人敲着一定很乏味。

"站住！"他朝他爸吼了一声。

老旦站住了。他看见大旦两眼发红，狼一样盯着他。

"我去白菜地。"老旦说，"你敲你的。"

老旦走了，再也没有回头。大旦看着他爸的背影，眼里像要渗出血来。他恨不能掐住他爸的脖子，把他扭回来。

"敲就敲——"他跳起来，撕扯着嗓子吼了一声。

生铁犁铧愤怒地响了起来。

老旦已走出村口了。他看见东边正在退云。他想雨一停，他的两亩白菜就会疯了一样往上长。他没想到他会碰上仇人赵镇，更想不到后来发生的一切，都与他和赵镇的那一次碰面有关。

二

他听见了一阵踩踏泥水的声音，然后就看见了赵镇。

天说晴就晴了。太阳像圆圆的红柿饼。远处是群山，近处是一片又一片秋庄稼。老旦像一只安静的老狗，看着他的两亩白菜，白菜长势很好，一棵挨着一棵，从湿软的泥土里拱出来，白生生一片，朝着高远的天空。阳光唤醒了它们在雨天里聚积的精力，不时发出那种舒筋展骨的梆梆声。老旦爱听这种声音。他是个种白菜的老手。他从不多种，一年只种两亩。他总能让它们卖出好价钱。

啪叽啪叽，有人踩踏着泥水走过来。雨刚停，路上还有积水。

　　是赵镇。他走到老旦跟前了，身后还有一位外乡女子。他是个人贩子。每一次出远门，他都会领回来一个年轻女人。这次领回来的女子叫环环，她家在北山深处的一个旮旯里。赵镇在她的村子里住了几天，然后就进了她家的门。赵镇说你跟我走，我给你找个男人，让你过好日子。她就跟着赵镇来了。赵镇说我们那里有吃有喝，就是缺女人。她长得不漂亮，但年轻，不到二十岁的样子，脸上布满太阳长久烘烤过的那种颜色。出家门的时候，她把一块印花手帕塞进裤兜，有意让手帕的一个角从裤兜边上探出来，远看像一只鸟的花尾巴。她觉得这么好看。村上许多女人都这样，花尾巴在裤腿那里一颠一颠的。赵镇说路上有人问，你就说我是你姨夫。环环说姨夫咱走吧。他们走了两天两晚。走到一天一夜的时候下起了雨。环环说姨夫咱还走吗？赵镇说走。他们一路踩踏着泥水。湿泥粘在鞋底上，越粘越厚，他们不时地踢甩着。有时鞋和湿泥一起甩出去了，他们就喊叫一声，光着一只脚追过去。这样，他们的路程就会少一些单调。村上有许多女人叫我姨夫哩，赵镇偶尔也给环环说几句这样的话。

　　"白菜长得不错。"赵镇站在老旦的屁股后头，微笑着。

　　"走你的路，你管屎它长得错不错。"老旦说。

　　老旦从来也不掩饰他对赵镇的仇恨。我看不惯他，我恨他，老旦给人这么说。为什么？不为什么。难道世界上的每一件事情都要为个什么？人为什么要吃？你说。肚子饿？肚子为什么要饿？你能说清楚？说不清嘛。其实，他对赵镇的仇恨由来已久了。那是在他的女人被瓦楞砸死以后，他突然有些无所事事了。最难熬的是晚上，他躺在炕上胡思乱想。他突然想人一辈子应该有个仇人，不然活着还有个屁意思。他觉得这个想法很妙。他甚至有些激动，浑身的肉不停地发颤。以后的许多日子里，一躺在炕上，他就会想仇人，仇人，仇人，浑身的肉打着战。他把双沟村的人一个一个从脑子里过了一遍，挑来挑去，便挑中了人贩子赵镇。就这么，赵镇成了他的仇人。他巴望赵镇能遇到些倒霉的事情，他甚至希望赵镇出远门的时候栽进车轱辘里，最好不要把他碾死，碾断一条腿就行，让他整天拖拉着走来走去。看着你的仇人拖拉着一条断腿在街上走来走去，你心里会是个什么滋味？可赵镇每一次都会好好的回到双沟村，他活得很滋润。赵镇遇到的事情都是好事情，而且，日子越过越富。每一次领回一个女人，他都会赚一笔钱。老旦怎么看也看不出赵镇会在哪一天倒运。老旦更恨他了。一个人没根没由地仇恨一个人，这听起来好像有些古怪。可老旦不觉得古怪。

"老旦，你能不能对我友好一点？"赵镇看着老旦的后脑勺，"这么多天没见，我好好问你话，你看你，让我走我的路。"

"我和你没说的。"老旦说。

老旦还想说几句恶毒的话，话还没出口，他听见了女人的声音。是环环。

"姨夫咱走。"环环说。

老旦扭过头来，用那两只药丸一样的眼睛把环环从头到脚审视了一遍，然后，把目光移在赵镇的脸上。

"你驴日的又领回来一个。"他说。

"她叫环环。"赵镇说。

"环环？这名字怪。"老旦说，不知为什么，他的语气缓和了许多。

"怎么样，给你家大旦？"赵镇说。

老旦的眼珠子直了。他没想到仇人赵镇的嘴里会吐出这么一句话来。他想起了大旦给他敲生铁犁铧的样子。他心里有些乱了。

"你驴日的奚落我。"他费了好大劲，终于说出了这么一句话。

"我不和你开玩笑。我不像你，把满世界人的心都看成黑的。"赵镇说。

老旦从赵镇的脸上看不出真假。

"要不要？不要我就给别人说去，村上的光棍一茬茬往上长哩。"赵镇说。

"姨夫咱走。"环环说。她有些不好意思。

"你再想想，就是这个人，你看过了，想要就去我家。"赵镇说。

啪叽啪叽啪叽，赵镇领着环环走了。

老旦怔怔地看着那两个人拐进了村子。他突然抡起拳头，在大腿上砸了一下。

"驴日的你，我为啥不要！"

他撒开腿朝村里跑，一路上摔了几跤，等跑回家的时候，已变成了泥人。他看见大旦靠着墙壁睡着了，生铁犁铧已被敲成了碎片，散乱在厅堂里。他没叫醒大旦。他踩着生铁碎片来回走了一阵，然后仰起脖子，朝着赵镇家的方向吼了一声：

"驴日的你，我为啥不要！"

大旦被他爸撕裂的嗓门吓醒了。他看见他爸一身泥水，满脸涨红，脖子上直直竖着两条筋，吼叫声早顺墙传了过去，嘴唇还不停地抖动着。他以为他爸在骂他。

"我睡着了，我又没惹你。"他给他爸这么说。

老旦说做饭。大旦说做饭就做饭，没好吃的，热剩饭。老旦说剩饭就剩饭。他们吃了一顿剩饭，然后就睡了。老旦没告诉赵镇领环环的事，他感到这事没个准头。第二天，他被一阵干脆的爆竹声吵醒了。

三

赵镇回来的那天晚上，他婆娘一高兴，便提前生产了。她在炕上栽来滚去，失眉吊眼地喊叫了半夜，挣出了一堆羊水和一个白白胖胖的儿子。赵镇一辈子什么都不缺，就缺个继承香火的人。他想过各种办法，求神告奶奶，吃各种丸药汤药，闯过红，用过各种姿势，也有过一连十几天抱着婆娘不下炕的经历，结果都令他沮丧，婆娘的肚子怎么也鼓不起来。他恨不能从婆娘的肚子里掏出一块肉，捏成个儿子。有时候他会摸着婆娘的肚子，可怜兮兮地说，你给我生个儿子吧，我把你叫爷哩。有时候，他会咬牙切齿地在婆娘的大腿上抓一把，让婆娘发出几声猫一样的叫声。他说你甭叫唤，你给我生个儿子，我把你当我妈一样服侍。有时候，他会把婆娘折腾成一摊软泥，他说我就不相信我赵镇整不出一个儿子来。他奋斗了几十年，他终于整出来了。他险些晕了过去。他激动得像一只公鸡。他实在想不出表达他心情的好办法，便把头抵在衣柜腿上大哭了一声。爷呀，我的爷呀！他哭着说。然后，他一蹦子跳到了院子里，大声野气地喊着：灌黄酒去！有人跑了出去。买炮！放几串炮！又有人跑了出去。磨面，磨五斗面，我要给全村的人喝一顿胡辣汤！第二天一大早，人贩子赵镇亲自给婆娘热了第一碗黄酒。三长串爆竹一齐爆响，把他五十岁得子的消息传遍了双沟村。当天下午，胡辣汤也做好了。双沟村男女老幼一百多口人挟着碗筷在赵镇家门口新支的铁锅前排起长队。爱吃不掏钱的饭是双沟村人的脾气。不掏钱的饭吃起来香，他们都有这种感受。何况，能吃他的粥，是抬举他哩。一会儿，满街道就响起了那种喝汤的吸溜声。赵镇换上了一身崭新的衣服，戴一顶瓜皮帽，不时走出门，一脸得意的神色，像上了油彩。他抱着手给喝汤的人摇着：你们喝，我婆娘身子虚，我得照看。然后，再朝那扇大门里走进去。

赵镇家的那只狮子狗把眼睛瞪得像豆角一样，朝满街喝粥的人吼叫着。有人说你看那狗，不悦意了。有人说吼你娘的腿，主人施粥，你鼓什么闲劲。

老旦和大旦一前一后领了一碗粥，圪蹴在一个土堆背后喝着。赵镇得子，老旦的心又疼了一次，但粥不得不喝，不喝白不喝，至少可以省去做一顿饭的麻烦。

"他得意成熊了！"老旦说。他已喝完了一碗，"你等着我，我再去舀一碗，我有话和你说。他驴日的应该蒸些馒头，胡辣汤泡馒头才好吃哩。"他说，他真的又舀了一碗。他感到他应该把那件事告诉大旦了。

"大旦，我把实话给你说了。赵镇又领回来一个女人。"他说。

大旦停止了吸溜，看他爸。

"他问我想不想给你要过来。"老旦说。

"你咋说？"大旦的心提了起来。

"我咋不想要？可他是我的仇人，"老旦说，"受仇人的恩惠，咱先人在坟里会睡不安稳。"

"他又没得罪咱先人。"大旦说。

"他得罪我了！"老旦说。

"我想要，"大旦说，"你压根就不想给我娶媳妇。"

"胡说！"

"哼！"

"你让我再想想，这是和仇人做事哩。"老旦说。

"他给我个媳妇，我给他磕头哩，"大旦说，"这有什么好想的？爱想你想去！"

大旦端着碗走了。在街道的拐角处，大旦把那只空碗高高地举起来，又狠狠地摔下去，叭一声，碎了。

老旦眨瞜着眼，脖子直了半晌。

事情太重大了。几天工夫，老旦瘦了一圈。大旦无犁铧可敲，便靠着墙壁胡哼哼，哼累了，就把头埋在胳膊里睡觉。他说他不想做饭，他已做了十几年饭了，做够了，谁爱做谁做去。他说做饭是女人的事。老旦说我是你爸，我不许你这么和我说话。大旦说我是你儿，我不许你坏了我的前程。老旦说你看你那死猪样，我真想踢你一脚。大旦说死猪不怕烫，还怕踢？踢吧，嘟哩格嘟哩格嘟哩格嘟。

后来，老旦终于想通了。水从门前过，哪有不舀一勺之理？赵镇这几天高兴，说不定会少要几个钱哩。就这么，他想明白了。那天晚上，他迈着双沟村人很熟悉的那种步子，走到了赵镇家门口。

"哎！"他喊了一声，"把狗拴住！"

赵镇说，是老旦啊，进，进，这几天人来人往，狗拴着哩。老旦说不进了不进了，那天你在我家白菜地头说的话还算不算数？赵镇想了想说，咋不算数，算数。老旦说我没钱给你，我只种了两亩白菜。赵镇说就那两亩白菜吧。老旦一直背着手，不时地抖着。这会儿，他不抖了。他像不认识赵镇一样，上上下下瞅着赵镇的脸。他没想到赵镇高兴的时候还这么清醒。

"我以为你这几天心里高兴，会少给我要几个哩。"老旦说。

"看你说的，我指这活哩。"赵镇说。

"我的白菜不白种了？"老旦说。

"你换了个大姑娘。"赵镇说。

"噢，噢，白菜就白菜吧。过两天我接人。"老旦说。

"我婆娘坐月子，我想让环环照看两天。"赵镇说。

"一个萝卜让你八头栽呀？"老旦说。

"接人也成。环环白天来我家照看月婆，晚上回你家睡觉，成不？"赵镇说。

"一接过去，就是我家的人，你得付点工钱吧？"老旦说。

"我少要些白菜，成吧？再不成就算屎了。"赵镇说。

"就按你说的办。驴日的你。"老旦说。

事情办成了，但老旦的肚子里好像吃了一只苍蝇，横竖不舒服，第二天一早有人看见他背着手到村长家走了一趟。

四

村长马林正在给他家的鸡修盖一座房屋。他不抬眼，一听声音就知道是老旦。

他听见老旦站在他的背后了。他掂量着一根木棍，想把它塞进墙上的窟窿眼里。他已塞了一排。墙上还有几个窟窿，满有信心地等待着木棍。马林塞了一根，又塞了一根，塞得一丝不苟。他想老旦很快就会给他说点什么。他想错了。老旦伸着脖子，眼珠子盯着墙上剩余的那几个窟窿，好像要等马林塞完以后才开口。马林有些诧异，然后就有些激愤：你驴熊爱等就等着，我塞完木棍还要上草箔子，上完草箔子还要上泥，还要上瓦，你个驴熊。

老旦似乎很有耐心，脖子一直伸着。

他们开始了一场漫长的等待。后来，马林有些忍不住了。

"你驴熊没见过盖鸡窝得是?"马林说。

"没见过,"老旦说,"实话说,我长这么大还没见过。"他说得很诚恳,他好像定了心要跟马林学一门盖鸡窝的手艺,"我长这么大还没见过像你这么盖鸡窝的。"

"那你就瞪圆眼珠子看吧。"马林说。

"我看这做什么?我没事干看你盖鸡窝?"老旦说,"我死了女人就不养鸡了,你不知道?我家要是有女人我他妈的就盖鸡窝。可我不会有女人了。"他说。

"大旦总要娶女人的。"马林。

"当然,那是一定的。他娶女人他盖鸡窝去。"老旦说。

"你个驴熊哎!"

马林把最后一根木棍塞进了最后一个窟窿里,然后拍拍手,转过身来,看着老旦的鼻子,"你找我有什么事?"他说。

"赵镇又领回来一个女人。"老旦说。

"就这事?"马林从地上端起一把泥壶,喝了一口茶水。

"你是村长,你得管管这事。"老旦说。

"我只管收粮交税。"马林说。

"赵镇是人贩子!"老旦说。

"我知道他是人贩子。可管了赵镇,咱村上的光棍怎么办?他只贩女人。赵镇好就好在他只贩女人。"马林说,他又吸了一口茶水。

"好事都让赵镇占了。他贩女人发了财,还得了个儿子。"老旦说。

"那你得问赵镇的婆娘去。她要生，谁也没办法。赵镇就不该有个种？"马林说，"这又不是墙上的窟窿，用木棍可以塞住。她要生嘛！"

"我就想让他没种，"老旦说，"好事都是他的，一个萝卜八头栽。"

"有时候，一个萝卜就让一个人八头栽了。"马林说。

"这么说你下决心不管赵镇了？"老旦说。

"噢么，"马林说，"你能管你管去，我不管。"

"你不管你不管，这次领回来的女人要给大旦，我又不吃亏。"老旦说。

"你个驴熊！"马林说，"人家给你领女人，你还告人家的状，你个驴熊。"

老旦对马林笑了两下。他觉得这事确实有些好笑。

"嗬。嗬嗬。过两天我就给大旦成亲，到时候你来喝白菜汤，一定，你忙，我走呀。"

老旦背着手，马林看见老旦的手指头在后腰背上得意地动弹着。

两天以后，环环和大旦见了一面。又过了两天，环环和大旦便成了大礼，成了老旦的儿子大旦的女人。按照约定，环环白天在赵镇家照顾坐月婆，晚上回老旦家睡觉。先一天，老旦从白菜地里挖了五十棵白菜。这也是事先的约定。老旦把那五十棵白菜做成汤，给村上的几家头面人物喝了一次。挖白菜的那天，老旦心里很难过，一句话，两亩白菜就成了赵镇的，他想不通。他流着泪给大旦说：这是咱父子两个一年的血汗。大旦说噢么。老旦说你噢尿哩，白菜很容易就成了赵镇的你还噢么。大旦说那你让我说什么？老旦说你走吧你先走，我在这里坐坐，我知道你现在想的不是白菜。大旦背着白菜背篓走了。大旦心想他爸说得对，他这会儿满脑子都是环环的身子和大腿。

　　风一会儿就吹干了老旦的眼眶，他在白菜地里坐了半晌，太阳早已落山，地里的湿气上来，毛毛虫一样在他的屁股上爬来爬去。他想他不能再坐了，再坐下去湿气就会钻进他的肠子里。他希望他的两亩白菜明天就烂在地里，烂成一堆又一堆臭泥，发出粪尿一样的气味。他这么一想，便有了一些激动。他走到白菜地中间，掰开几片叶子，把手伸进去，抓住脆嫩的菜心在里边胡揉乱捏了一阵，然后再把叶子盖好。他一连揉捏了十几棵。

　　"你们烂了吧，看在我老旦的老脸上，烂了吧。"他对满地的白菜说。

　　他站在白菜们中间，像一只孤独的老狼。他的手指头上沾满了白菜的汁液。

五

　　喝白菜汤的人一走，院子里就空空荡荡了。几十个白瓷碗像从地里长出来的一样，圆圆的，朝天张着，每一个碗上都整齐地担着一双木筷子。刚才稀里呼噜一片吃声，突然就剩下了几十个空碗。老旦愣愣地看着那些空碗，半晌没说一句话。他感到他家的院子像散场后的戏台。大旦的感受和他爸完全不同。他觉得那些空碗都是过时的东西，有一样更新鲜更实在的事情正等着他去做，戏还没开场哩。他说环环，咱回屋去，咱爸就这么爱想事情，让他想吧，咱进屋。环环正要转身，老旦却开口了。

"你们回屋，这些空碗咋办？让我收拾？"

"我看你看它们哩。"大旦说。

"我看空碗？空碗有什么可看的？你错了！"老旦说。

环环什么也没说，挽起袖子，开始收拾那些粗瓷大碗。大旦愣了一会儿，也跟着一块收拾。粗瓷大碗的碰撞声立刻使老旦的家里有了活人气息。老旦没动，他看着他们收拾。他感到环环还算懂规矩。收拾完了，天也黑了，大旦和环环站在他爸老旦跟前，看他爸还有什么吩咐。

"有二十八个碗是借人家的。让我去还？"老旦说。

"明天还，"大旦说，"我还。"

"这就对了。"老旦说。

"环环你先回屋，我和大旦有话说。"

环环回屋了。大旦直挺挺站着。老旦好长时间没开口。

"说么。"大旦说。

"本来要说些话，很重要，不知怎么又忘了。你先去，想起来我叫你。"老旦说。

大旦真想扇他爸一个耳光。

"去，回屋去。"老旦说。

大旦进屋的时候，环环已钻进被窝。被子一直拥到下巴颏跟前，眼睛鸟溜溜地看着大旦。大旦感到他身上的骨头突然软了。

他想他不能软，一软就什么事也干不成了。这么一想，他感到他的骨头又硬了起来。他插上门，转过身来，迎着环环的目光看了一会儿。

"上来呀。"他好像听见了环环这么说了一声。其实环环什么也没说，环环只是眨了一下眼。环环的眼睫毛很长。

他走到炕跟前，把两只脚从鞋窝里退了出来。他的眼睛始终没离开环环的脸。可事后，他一点也想不起环环当时的脸是个什么样子。

一只带着土腥味的大脚伸到了环环的耳朵跟前。环环闭上眼睛，她听见一只同样大的脚跨过她的脸，落在了她的另一个耳朵跟前。然后，就听见布单下边的炕席发出一阵不堪重负的咯噔声。咯噔噔，咯噔。

"把灯吹了。"她说。环环的声音很轻。

后来，环环感到了一阵钻心的疼痛。她突然从炕上弹起来，跳下去，抱着肚子蹾在地上。大旦被她弹到了炕墙根下。两只眼睛恐慌地看着她，嘴唇抖动着。

"环环，你怎么啦? 我怎么你了?"大旦说。他不知道他该不该下去扶她，把她抱上炕来。

环环摇摇头，呻吟了两声。

"我抱你上来。"大旦说。

环环又摇摇头，从地上站起来，钻进了被窝。大旦一动也不动。

"你来。"环环说。

大旦还是不动。他怕环环哄他。

咯儿咯儿，环环笑了两声。"来呀。"环环说。

大旦放心了。他想他这次得小心一些，不能让环环再把他从她的身子上弹下来。可一挨着环环身子，他就不由自己了。

"环环!"他叫着，"环环!"

大旦感到身子底下的这个女人变成了他身上的一块肉。他和她太亲了。他想给她说尽天下的好话，可他一句也想不出来，只一声一声地叫着："环环，哦，环环。"他想把他化成水，渗到女人的身子里边去。他像在做一件可心而又费力的事，猴急又没办法。突然，他不动了。他的心里正拱动着一种悲酸的潮水。他把脸慢慢贴上环环的肚子。他趴在环环身上哭了起来，泪如泉涌。环环吓下了一跳。

"环环，"他哭着说，"你让我没一点办法，"他说，"你比我妈还亲!"

环环又感动又有些怜惜他。她用手指头在大旦多肉的脊背上摩挲着。她没有说话。

第二天一早，环环按照本地人的规矩，给她阿公爸老旦请了个安，倒了老旦的尿盆，又给老旦点了一锅旱烟。然后给老旦说：

"爸，我到姨夫家去呀!"

"姨夫?哪儿蹦出个姨夫?"老旦说。

"赵镇让我叫他姨夫。"环环说。

"噢，噢，"老旦说，"以后甭提赵镇，他和我有仇哩。"

环环觉得阿公爸有些好笑，便咯儿咯儿笑了两声。她笑的时候，总是发出那种咯儿咯儿的声音。

"我不骗你，你甭笑。"老旦说。老旦也笑了两声。

那时候，老旦的心情还好，但一会儿就由晴转阴了。环环出门的时候，他看见了环环裤兜里露出来的那一截手帕。他突然感到这女人身上有一股妖气。到吃饭的时候，他的心情就更坏了。

"娶个女人，还要自己做饭，这算什么世界！"他说。

"环环说，赵镇婆娘一满月，她就回来。"大旦说。

"满月，满月，我一天也不想让她去。"老旦说。

"你事先和人家说好的你怪谁。"大旦说。

"你听着，你的媳妇可是用两亩白菜换来的，"老旦说，"裤兜吊着一截花尾巴，惹谁哩？"他看见大旦没有吭声，有些急了，"你怎么不说话？"

"我说什么？我没什么说的。"大旦说。

"你当然没说的，你娶了女人当然就没说的了。打到的媳妇揉到的面，我告诉你，你要治住她。"

"做什么治她？怎么治？你说的我不懂。"大旦说。

老旦想了一阵，也实在想不出一个非常新鲜的办法。他使劲咽了一口唾沫，说："反正你得治住她。"

"白菜是赵镇给你要的。"大旦说。

"对，是赵镇，这我知道。我迟早要整倒他。我早就想整倒他了。我不会放过他的。"老旦说。

他没想到机会来得那么快。

事情出在环环身上。

六

当人贩子赵镇和老旦的儿媳妇环环通奸的消息在双沟村的巷子里门背后茅墙前饭桌上传得沸沸扬扬，老旦像判官一样审问环环的时候，连环环自己也说不清是赵镇勾引了她，还是她自己送上了赵镇的门。

她每天都去赵镇家，给赵镇的婆娘端饭送水，洗尿裆子。她不但熟悉了赵镇家的住屋院子厨房和盛油盐酱醋的坛坛罐罐，也熟悉了赵镇家的各种气味。她常常和赵镇婆娘拥在一个被窝里，说一些女人爱说的话题。赵镇的婆娘是个胖女人，生孩子以后又胖了许多，浑身散发着一种逼人的奶味。她奶水很多，肥大的奶子从衣襟里挤出来，嘟噜噜吊着。小孩吃不了，她就把奶水挤在碗里。环环不知道把这些奶水怎么办。赵镇婆娘说你放着，让你姨夫晚上吃。大人吃小孩的奶，这让环环感到新奇。奶水养人哩。赵镇婆娘说。环环想不出赵镇喝奶水的样子。一个满脸茬茬胡子的男人和小孩一起吃他婆娘的奶，一定很怪吧？

那天，环环一进屋，就看见赵镇婆娘用一种怪异的目光看她。环环立刻想到了大旦和她在炕上的情景。其实，她一路上都想着昨夜的事。大旦的样子让她怎么也忘不了。赵镇婆娘怪异的目光看得她心跳。她觉得赵镇婆娘好像看见了她和大旦的作态，脸立刻红了。孩子尿了一泡。她把花布裆子提出去，搭在门口的竹竿上。进去的时候，赵镇的婆娘还在看她。她说姨你甭这么看我你看得我心里像兔子一样跳。赵镇婆娘仰起脖子笑出一串声音。环环上炕，挨着赵镇婆娘坐下。赵镇婆娘还在笑。环环把头偎在赵镇婆娘的胳膊里，说，你笑，你能笑破天。赵镇婆娘说不笑了不笑了，一笑奶疼。环环取过柜盖上的碗，说，挤，挤出来让姨夫吃。赵镇的婆娘一下一下捋奶子，奶水像水枪一样有力地打在碗上，一会儿，就挤出来半碗。环环听着奶水的声音，又想起了大旦的样子。她想大旦的样子很好玩。赵镇婆娘把两个奶子塞进衣襟里，说，松快多了。环环没说话。每一次挤完奶水，赵镇婆娘都要这么说一句：松快多了。黏糊糊的奶味在屋子里弥漫着。赵镇婆娘拉拉被子，和环环并排靠墙坐好。

"我是过来人呢。"赵镇婆娘说。

这会儿，环环的心不跳了，脸也不红了。她甚至想问赵镇婆娘一点什么，一时不知该怎么开口。她一直把被头拉到脖子跟前，用牙齿咬着。

"好么？"赵镇婆娘看着环环的脸。

"什么好么？"环环装作不懂。

"大旦和你，好么？"赵镇婆娘说。

"他猴急。"环环一说，脸又热了。

赵镇婆娘又仰着脖子笑了。环环在赵镇婆娘的胳膊上打了一下。

"看你，人家给你说了，你又笑。"环环说。

"不笑了不笑了，我和你说正经的，"赵镇婆娘说，"你说。"

"我给你说过了。"环环说。

"就一句？就那么一句？"赵镇婆娘说。

环环眨蒙着眼，好像在想什么。

"后来，"环环说，"他趴在我身上哭了。"

"怪。这可是有些怪。"赵镇婆娘也眨蒙着眼。

"我吓了一跳。后来，我就可怜他，"环环说，"他的样子真让人可怜。"

"唔，"赵镇婆娘说，"唔。"

"男人和女人都这样？"环环说。

"都这样。"赵镇婆娘说。

"都猴急？"

"开始都猴急，后来就不了。"赵镇婆娘说。

"你和姨夫呢？"

"你姨夫？他可是个好把式哩。"赵镇婆娘说，很得意的口气。

"我们那里把做农活的能人叫好把式。"环环说。

"男人和女人的事也一样。"

"我不信。"

"以后你就信了。"

"我不信。"

"这号事你姨夫给你说不成，要是能说，就让他给你说说。"

"姨你看你，又胡说了。"环环说。

没有人打扰她们，她们谈得很热和。赵镇婆娘要是知道她的话会在环环的心里产生什么影响，她就不会这么和环环说了。她怎么能知道环环的心思呢？人心都是肉长的，可人心不是同一块肉。

环环对人贩子赵镇产生了一种新的感觉。同样是那个人，但感觉不一样了。赵镇的身上有一种说不清道不明的东西吸引着她。她觉得人太有意思了。当她一个人在偏院里洗刷尿褯子的时候，她就会想起赵镇。也会想起大旦。大旦好像有使不完的劲，泄不完的精力。大旦总是猴急，然后就趴在她身上哭。大旦说我一辈子都会对你好我都不知道该怎么对你好了我没办法。大旦总这么说。赵镇和他婆娘在一起会是个什么样子呢？她把四个人想在一起了，一会儿是她和大旦，一会儿是赵镇和他婆娘。偏院是养牲口和堆柴火的地方，那里很安静，环环一个人想着她感兴趣的事情。后来，就发生了她和赵镇通奸的事。

那天，环环又要去偏院洗尿褯子，赵镇婆娘说你看我这身衣服，像在奶缸里泡过一样，臊得难闻。环环说你脱下来我一块洗。赵镇正要出门，赵镇婆娘说把你的也脱下来让环环洗。赵镇说是该洗了，便脱下衣服。又说我帮环环抱过去，给她提几桶水，然后我去玉米地里转转，过些天该收秋了。赵镇没去玉米地，他给环环提了一桶水，倒在木盆里，然后又提了一桶，然后就蹴在环环跟前看环环洗衣服。水很凉，环环的手在水里浸得红红的。赵镇在跟前蹴着。环环的心里有些乱，呼吸有些急促。赵镇看了一会儿，朝偏门走去。环环长出了一口气，又突然憋住了。她看见赵镇没出门，而是把门插上了。赵镇向她走回来。赵镇脸上的茬茬胡子排成一种笑的样子。赵镇把环环的手从水盆里拉出来，握在了他肥厚的手里。

"你和你姨说什么了？"赵镇问环环。

环环低下头。她的手在赵镇的手里一点点发热。

"你姨全给我说了。"赵镇说。

赵镇把环环抱起来，进了柴房，环环感到自己的身子很轻，像棉花一样。在软软的柴堆里，赵镇用一个大男人的温柔款待了环环。赵镇不用蛮力。他知道怎样做能让环环觉得他好。他说他和许多女人睡过，她们都叫他姨夫。

"都是你领来的女人？"

"都是。"赵镇说。

"我姨愿意？"

"傻蛋蛋，你姨怎么会愿意？"赵镇说。

环环不吭声了，一根一根摘着头发上的柴草。能听见他们出气的声音。院子里的阳光很鲜亮。

"孩子一满月，我就回大旦家。"环环说。

"不急，你多待些日子。我找老旦去说，他会愿意的。"赵镇说。

赵镇真找了一次老旦。他说他想让环环再帮一段时间工。老旦说你想得又美又臭，不成。赵镇说我不要你的两亩白菜了。老旦用药丸一样的眼睛审视了半晌，确信赵镇没耍鬼招，便答应了。

"这还说得过去。"老旦说。

赵镇一走，老旦立刻去了一趟白菜地。他好长时间不去那里了，他没想到它又会回到他的手里，而且很容易，太容易了。他背着手，站在地边上，心直往嗓子眼里跳。世界真奇妙，驴日的这世界！他突然想起了他揉捏过的那十几棵白菜。他跑进白菜地中间，掰开叶子，一股臭气呛进了他的鼻子，它们果然烂了。

"驴日的这世界。"他说。

他很后悔，但他立刻就把这笔账记在了赵镇身上。他想他总有一天要整倒赵镇。这么一想，心里就舒服了一些。后来，白菜卖了个好价钱，他就舒服了许多。

他是在卖完白菜以后听到环环和赵镇通奸的消息的。那时候，环环帮工期满，已从赵镇家回来了。

"哈！"他叫了一声，他有些不信，"哈！"他又叫了一声。他信了。

"哈哈！"他叫了两声，两腮喷红，"驴日的，这世界！"他说。等了许多年，终于等来了机会，他不能让机会滑过去。他要让双沟村的人看着他怎么和仇人闹事情。他想他得一步一步来。他想应该先和大旦说说。

七

那天傍晚，环环像往常一样，依次点着了两个土炕里的柴火，用扇子猛扇了一阵，浑黄的浓烟立刻弥漫了整个屋子。老旦和大旦像老鼠一样从门洞里跳出来，站在院子里喘气，看浓烟从烟囱里一嘟噜一嘟噜往外冒。天有些阴，烟不往上走，游蛇一样在地上爬动着。一会儿，环环提着扇子，也从门洞里跳出来，和老旦大旦一起等着烟雾消退。他们互相看着咳嗽了一阵。烟雾弥漫了院子，屋里的烟就少了，他们便走进去，点灯，然后吹灯，然后睡觉。

老旦没点灯。他想一个人躺在黑暗里再想一想他和赵镇的事情。按老旦过去的脾气，他一时也憋不住，立刻会揪住环环问个明白。但这一次的事情太不平常，他必须好好想一想。他恨赵镇，恨了好多年，可一直不具体，这回具体了，他想事情一具体就好办了。一想到这个，心就不停地敲打他胸膛上的那块骨头，发出一阵快活的响声。他感到浑身的血像跑马一样在血管里乱窜。他翻过身想了一阵，翻过身又想了一阵，然后平躺着继续想。夜深人静，能听见大旦和环环在另一间屋里的响动。这种响动惊扰了他许多夜晚，他已很熟悉了。他知道他们在干什么。那种响动在他的心里引起过许多感受，可一句也不能说，也说不出口。大旦是他的儿子，环环是儿媳妇，他怎么说？所以，也仅仅只是感受。就连这感受也是一种罪过，最好没有感受，最好不听他们的响动。可偏偏在晚上，什么声音都会传得很远，很清楚。它要往我的耳朵里钻嘛，我总不能塞着耳朵睡觉，我总不能说睡就睡得人事不省。他总这么安慰自己。有时候他真想让大旦做点什么事情，可三更半夜能有什么事情可做？他想不出来，也就只能忍着，一直到那种响动渗进深深的夜里，他才能安稳地睡过去。现在，那种响动又从老地方传了过来，一切照旧。他甚至能听出哪一声是大旦弄出来的，哪一声是环环。但现在，老旦已有充分的理由让他们终止那种响动。他想他绝不是和儿子过不去，他绝不愿打扰他们。可事情总不能不说，这么大的事情，大旦还蒙在鼓里哩。他一边想着，一边从炕上摸下来，走出屋门。

大旦屋的门窗都关闭着，像一大一小一长一方两个黑框。响动声就是从那两个黑框的缝隙之间流露出来的。

我实在不想惊扰他们，他想。

我不能这么站在屋外听，他想。

然后，他叫了一声："大旦！"

响动声突然消失了。老旦立刻想到了两只受了惊吓的兔子。他想他们一定张着眼睛，听着屋外的动静。他咳嗽了两声。"是我，大旦，"他说，"你到我屋里来，我有事和你说。"

"明天说不成？"大旦的声音很虚。

"不成。"老旦说。

等听见了大旦穿衣服的声音，他才转回屋，点上油灯。大旦裹着一件棉袄，光着腿来了，一进门就往热被窝里塞，两只手压在屁股底下。

"还是热被窝好，冷死人了。有事你快说。"大旦说。他不停地抖着腿，时刻准备回自己的屋里去。环环还在等着他。

"我快说不了。"老旦说。

"快说不了就慢说，总不会说到大天亮。"大旦说。

"说，你说，我听着哩。"大旦说。

"你听个屎。你媳妇和赵镇睡觉哩！"老旦说。

大旦身子一挺，脖子直了。一会儿，又软了，头真的成了一块生姜疙瘩，吊在胸膛上。

"你不知道这事吧?"老旦说。

"我知道。"大旦说。

老旦没想到大旦会说出这么一句,脖子也突然直了。不过,他没像大旦那样软下去。他一直梗着,朝大旦扑闪着眼睛。大旦知道他爸在瞪他。他没抬头。

"你知道?你说你知道?你知道咋不告诉我?你为什么不去问她?你个驴日下的,你看你个驴日下的,你没问她?"老旦说。

"我不问。我不想问。"大旦说。

"哈!"

"我想问,可我没问。我装我不知道。我就当作没那事。"

"哈!"老旦说。

"环环对我不坏。"大旦说。

"你媳妇和我仇人睡觉,你说她对你不坏。哈!"老旦说。

"环环不去赵镇家就行了。"大旦说。

"一碗水泼出去了,地湿了!"老旦说。

"太阳一晒就会干。"大旦说。

老旦的眼睛不闪了。他一时想不出合适的话来。

"我不想这事,不想就等于没有。"大旦说。

老旦还没有想出合适的话。

"就这事?说完了没?我走呀。"大旦说。

"你个驴日下的。"老旦说,"你不问我问。"

"你问去。"大旦说。

大旦把两条光腿从被窝里抽出来,两只光脚很熟练地塞进鞋里，走了。

"我当然要问！"老旦冲门外喊着，"我为什么不问！"

第二天吃完早饭，环环要收拾碗筷，老旦拦住了她。

"我有事问你。"老旦说。

大旦朝地上吐了一口，拂袖而去。老旦没理他。环环把身体的重心放在一条腿上，另一条腿伸出去，一只手的大拇指勾在裤兜边上，另一只手托着下巴颏，等老旦问话。

"赵镇勾引你了？"老旦一点弯子也不拐。

"我不知道。"环环说。

"你勾引他了？难道是你勾引他了？"老旦说。

"我不知道。"环环说得很诚恳。

"你把你的那截鸟尾巴塞进裤兜里去。"老旦说。

环环看着裤兜边露出的一角手帕，没动。

"塞进去。"老旦说。

环环很不情愿地把它塞进去。她看了老旦一眼，然后把头转向一边。

"就是你勾引他，你也不能这么说。是他勾引你！"老旦说，"我要让双沟村的人都知道这件事。"

"你不想让我活人，我就死。"环环说。

"这我不管，我这就去找村长马林，到时候你和他们说。"

"我是你家的媳妇，你不嫌丢人？"环环说。

"丢人？对，丢人。就因为丢人，我才要让人都知道这事，舍不了娃就打不住狼，这话你没听说过？"

八

马林家的屋檐头树杈上挂满了玉米棒子。玉米颗粒饱满，像一排金黄的牙齿。

冬天地里没活，鸡窝早已盖好，无事可干的时候，马林就把手抄在袖筒里，在院子里走来走去，仰头看那些玉米棒子。老旦从门外走进来，叫了一声村长。马林的眼睛还在那些金黄的玉米上。几只麻雀飞来飞去，急得喳喳叫，尾巴一翘一翘。它们嘴太小了，一粒玉米也啄不走。

"你看我这些玉米，越来越让人爱。"马林说。

"我没心思，我家有的是。"老旦说，"我儿媳妇让赵镇睡了。"

马林想笑，可马林做出的是一副惊异的表情。

"是么?"马林说。

"你甭装洋蒜，你早知道了。"老旦说。

"你看，我还真不知道这事。"马林说。

"这回你可得管。"老旦说。

"捉奸捉双，听来的话难辨真假，我怎么管?"马林说，"清官难断家务事。"

"你把村上理事的人叫齐，晚上去我家。"老旦说。

"环环愿意说? 这号事她愿意说?"

"你是村长，她敢不说?"老旦说，"问什么她说什么。"

还有什么事能比调查一桩男女奸情更激动人心呢? 没有。村

155

长马林很快就找齐了几位理事的人，在晚饭之后来到了老旦家。上房厅里摆着一排小板凳，他们挨个儿坐上去，表情严肃。老旦说倒水。环环便给他们每人倒了一碗水。大旦想出门，马林说你不要走，听听没什么坏处。大旦蹲在墙角，把头埋在两个膝盖之间，像睡着了一样。马林说我看就让环环开始说吧。其他几个人应了一声，说，说吧。马林说环环你找个地方坐下说。环环说我不坐，我就站着，站着一样。马林说那就站着说吧，老旦你坐下。老旦说我蹴着，我喜欢蹴。老旦把头扭向环环说，问你什么你说什么。环环说，噢。

他们问得很仔细。他们说环环不是我们爱管闲事，是你爸老旦让我们管，好事坏事都是双沟村的事，就是管不了听听也好。老旦说就是就是，我就是让你听听，听听就清楚了。马林说我们知道这号事说起来有些夯口的，说到底不是个光彩事。环环说没什么夯口的，问这号事的人比做这号事的还不要脸。马林他们怔了一下。马林说环环你这不是骂我们吧？环环说我没骂。马林说骂也好没骂也好我们不和你计较，你比我们年轻，懂事太少，你们说是吧？其他人说就是就是。老旦说咱甭说废话，你们接着往下问。马林他们便接着往下问。环环开始讲那天洗衣服和尿褯子的事了。

"姨夫给我提了两桶水，水很凉，直往人的骨头里凉。我以为姨夫要出门，可他没有，他把偏门插上了。我的心咚咚地跳。"

"后来呢？后来？"

"后来，他走到我跟前，看我洗衣服。"

"那时候你心里咋想的?"

"我没咋想,我洗衣服,水很凉。"环环说。

"再说,往下说。"

"姨夫说你看你的手,红了。我说水太凉,姨夫就拉住了我的手。"

"你甭再姨夫姨夫的。"老旦说。

"甭打断她,让她讲。一打断就会讲乱。"马林说。

"他把我抱进了柴房。"环环说。

马林他们大张着眼睛和嘴,等环环讲下边发生的事。可环环不说了。

"说么。"马林说。

"后来,就发生了那事。"环环说。

"太轻巧了,说得太轻巧了,"马林说,"我听不出是谁勾引了谁,你们说是不是?"

"就是。"其他人说。

"他总要先做什么事吧?比如衣服,你的衣服,他总要,你看这话真难出口,他总要先解你的衣服吧?"马林说,"你的衣服是他解的吧?"

环环点点头。环环的眼里涌满了泪水。

老旦站了起来。

"怎么样,是赵镇勾引人吧?事情太明白了。环环,你接着说。"老旦很激动。

"他解了两个纽扣,剩下的是我解的。"环环说。

泪水突然夺眶而去。环环受不住那种熬煎了。

"你们太不要脸了，你们想听，我就都给你们说了。他脱了我的裤子。他弄了我。我愿意他弄我。这回你们满意了吧？呜哇——"环环放声大哭。她扭身跑进了屋子，咣一声关上门。

大旦像遭了蜂蜇，一蹦子跳起来，追了过去，摇着门扇。

"环环，你开门，环环。"大旦叫着。

谁也没想到环环会这样。他们感到有些尴尬，互相瞅着。他们正听得上心。他们咀嚼着环环的每一句话。环环的话使他们产生了许多联想，他们进入了角色。他们甚至感到和环环干那件事情的不是赵镇，而是他们自己。他们大张着眼窝，看着环环的脸，眼珠子一动不动……他们听得紧张而舒坦。他们谁也没想到环环会哭。他们一时不知道该怎么收场了。

"老旦，你看这事。"马林说。

"一口气好忍。"有人说了一句。

"说的是，一口气好忍，"马林觉得这话说得太是时候了。他站起来，在老旦肩膀上拍了几下，"什么气都是人忍的，你说是吧？那你就忍了吧。多一事不如少一事。"

其他人都从小板凳上站起来，超然而亲切地看着老旦。

"忍了吧。"他们说。

"老旦你在，我们走了。"马林说。

他们排成一队，从大门里走了出去。他们已忘记了尴尬，剩下的只是满足。以后的许多日子里，他们时不时会想起环环给他们讲述的一切。他们会禁不住笑几声。"驴日的赵镇。"他们还会这么骂一句，不带一点恶意。

走出大门，他们听见老旦带着哭腔喊了一声：我怎么能忍？驴日的你们。有人说村长你听，老旦骂我们哩。马林说噢么，让他骂去。他们分别隐进各自的家门，黑暗中响起一阵插门的声音。

九

村长马林他们不阴不阳的态度不但没使老旦气馁，反而激发了他久积在心底的一股热情。他好像突然年轻了二十岁。他感到他的头发和二十根指头都散发着精力。第二天一大早，他便开始了一项更为艰苦的努力。他挨家挨户向双沟村的人讲述人贩子赵镇勾引环环的经过。几乎每一户人家都怀着浓厚的兴趣听他讲述。他们对老旦给予了绝对的同情和关切。他们给他让座倒水，让他边喝边说。老旦从来没享受过这么高的待遇。他抱着开水碗，长长地吸一口滚烫的水，然后张开嘴，哈出一口气。

"他驴日的早就谋划好了，"他总是这么开头，"他让环环洗衣服，环环当然得洗，可他驴日的把门插上了。他捏环环的手，你想环环怎么能抵挡得住？他把环环抱到柴房里，柴房是什么地方？柴房和猪圈能差多少？"

"抱到柴房不见得就能弄成事。"有人说。

"咋没弄成？没弄成我老旦就不给你说了，"老旦说，"难怪他驴日的要多留环环一些日子。他找我说的时候装得像个人一样，我想让环环再帮几天工，他这么说。"

"赵镇不是白送了你两亩白菜么?"有人说。

"是啊是啊,可那也叫白送?"老旦说。

每到饭时,老旦便准时回家,吃完饭,又换一户人家,开始另一轮讲述。十几天以后,双沟村的每一个人都能讲述环环和赵镇的故事了,新奇的感受逐渐消失,再听老旦的话,就像刷锅水一样乏味了。

"老旦,你能不能说点新鲜的?"有人说。

老旦怔了一下,眼睛扑闪了半晌。

"你这是什么意思?"他说。

"话说三遍比屎还臭。"他们说。

"我说过三遍了?难道我给你说过三遍了?"老旦说。他感到他们太不近情理。

"你说过十八遍了。"他们说。

老旦这才发现他们没给他让座,也没倒水。他受到了沉重的打击。他悻悻然走回家,在炕上躺了整整一个上午。他突然有了一种白日做梦的感觉。他感到他这十几天到处给人讲述的故事离他很遥远,也许根本就没发生过。饭做好了,环环站在屋外叫他吃饭。环环总是按时把饭做好。环环不恼也不怒,做饭,扫院,抱柴火烧炕,老旦所做的一切好像与她无关。

"爸,饭好了,吃饭。"环环说。

吃饭的时候,老旦把环环从头到脚审视了一遍,他从环环身上看不出一点迹象证明她和人贩子赵镇有过奸情。他有些慌乱了。他想他也许真是在做梦。吃完饭,他急匆匆走进屋,关上屋门，在自己的脸上扇了一下，又扇了一下。他放心了。"我怎么会做梦？做梦扇脸就不会疼。"他说，他感到身上的血又像马一样奔跑起来了。

他很快就发现双沟村人的兴趣已转移到了老鼠身上。那些天，双沟村家家户户都发现了老鼠，它们不分昼夜地啃啮挂在屋檐头树杈上的玉米棒子。马林召集全村开了一次会，一场逮老鼠的运动很快在双沟村开展起来。他们逮住老鼠后，并不把它们弄死，而是用绳子拴住一条后腿，把它们赶到大街上展览。每天都有人逮住一只或两只老鼠。有时候，街道上会出现一排人，牵着十几只老鼠让大家观赏。老鼠们在太阳底下悠闲地跑来跑去。太阳光使老鼠们的眼睛显得贼亮。人们兴致勃勃地品评着老鼠的大小，尾巴的长短。然后，他们就提出来几把铁锨，追赶着把它们一个一个铲死，或者拍死。这时候，街道上就会响起一阵尖厉的鼠叫声。

大旦和环环也参加了，因为他们家也发现了老鼠。逮住了，就兴高采烈地到街上展览，逮不住，就去街上观赏。

人贩子赵镇让双沟村的人大吃了一惊。那天，他一个人牵着八只老鼠突然出现在街道上。他又去了一趟北山，领回来一个女人，正准备说给村上的一个光棍做媳妇。

"闪开闪开，我家的老鼠来了。"赵镇一脸风光，边走边说。八只老鼠一溜小跑，满街人发出一声声夸张的惊叫。

老旦是双沟村唯一拒绝参加逮老鼠运动的人。双沟村人的堕落使他寒心，他以为双沟村的人一见赵镇就会恶心。他想错了。

他们根本没把赵镇和环环的奸情放在心上。老旦眼睁睁看着他十多天的努力像一堆狗屎一样被风吹干了。赵镇牵着八只老鼠轻而易举地赢得了双沟村人的一片惊叹。最让他受不了的是，赵镇经过他家门前的时候好像给环环挤了一下眼。环环竟然没有脸红。环环好像笑了一下。那时候，老旦站在环环和大旦背后，正一眼一眼剜着仇人赵镇。他想他不能再耽搁了，他得行动。他从大旦和环环背后挤出来，跳到街道当中。

"啊呸！"他闭着眼，朝天上喷了一口唾沫星子。

"你们玩老鼠！"他对满街的人说。

"有你们这么做人的么？我白和你们说了十几天的话。有你们这么做人的么？"他说。

他满脸通红，来回走了几步，突然停下来，用一根手指头指着赵镇。

"你们为什么不给他脸上唾！"他说。

人们哄一声笑了。他们觉得老旦和老鼠一样好玩。

"你们等着！他赵镇迟早要弄出人命！"他说。

人们笑得更响了。马林走过来，在老旦的额头上摸着。

"老旦，你怕是病了。"马林说。

老旦拨开马林的手，"哪个驴日下的才病呢！"他说。他鼓着全身的力气朝地上吐了一口。

几天以后，老旦和环环进行了一次严肃的谈话。

"环环，全村的人都知道你和赵镇的事了。"老旦说。

环环顺着眼。她刚洗完碗筷，用围裙擦着手。

“我给你说话哩。”老旦说。

“噢么，”环环说，“你挨家挨户说了十几天，他们还能不知道。”

“我说的都不是捏造吧？你说。”老旦说。

“你这么纠缠我你想做什么？”环环说，“他们早忘了这事。”

“他们忘了我可没忘。”老旦说。

“你没忘你就记着，让它在肚子里给你生儿子。”环环说。

“你应该上吊，给赵镇甩人命。”老旦说。

环环看了老旦一眼，她真想在那张老脸上抓一把。

“我不想死。”环环说。

“我说我要让双沟村的人都知道这事，你说我不让你活人你就死，现在他们都知道了。人说话应该算数。”老旦说。

“我不想死。”环环说。

“你哪怕假装上吊，吊个半死不成？”老旦说，“你一上吊，我就有话找赵镇说了。”

“你真不要脸，”环环说，“我没见过你这么不要脸的人。你逼急了我，我再找赵镇睡，睡给你看。”

“好哇！”老旦叫了一声，“你敢睡，我就敢捉。我正想捉你们一次哩。难怪赵镇给你挤眼的时候你还给他笑。”

“你等着。”环环说。

“等着。”老旦说。

大旦一直没有吭声，他以为环环只是想气气老旦。他没想到环环会真做。

十

环环在村外土坡底下拦住了赵镇。赵镇婆娘拉肚子，赵镇去城里抓药回来，手里提着几副草药包包，刚走下坡就看见了环环。看样子，环环已等了多时。她坐在一块石头上。环环帮工期满以后，他们再没单独见过面。

"姨夫。"环环从石头上站起来，叫了赵镇一声。即使两个人在一起，她也叫他姨夫。

"是环环啊，你在这做什么？这么冷的天。"赵镇说。

"我等你哩。"环环说。

"有事？"赵镇四下看了看，狗大的一个人影也没有，便在石头上坐下，"来，坐下说。"

环环挨着赵镇坐下。环环的心咚咚跳了起来，脸突然红了。赵镇看着她的脸。

赵镇的气息扑在她的额头上，热热的。

"你说，环环。"赵镇说。

"你去北山的时候，老旦满村里胡说。"环环说。

"这我知道，说让他说去。他说那些话和放屁一样，不咋。"赵镇说。

"我姨没骂你？"环环说。

"骂我？没骂。你姨说老旦不是东西。"赵镇说。

赵镇没说实话。他从北山回来，一进家，婆娘就朝他的肚子蹬了一脚。他趴在炕边上想看看儿子，婆娘一伸脚正好蹬在他肚子上。婆娘说你到街上听去，满村人说你和环环睡觉的事哩！我真想用剪刀把你那东西割了狗改不了吃屎你。赵镇说有气待会儿撒我先看看儿子。赵镇拨开小棉被在儿子的嫩脸上亲了一下。赵镇一亲儿子，婆娘的气就消了许多。婆娘说你看这娃越长越像你了。赵镇说多亏你。这下，婆娘不但消了气，还添了许多甜蜜。赵镇坐在炕边上说，你别信老旦的话，他是个什么人你还不知道？婆娘说环环也不是好货，你弄去，弄烂她我才解气。赵镇说好，好，弄烂她弄烂她，世上的女人都烂了你就成了宝贝。婆娘被逗笑了，说，你总是没个正经。这些话，赵镇怎么能给环环说？

"老旦让我上吊，给你甩人命。"环环说。

"他真黑。"赵镇说。

"我说你再纠缠我我就再找他睡。"环环说。

"他是谁？"赵镇明知故问。他感到他身子里正一点点发热。

"还能是谁。"环环白了赵镇一眼。

赵镇用眼睛搜寻了一阵，不远处有个草庵子。

"走，咱去草庵里说话。"赵镇说。他给环环挤弄着眼睛。

"我就想气气老旦。"环环说。环环的心又咚咚跳起来。

"走。这里眼宽，让人看见又该胡说。"赵镇说。

一进草庵，赵镇就扑倒了环环。这时，环环的心不再跳了。她的身体里涌动着一股从来没有过的激情。以前和赵镇在一起，她也许还有些羞耻，现在没有了。她甚至渴望赵镇对她的蹂躏。她觉得赵镇对她越狠，她对老旦的报复也就越狠。我让你再满村里说去。她在心里叫唤着。大旦，这不怪我，这怪你爸老旦，他想让我上吊。我气死你老旦，你为什么不来看！

草庵门口的光亮突然被什么堵住了。赵镇和环环吃了一惊。

是老旦。他手里提着一块半截砖头。

坏了。赵镇想。

环环往上翻着眼睛，看着老旦阴森森的模样，不知该怎么办。她想老旦手里的半截砖头很容易砸到她的脸上。

"哈!"老旦叫了一声。

环环出门的时候，他就注意她了。这些天，他一直注意环环。他想环环也许会找赵镇。他一直看着赵镇和环环进了草庵。他觉得时间差不多了，就朝草庵摸过去，顺手提了一块半截砖头。他把他们堵在了草庵里。

"你要干什么?"赵镇说。他趴在环环身上不敢动。他也怕老旦手里的砖头。

"我要让全村的人来看，"老旦说，"你们别动，谁动我就砸谁的头。"

"你叫人去吧，我们穿上衣服。"赵镇说。

"不要动，你动我就砸。穿上衣服就不好看了，"老旦说，"总会有个过路的人看见我，我就让他叫村上的人来。"

"你心太黑了老旦。"赵镇说。

环环捂着脸哭了。

"你还有脸哭啊，要哭等村上人都来了你再哭吧，哭个够。"老旦说。

　　赵镇蛤蟆一样突然一个前扑，从环环的头上跃过去，抱住了老旦的腿。老旦没想到赵镇会来这一手。手举起砖头朝赵镇砸下去。砖头砸在了赵镇的脊背上，赵镇哼了一声，但死不松手。

　　"环环，快，抱住他!"赵镇说。

　　环环翻身起来，抱住了老旦。他们把老旦压倒了。老旦失眉吊眼喊了起来。

　　"来人啊，要出人命了!"

　　赵镇和环环轮换穿好衣服。然后，赵镇骑在老旦身上，捂住老旦的嘴。

　　"环环你快走。"赵镇说。

　　环环闪出草庵，一溜烟跑了。

　　老旦努力想咬赵镇的手指头，怎么也咬不到，喉咙里呜呜响着。

　　"你现在舒坦了吧?"赵镇说，"是你家儿媳妇送上门来的，水从门前过，哪有不舀一勺之理。这是你常说的话，是不? 我今天把话说给你。你现在舒坦了吧?"

　　"呜呜。"老旦想把嘴从赵镇手里挣出来。

　　赵镇松开了老旦的嘴。

　　"我说的是古人的话，"老旦说，"你让我起来。"

　　赵镇放开了老旦，老旦爬起来，拍拍身上的土。

　　"你现在喊吧，叫村上的人吧。"赵镇说。

　　老旦"呀"地叫了一声，一头朝赵镇撞了过去。后来的事实证明他根本不是赵镇的对手。赵镇拳脚相加，在他的屁股、大腿

167

上、肩膀上一下一下砸着，踢着。他抱着头缩成一堆。他很后悔他没能拿紧那半截砖头，他想砖现在要是在他手上该多好。赵镇的脚又抬了起来，这一次踢在了老旦的尾骨上。一阵剧烈的疼痛迅速滑过脊背，一直疼到了脖根。老旦呻吟了一声，栽倒了。醒过来以后，赵镇早已不见了踪影，被踢砸过的每一处都一揪一揪地疼。他想他确实被赵镇打了，而且打得不轻。赵镇打得很有章法，他不打人能看见的地方，专打身上有肉的地方。怒火在老旦的身子里燃烧起来，他很快就找到了一个简捷的办法。他先把手捂上脸，慢慢伸开五根手指头，然后一用力，从脸上抓了下去，那张瘦脸上立刻出现了五条鲜明的指印，逐渐由白变红，终于渗出了血珠。他并没有就此罢休。他把手又紧紧地攥起来，牙一咬，挥拳朝鼻子砸去。一股酸辣的眼泪从眼眶里挤出来，唰一声，鼻血如注。他胡乱一抹，那张脸就成了鬼脸。

"要出人命了！"

他叫喊了一声，从草庵里冲出去。

<h2 style="text-align:center">十一</h2>

老旦在炕上整整躺了三天。他拒绝洗脸。

"我疼。"他说。

每顿饭前，大旦都要给他爸端一盆热水，让他擦脸。老旦总是那句话："我疼。"

"饭我吃，但我不擦脸。"他说。

大旦很为难。老旦在草庵捉奸反遭一顿狠打的消息很快在双沟村引起一阵骚动。人们又开始说赵镇和环环了，而且，旧事情翻出了新花样。老旦很满意。可大旦的心里却像钻进了毛毛虫，六神无主。被赵镇偷的是他媳妇，被赵镇打的是他亲爸，为男人为儿子都没了脸面，他不知道该怎么办。他揍了环环一顿，环环不哭也不闹，环环说大旦你打我不怨你。第二天起来，环环照样扫院做饭。她就是这么个女人。他想他总不能把环环捏死。

"爸，你擦擦脸，别人看了笑话。"大旦说。

"你嫌难看，是不是?"老旦说。

老旦的脸确实不好看，胡乱抹的鼻血已经干在了脸上，几条指印正在结痂，整个像做出来的一张假脸。

"我已打过环环了，"大旦说，"她像猫一样乖。"

"打她顶屁用。"老旦说。

"那就捏死她?"大旦说。

"我想捏死的是赵镇。你为什么不和他拼命?"老旦说。

"我打不过他。"大旦说。

"我明天就上街去，我让双沟村的人再看看我这张老脸。"老旦说。

"你这是逼我呢!"大旦说，"你想给我难看。"

"你难看什么? 赵镇又没打你，你的脸没烂你难看什么。"老旦说。

大旦不敢想象他爸上街的情景。他爸再上街，他就没脸活了。

"你让我想想。"大旦说。

"你想你的，我上我的街，"老旦说，"明天一早我就去。"

大旦一夜没睡。

第二天一早，他把他爸堵在了屋子里。他满脸发绿。

前半夜他摸着环环的肚子，心里弥漫着一种哀伤的情绪。环环真像一只猫，卧在他的大腿跟前，时不时睁眼看他。后来，她便睡了。她睡着的时候也像一只猫，或许是一只猫精。大旦叹了一口气，然后便咬住牙关，开始想赵镇家的那只狗，那只狗凶恶地朝他瞪着眼一声不吭，让他骨子里发冷。不叫的狗才咬人哩，他这么想。整个后半夜他都这么想。

"我给你杀了赵镇。"他说。

老旦把儿子审视了一遍。

"你把卖白菜的钱给我，我去买几条狗。"大旦说。

老旦有些糊涂了。

"赵镇家有狗，我先学着杀狗。"大旦说。

老旦明白了。他从木柜里翻出来一包银钱，甩给了大旦。

"再买一把杀猪刀。"老旦说。

大旦很容易买来了十几条狗。他在双沟村周围查看了一遍，最后看中了那座草庵。草庵原是看瓜用的，现在是冬天，没人去那里。大旦本不想用它，因为一见它就会产生联想，后来又想，有联想也好，更能加深对赵镇的仇恨，他能在那里偷环环打人，我也就能在那里杀狗。他把十几条狗拉进草庵，又磨了几斗玉米，把它们喂了几天，然后，磨快了那把杀猪刀，便开始了他的杀狗试验。他把十几条狗一只一只牵出来，用窝窝头招惹它们，让它们向他做出各种扑咬的姿势，然后用那把杀猪刀插进狗的致命处。一只狗死于后扑，两只狗死于侧扑，三只狗死于前扑。他想他要去赵镇家，那只狗正面前扑的可能性最大，所以他在练习刺杀前扑的狗上花的本钱和工夫最大。他每天只刺杀一只。他想他不能让它们死得太容易。他要用尽它们的力气。每一只狗都是在做出各种扑咬的姿势之后死去的。有几只狗没伤着致命处，带着流血的伤口跑走了，一路上发出一声声痛苦的哀叫。大旦没追上它们，他为此很后悔。每天傍晚，他都会提着那把沾满狗血的刀子走回家去。

"事情弄大了。"双沟村的人说。

"真要出人命。"他们说。

老旦曾去草庵看过几次，他很振奋。

"大旦，这不只是学杀狗的技术，还练你的心肠呢！练你的胆气呢！"他说。

"杀，杀他个驴日的。"他说。

他感到赵镇的死期不远了。他恨不得赵镇就是那只挨刀的狗。

"大旦，到时候我跟你一起去。杀了赵镇，我立刻洗脸。"他说。

老旦怀着一种激动的心情熬着日子。他觉得时间过得太慢，他有些熬不住了。

"大旦动手吧，我熬不住了，再熬下去我会生病。"他说。

"狗还没杀完哩。"大旦说。

"为什么非要杀完？你就当赵镇是一只狗，"老旦说，"夜长梦多。"

"我看就把日子定在腊月初八，赵镇肯定在家。最好不要捅死他，捅他个残废。"老旦说。

"也许就会捅死他。到时候人心急，刀子就没眼睛了。"大旦说。

"捅死他就便宜他了。捅死他说不定要抵命。"老旦说。

"要抵命你抵。"大旦说。

"我抵。"老旦说，"万一捅死他我就抵。"

腊月初八那天，双沟村的人在恐惧中喝完了腊八粥。赵镇果然回到村上。有人给他通风报信。

"大旦在草庵里杀狗哩。"那人说。

"噢么。"赵镇说。

"他一脸杀气。"那人说。

"噢么。"赵镇说。

"你出去躲躲吧。"那人说。

"躲了初一，躲不了十五，他要杀你，你没办法。"赵镇说。

"也是，你说的也是。"那人说。

喝粥的时候，赵镇想了一下刀子捅进他身体时的情景，他不知道刀子会捅进他的脖子还是肚子，也许是大腿。他感到他的牙齿有些凉飕飕的。他放下粥碗，进了村长马林家。马林喝得太饱，正抚摸着鼓胀的肚子。

"赵镇你来了。粥喝多了，肚子胀得难受。喝的时候只想多喝，喝胀了又难受，人真是个贱东西，"马林说，"你坐。"

赵镇说我不坐了，有人说大旦要杀我你知道不？马林说我只知道大旦杀狗我问过他他说他心里难受，杀狗开心哩。赵镇说他真要杀我怎么办我让双沟村的光棍都娶上了媳妇没功劳也有苦劳吧？马林说清官难断家务事大旦又没说他要杀你这事就不好管。赵镇说大旦的媳妇也是我给领回来的。马林说人不讲良心你有什么办法？赵镇说你要不管以后就甭想让我再领女人回来我领回来也不给双沟村。马林说村里的光棍差不多都有了女人剩下一两个没关系双沟村的香火断不了，再说你领女人你也没少要钱没少占便宜，你家盖大房的钱是哪里来的？赵镇说我听你说话和放屁一样。马林说我喝胀了还真想放个屁你走吧。

赵镇把马林的话给他婆娘转述了一遍，婆娘说马林算什么村长马林是屎蛋，然后愣眼瞅着窗户上的麻纸想了一阵，又说，大旦真杀了你，剩我们娘母子怎么办？话音未落，眼泪水已淌过了胭脂骨。赵镇半晌没话，突然抬起头说：大旦也是个屎蛋，弄不好我先杀了他。他走出屋门，在院里走了几圈，看着几年前盖的偏房上房，心里生出一阵辛酸。人都知道人贩子挣钱，人不知道人贩子的酸苦，更不知道人贩子要被人放血时的酸苦，人里头没一个好东西，人不如一只狗。他这么想着，走到狗窝跟前，蹲下去，对着那只狮子狗瞅了一阵。

狮子狗卧在一堆温热的细土里。细土散发出一股狗臊味，直往赵镇的鼻眼里钻，一直钻进了他的心里。狮子狗也瞅着赵镇，然后站起来摇摇身上的细土，走到赵镇跟前，用头在赵镇的膝盖上蹭着。赵镇把手埋在狗脖子的长毛里抓着。他说狗啊有人要杀我你怎么办？狗没答话。狗当然不能说话。赵镇解开了拴狗的铁链子。

赵镇没有白爱他的那只狗。当大旦提着那把杀猪刀挤进赵镇家的黑漆大门时，狮子狗一口就咬断了大旦的懒筋。它一声也没叫。

十二

刺杀赵镇的行动是从午夜时分开始的。吃过晚饭，老旦把碗一推，给大旦说，磨刀吧。大旦看了老旦一眼，便去提那把刀子。

"我看着你磨。"老旦说。

大旦把磨刀石放在上房厅里，老旦端来一碗水。环环在厨房一边洗涮锅碗，一边往上房厅瞄着。老旦说环环你弄你的事，弄完你睡觉去。

"磨吧。"老旦给大旦说。

大旦开始磨刀了。大旦一脸悲壮的神色。风一直刮着，干冽冽的。后来，风小了一些，天上飘下来几片雪花。大旦打个冷战。

老旦看了大旦一眼。

"下雪了。"大旦说。

"冬天当然要下雪。"老旦说。

"冷。"大旦说，"我有些冷。"

"你害怕了，"老旦说，"你看你，一把刀磨了多长时间，半夜了。"

"有一瓶酒就好了。"大旦说。

"现在到哪里弄酒去？喝水吧，热水也暖身子。"老旦说。

"那就喝水。"大旦说。

大旦一连喝了两碗开水。

"走吧。"老旦说。

"走。"大旦说。

他们打开门，一前一后朝赵镇家摸过去。雪不知什么时候停了。风依然刺骨，往他们的脖子里钻着。

赵镇家的门紧紧闭着。他们站了一会儿。大旦冷得牙齿打架。

"前边是个大坑，咱父子俩也得跳。"老旦说。

"要先杀了那只狗。"大旦说。

"这是你的事，"老旦说，"撬门，你先把门撬开。"

大旦把刀从门缝里塞进去，没找到门闩。大旦的心突然狂跳起来。

"门没插。"大旦说。

"那就进。"老旦说。

大旦往握刀的手上使了使劲，轻轻推开门，跷进了一只脚，又跷进一只，用眼睛搜寻着那只狗，搜寻着赵镇睡觉的上房屋。院子里一片黑暗。上房屋的飞檐伸在空蒙的夜色里。

就在这时候，赵镇家的那只狮子狗朝大旦扑了过去，一口咬住了大旦的脚后跟。咯噌一声，大旦知道他的懒筋被咬断了。他没感到疼。他只感到他身上汗毛也咯噌了一声，全竖了起来。没等那只狗咬第二口，他就把那把刀子捅进了它的脖子。狗突然松开嘴，侧身跑了几步，倒了下去，浑身打着抖，喉咙里发出一阵含混的呜呜声，一会儿，就不动了。大旦死死地盯着它。他怕它再爬起来。他想它如果再扑过来，他就只有让它咬了，因为他没从狗脖子里拔出那把刀子。

狮子狗没有爬起来，大旦的脚腕却疼痛难忍了。这时，他才感到他白杀十几条狗。那十几条狗没有一条与赵镇的狮子狗扑咬的姿势相似，它们扑咬是为了他手里的窝窝头，而赵镇的狮子狗扑咬就是为了咬他的懒筋。

老旦一进门，就看见了那只狮子狗。

"杀了？"老旦趴在大旦跟前，嗓子激动地颤着。

"它把我的腿毁了。"大旦说。

老旦伸手一摸，摸到一把热乎乎的东西，他知道是大旦的血，一阵揪心的悲哀从他的心底涌上来。他抱住大旦的肩膀放声哭了。

"我的儿啊，啊，啊。"

上房屋里的灯亮了。赵镇披着一件皮袄走出来，看看老旦和大旦，又看看他的那只狮子狗。他蹲在狗跟前，也摸到了一把热乎乎的东西，也同样产生了一股揪心的悲哀。他在狗毛上抹着手上的血。

"狗啊！"他叫了一声，抱着一条狗腿哭了，"啊啊啊啊……"

赵镇一放悲声，老旦立刻抹去了老泪。

"你驴日下的还哭？你摸摸狗脖子。那里边有刀子哩。"老旦说，"本来是给你准备的。"

赵镇哭得更伤心了。大旦说回吧我疼得身上冒汗。老旦说你忍着点我背你回。他背着大旦，拉开赵镇家的大门，从门槛上跷出去。赵镇止住了哭声：赔我的狗！

老旦没有回头，他背着大旦在街道上走着。他听见赵镇的喊声从他的耳朵边擦过去，一直传到村街的另一头。声音比人走得快，他想。

大旦一连贴了二十七贴膏药，伤口终于长出了新肉，但被狗咬断的懒筋再也没长在一起。他成了瘸子。

在他养伤的一个多月中，环环精心地服侍他，给他洗伤口，换膏药。环环的手指头像棉花蛋儿。大旦说环环你的手绵乎乎的。环环说以前更绵哩。大旦说噢噢，你偷男人我还觉得你好你看这事怪不？环环说不怪不怪，过去的事过去了你甭提说。大旦说噢噢，日他妈不提说了。下炕的那天，大旦瘸着一条腿在院子里走了一圈，然后给环环说，环环你看我以后就这样走路了你要嫌弃就另找个人过日子去。环环说我不嫌弃我就跟你过。大旦说你甭再找赵镇。环环说你看刚还说过去的事不提说了。大旦说不提说不提说我真后悔。环环说怎么啦？大旦说我是个笨人跟我爸学种白菜都学不成。环环说没成也好，种白菜也不是什么好营生，你爸种了一辈子白菜也没种出个好日子来。大旦说那咋办不种白菜咋办？环环说想想咱好好想想也许能想出个好营生。

几天以后，一个外村人牵着一只母狗来找大旦。大旦正跛着脚在院子里转圈子。他把那人从头到脚看了一遍，又看看那只母狗，一脸迷惑的神情。

"这母狗发情寻儿子哩。"那人说。

"发情寻儿子怎么寻到我家来了?"大旦说。他有些生气了。

"满世界找不到一只像样的公狗。"那人说。

"噢，噢，难道我家有公狗?"他想把那人赶出去，"你这不是糟蹋人嘛。"他说。

"看你大旦说的话，"那人给大旦笑了一下，"像样的公狗都让你买走了。"

"噢，噢，"大旦想起来了，"有两只没杀现在可能饿死了。"大旦说。

"咱去看看也许没死，没有公狗咱方圆几个村子就会绝了狗种。咱看看去你就当行善积德哩。"那人说。

环环叫了一声，从厨房里跳出来，说，也许没死，给狗蒸的窝窝头要坏我觉得可惜就把它们倒在草庵里了那时候你的腿伤了没几天。

"看去看去。"外村人说。

他们到草庵去了一趟。草庵周围摆满了狗尸。没杀的那两只狗在草庵里，一只死了，另一只还真活着，只是成了一只瘦狗，已没了睁眼的力气。

"你看，它没用了。"大旦说。

"也许你能把它喂起来，"外村人说，"总不能没有公狗。"

大旦想了一阵，说，看你这人是个热心肠，我就试试，过些天你再来。

"一定？"外村人有些不信。

"一定，"大旦说，"你放宽心。怕就怕它不争气。"大旦指着那只公狗。

那人一走，大旦就急急地跛回家。他说环环有了有了咱要来钱了。环环不明白，直勾勾看着大旦。大旦说真有一只公狗没死咱只要一门心思养活它。环环还是不明白。

"配一只狗两块钱。"大旦说。

环环噢了一声，到底明白了大旦的心思。

"咱得先养活它。"大旦说。

"那不是个难事。"环环说。

大旦拖着一条瘸腿挖了一个大坑，埋了草庵周围的十几条狗尸。环环每天给那只公狗煮玉米粥。没几天，那只公狗就站起来了。又过些日子，那只公狗就变成了一只真正的公狗，一见母狗，就火烧火燎地扑过去，看得大旦和母狗的主人心里直发热。大旦给那外村人说，我给你少要一块钱你给人传传话，就说我大旦要办配狗站，谁家母狗发情尽管来。

就这么，大旦很快就把那座草庵变成了配狗站，生意很红火，配狗的人络绎不绝，有时候排着长队。大旦说你们甭排队我家的狗不是机器一天只能配一个，最多两个。

大旦用他的公狗挽救了许多母狗，也挣了不少钱。环环说大旦人都说你是个木头，你怎么就灵醒了？大旦用手指头搓搓脖子上的污垢，说，梆子也是木头，一敲怪响。环环说过去你不灵醒是缺敲。大旦说就是就是，多亏那个配狗的人，他把我敲灵醒了。他驴熊迟来几天就悬乎了，咱的公狗就饿死了。

后来大旦才知道，双沟村方圆几十里的人对养狗突然产生热情和他有很大关系。他杀赵镇被那只狮子狗挡住了刀子，许多人一提起就激动。他们说狗不但能看门还能救命。大旦说环环你听见了没有？环环说听见了。大旦说这世界真日他娘怪。环环说就是，我也觉得怪。

那时候，他们已正式从家里搬了出来，在草庵旁边盖了一间木屋。他们准备过两年就盖大房。那时候配狗的人依然很多。大旦的种狗已不是一只而是两只了。他从外地又买了一只。他给人吹嘘说是从内蒙古买回来的，是牧羊犬，不但跑得快，咬人也不惜力气，能下狠口。

他对他爸老旦和赵镇已没了一点兴趣。

十三

赵镇很难过地葬了那只狮子狗。他感到狗死得太悲壮了。老旦没有说错，狗脖子里确实捅进了一把刀子，是一把杀猪刀。为了把它拔出来，他很费了些力气。狗血已经凝固，刀子捅进的地方像一个黑洞。狗眼紧紧闭着，嘴却咧开了一点，露出来几颗牙齿，能想见它临死前经历了一段多么难熬的时间。他抚平了狗嘴，又用布条包住了狗脖子上的刀口。狗的死态变得温和了。他把它抱进挖好的坑里，然后填上土。

几天后，他领着外村的一伙地痞二流子来到了老旦家。

"赔我的狗。"他说。

老旦扑闪着眼，把赵镇领来的人扫了一遍。

"它咬断了大旦的懒筋，我找谁赔?"老旦说，"大旦要残废了。"

那时候，环环正给躺在炕上的大旦贴膏药。他们没有出屋。

"上房。"赵镇说。

两个人很快就爬上了房顶。两个人扛来了两根木椽，靠在房檐头。

"赔还是不赔?"赵镇说。

"你敢? 你们敢?"老旦冲着房上的两个人说。

"溜瓦。"赵镇说，"谁敢拦就砸断谁的腿。"

"你们要打抢人!"老旦喊了一声。

"溜!"赵镇说。

房顶的一个人用脚把瓦蹬成一堆，另一个顺着木椽一个一个往下溜。老旦的眼睛黑了一会儿，又红了。他心里像猫爪子在挠，但没有一点办法。

"光天化日，你们打抢人!"他又喊了一声，然后跑了出去。

他一脚就踹开了村长马林家的门。

"赵镇溜我房上的瓦呢!"他说。

"他不会平白无故吧?"马林说。

"他让我赔他的狗。"老旦说。

"我就说嘛，平白无故他就不敢，他吃了豹子的胆?"马林说。

"他偷我家的女人，还要溜我房上的瓦。"老旦说。

"你杀了人家的狗。"马林说。

"他偷我家的女人就不算了？"老旦说。

"你家女人好好的，可他家的狗死了，"马林说，"两码事，这是两码事。"

"我忍不下这口气。"老旦说。

"忍不下气也不能杀人家的狗，"马林说，"你也气他嘛！也偷他家的女人嘛！有本事就偷他家的女人，有本事就气死他，但你不能杀他，更不能杀人家的狗。"

等老旦再回家的时候，上房屋上的瓦已没了。赵镇吆来了一辆马车，把瓦全装走了。院子里一片狼藉。老旦蹲在屋檐下，他很想哭几声。他捂着脸，没哭出来，他想起了马林说的话。马林给他说的时候，他感到那些话比屎还臭，现在想起来又有些道理。他想他无论如何也勾引不了赵镇的女人。但勾引不了他的女人不一定就找不到气他的办法。

他很快就有了办法。他做了一件双沟村的人想过却从来也没做过的事情。一天晚上，有人看见老旦扛着一把镢头和一把铁锨出了村。他们有些狐疑，他们说老旦这么晚了你扛着这些玩货做什么去？老旦没理他们，他已不想和他们说话了。后来他们才知道，老旦正在挖赵镇家的祖坟。

老旦的心里涌动着一股战斗到底的激情，他不舍昼夜，在乱坟岗里挖着。那些天，赵镇又出门了。有人给赵镇婆娘说了这件事。赵镇婆娘说我不管那是赵镇先人的坟。等赵镇回到村上的时候，老旦挖坟已经结束，他刨出了几根骨头，他把它们用绳子串起来，横挂在他家的门墙上。他手里还拿着一根。他用它拨弄着绳子上的那一串，挨个儿敲着。

"他敲着你先人的骨头玩哩。"有人给赵镇说。

赵镇的脸一阵红一阵白。过了一会儿，赵镇的脸松活了，他笑了一声。

"让他敲去，"赵镇说，"死了死了，一死就了，人死了要骨头做什么？他哪怕用那些骨头敲锣呢!"

赵镇的话很快就传到了老旦耳朵里。那几天，老旦敲骨头敲得已有些厌烦，一听赵镇的话，心里便咯噔响了一声，再也不愿敲了。他揪断了绳子，把那几根骨头扔进了村外的土壕里。

"我治不了他。"他想，他沮丧了一会儿。

"我一定要治他。"他想，两枚黑药丸一样的眼里闪出狼的目光。

他很快又有了新的办法。

他心气平和地找了一次赵镇。

"我想站在你家的粪堆顶上。"老旦说。

赵镇很奇怪，他像看怪物一样看着老旦。赵镇婆娘愤怒地叫了起来。

"不成，你站在粪堆上我怎么屙屎尿尿？"

"成还是不成？"老旦盯着赵镇的脸。

"你不嫌臭？"赵镇说。

"我不嫌。我想我会长成一棵树。粪堆里都是养分。"

赵镇笑了。赵镇说成，你去试试，我可不管你的饭。老旦说我不吃也不喝。赵镇说没准你真会长成一棵树，我把你砍了做箱子柜子。老旦说那得等多年以后，也许你已经死了。赵镇说那就让我儿子做。老旦说你儿子一打开柜子箱子闻到的全是我老旦的气味。

第二天，老旦就站在了赵镇家的粪堆顶上。双沟村的人像看景致一样一拨一拨来到赵镇家的茅厕跟前看老旦。他们抱着孩子领着孩子或者让孩子骑在他们的脖子上嘻嘻哈哈指手画脚品评着老旦站立的姿势。老旦和他们已无话可说。他感到他的脚纹正在开裂，从里边长出许多根须一样的东西，一点一点往粪堆里扎进去，头发则往上伸展着，如果他是一棵树，它们就会分成树杈或者树枝条儿。

（原载于《收获》1992 年第 2 期）

买媳妇

一

根兰的肚子在后村人的眼皮底下一天一天往外鼓，鼓圆了。那天，村长天泰和玉柱扛着纤绳从河滩上往回走。天泰不时瞄着玉柱，想和玉柱说几句有关根兰肚子的话，硬是没说成。因为玉柱的眼睛不和他对光。虽然玉柱的心思也在根兰的肚子上，可就是不和他对光。玉柱一直把头仰在脖子上，看着远处的天。人在得意的时候就会这样，眼睛看着远处，自个儿和自个儿说话。到村口了，天泰抽手在玉柱的脖子上扇了一把。天泰说，瞧你那屎眉眼想和你说几句话你瞧你那眉眼。玉柱缩了一下脖子，眉眼一折，就把一脸的得意折成了笑，嘀嘀，嘀，玉柱看着天泰。天泰说，你甭给我笑，你的喜也是咱后村人的喜，根兰撒腿的那天你可得意思意思。

玉柱脸上的笑没了。

"咋？难道你想悄儿没声地让根兰给你下崽？没个响动？"天

泰说。

玉柱吭哧了半晌，脸憋红了。

"要是，要是……"玉柱说。

"要是个屎!"天泰说。

"要是再生个……"

玉柱又憋住了。

天泰明白了玉柱的心思。根兰生过一胎，没落住，玉柱的心有些虚。可是，村长天泰很快就缓过神来，找到了说辞。他把眉毛一拧，教训了玉柱几句。天泰说你还是七尺男人! 天泰说蛇咬了你一口连麻绳也怕了，难道说……唉? 天泰觉得底下的话不便说出口，就打住了。他看见玉柱紧闭着嘴唇，用力一吸，嘴唇像柳叶一样发出来一声响。

"哎! 哎!"有人朝这边喊。是村长的婆娘。她总这么叫村长天泰。天泰听见了，却不回头，依旧看着玉柱。难道咱不能往好处想? 他说。

玉柱说嫂子叫你哩。

天泰说咱不能……唉?

嫂子叫你哩! 玉柱说。天泰说听见了，屎眉眼，去去，回去摸根兰的肚子去。玉柱要走。天泰说哎，问你话哩。玉柱又站住了。

"多少天了?"天泰说。

"不知道。"玉柱说。

"你扳着指头算么，"天泰说，"从种上那天起，二百八十天。

这跟种庄稼一样，八九不离十。难道你不知道哪天种上的？"

玉柱说："这又不是种庄稼眼睛瞅着往犁沟里埋种子。"

天泰踩着脚说哎嗨！你真是个哎嗨！

玉柱说："再哎嗨！也不能把这事和种庄稼混在一起，天天晚上都种，谁知道是哪天晚上种上的。"

"你问根兰嘛。"天泰说。

玉柱还是不懂。天泰的婆娘又喊了。天泰比玉柱年长几岁，是种孩子的把式，婆娘进门五年，下了四个崽。天泰说这事给你一时半会儿说不清，我婆娘又喊叫了，去，摸根兰的肚子去。

天泰耷耷肩膀，把纤绳挪挪好，走了。

根兰是老梅从贵州领来的，和村长天泰的婆娘一样，也是个漂亮女人。每天晚上，玉柱都要摸根兰的肚子。只有玉柱知道根兰的肚子有多好。他感到根兰肚子里的孩子不是一天天长大的，是他一天天摸大的。他躺在根兰的臂弯里，把一只厚重有力的手放在根兰的肚子上，眼睛瞪着屋顶上的木椽，一声不吭，像捂着一样不小心就会弄坏的东西。根兰的肚子没大的时候，他天天晚上骑她。他有使不完的力气。他爱听根兰在他的身子底下给他呻吟，难过得像一摊软泥。他说根兰你难受了？根兰说不，不，根兰把他抱得更紧了。根兰的脸像发烧的柿子。现在，他摸根兰。根兰像一只猫，安静地躺着让玉柱摸她。根兰感到玉柱的手把一股温热的东西传给了她。根兰说玉柱你天天这么摸咋就摸不够？玉柱说唔唔我也不知道咋就摸不够。根兰说我的肚子就这么好？玉柱说我觉着好越摸越好不信你摸。玉柱拉过根兰的手让根兰

摸。根兰没摸。根兰把手抽走了。根兰说我摸不出好来。玉柱说
这就怪了我咋摸咋好你咋就摸不出来？根兰掩嘴笑了一下。根兰
笑的时候老爱掩嘴，其实根兰的嘴很好看。玉柱说也许自个儿的
肚子自个儿摸不出好来要别人摸，女人的肚子要男人摸才能摸出
好来吧。根兰说那你就摸，你觉着好我也就觉着好了。玉柱说根
兰快了吧？根兰说快了。玉柱说我听天泰说能算来日子。根兰说
我心里算着哩。玉柱说狗日的天泰。根兰说天泰咋啦？玉柱说不
咋他干活是能手养孩子也是能手，一种一个准他狗日的。根兰又
要笑。玉柱说根兰你这回……根兰立刻捂住玉柱的嘴不让玉柱往
下说。根兰说你甭说本来我就害怕。玉柱说不怕不怕你生个鸡蛋
我也认。玉柱想起天泰的话。玉柱说狗日的天泰教训我让我往好
处想。根兰说你看你人家天泰是好心你骂人家。玉柱说我没骂我
是感激他狗日的。根兰不再说什么，把手放在玉柱的手背上。就
这么，根兰捂着玉柱的手，玉柱的手捂着根兰的肚子，一直到他
们睡过去。

　　几天以后，根兰喊肚子疼。玉柱没忘记天泰的话。他让他哥
金梁去找天泰。

　　"你就说咱给村上叫一场电影。"玉柱说。

　　金梁大玉柱五岁，是个光棍。他娶过一房，死了，所以成了
光棍。玉柱比金梁有主意。其实金梁也是个有主意的人，死了女
人后有些蔫了，显得没主意，脾气出奇的好。

　　根兰在里屋的炕上一声一声叫唤。金梁说我找天泰你去叫二
女。二女是个单身女人，会接生。玉柱说根兰你给咱坚持住我去

叫二女。金梁和玉柱都从大门里跑了出去。根兰咬着牙根，躺在炕上，眼睛瞪得像死鱼一样。

二

"玉柱想叫一场电影。"金梁给天泰说。

村长天泰正蹲在炕上，嚼白萝卜咸菜吃粥。他把脖子一拧，说："撇腿了？根兰撇腿了？"

金梁不好答话。

"噢噢，"天泰说，"你是他哥不能胡说，走走到镇上去。"

天泰叫了几个船夫，和金梁一起去了镇上。镇上有一台放映机。

这时候，单身女人二女已经坐在了根兰的炕上。手跟前放着水盆和剪脐带用的剪刀。根兰撇着腿，挺着肚子，叫唤着，呻吟着。二女用毛巾擦着根兰头脸上沁出的汗水珠子，教导着根兰，让根兰鼓劲，用力。

"这是力气活，根兰，"二女说，"生娃没有不出力使劲的。"二女说，"有人生娃前要饱吃一顿，为的就是生娃的时候出力，你吃饭没？"

根兰使劲点头。

"那你就得使劲，甭惜力气。"二女说。

玉柱蹲在屋门外。二女不让他进去。二女说生娃不是亲嘴，用不着男人。玉柱几次想进去，因为根兰的叫唤声猛一下就很揪心，二女还是不让。二女说你要进来你就给接生。玉柱觉得二女的话比根兰的叫唤声更吓人，就只好蹲在门外。他咬着嘴唇，黑着脸，好像根兰不是要给他生娃，而是在给他上吊。

根兰整整叫唤了一天，硬是没让二女的水盆和剪刀派上用场。根兰每叫唤一声，玉柱都想冲进去扇二女一个耳光，然后把手塞进根兰的肚子，掏出那一块迟迟不肯出来的东西。当然他没有冲进去，他只是想。他知道生娃和在鸡窝里掏鸡蛋不一样。

天麻黑了。金梁和天泰扛着丝绳从门外走进来。他们已经把放映机和放映员一起放在了村委会的院子里。他们朝紧闭的屋门看了一眼，挨玉柱蹲下来。他们知道事情有些麻烦，没和玉柱打招呼。玉柱像害牙疼一样。金梁从耳朵背后取下一支卷好的烟卷，递给玉柱。玉柱没接。金梁把烟卷叼在嘴里，在衣袋里摸火柴。天泰已点着了烟，把火递给金梁。金梁摇摇头，继续摸着，到底摸了出来，正要划，屋里突然传出一声喊叫。三个男人立刻扬起脖子，朝屋门看去。

没有婴儿的哭声。

很兴奋。银幕已挂起来。放映机支在人堆里，旁边竖着一根竹竿，吊着一只电灯泡。放映员是个年轻的小伙子，正在教光棍汉万泉发电。万泉把一截麻绳缠在发电机轮子上，拉了几次，没成。万泉并不气馁，反而觉得好玩，一次次缠着，拉着。

孩子们等得没耐心了，喊着：放！放！

"放你妈个腿！"万泉说，"没电咋放？再喊叫把你们扔到房上去。"

孩子们不吱声了。他们都怕他。光棍万泉娶不到媳妇，肚子里有火，躁气了会真扔的。

"去，到玉柱家看去。"万泉给孩子们说，"他婆娘一生，就立马回来报告。"

一伙孩子们跑走了。万泉又一次把麻绳缠上轮子，用力一拉，发电机响了。

竹竿上的电灯泡嘭一下亮了。

"咋样？"万泉一脸得意，看着放映员。

"关了先关了。"放映员说，"掏钱的人没给话不能放。你先把绳子缠上，放的时候再拉。"说着，就要关发电机。

万泉不悦意了。万泉说关了发电机灯泡就灭了。放映员说就是不让灯泡亮才要关灯泡亮着费电。万泉说天黑成屎了你让大伙儿亮亮堂堂的多好。放映员说看电影又不是看大伙儿的脸要看脸叫我来做什么关了关了。

几个孩子从门外跑进来。

"生了？"万泉问。

"生着哩。"孩子们说。

万泉说，你妈的腿，我知道生着哩。去去再看去，让她快点生。

孩子们说，二女把擀面杖都用上了，在根兰肚子上擀哩。

放映员说，这事还麻缠，关了关了。

又一伙孩子从门外跑进来说生了生了！

"你看，你关不成了。"万泉给放映员说。

"关不成就放。"放映员说。

　　咔啦啦啦，放映机转动起来，放映员说万泉你往银幕上看你看我做什么电影又不在我脸上。

　　电灯灭了，一道光束朝银幕射过去。万泉和满院的人都像雁一样伸长了脖子。

　　"关了关了!"有人失眉吊眼地喊着跑进院子。

　　是金梁。他拨开人堆，堵在了放映机前边。

　　"关了!"金梁说。

　　放映员眨矇着眼。他没关放映机，因为他醒不过神来。放映机咔啦啦啦转动着。那束光全在金梁的胸脯上。"关了。"金梁说。

　　"为啥?"放映员说。

　　"孩子死了。"金梁说。

　　放映员把眼睛大张了一下，又缩小了。他咽了一口唾沫，很为难的样子。

　　"你看，你把钱都交了，不放咋办?"放映员说。

　　金梁的胸膛上放着光芒。要不是他的胸膛，光芒就会在银幕上放射。

　　"咋办个屎。"天泰从人堆里挤过来，嘭一下拉亮了电灯。"不放就不放了，还咋办? 都回家睡觉去，听见了没有?"

　　满院的人都站起来，提着椅子板凳往外走。万泉屁股底下坐着一摞砖头。他抬起脚，朝它们踹过去。砖头倒了。

　　"小心你狗日的脚腕子!"天泰冲万泉骂了一句。"你婆娘生个死娃你放不放电影?"他说。

"我要有婆娘我给村上唱大戏！"万泉说。

"有一头母猪给你，你回家躺在炕上等着去。"天泰说。

万泉不敢回嘴，但万泉的样子很傲气，手背起来，胸脯一挺，从大门里走了出去。

"屎眉眼。"天泰说。

放映员一直愣着。天泰说你还愣什么，把你这一摊子收了去。

当天晚上，金梁和玉柱在村外的野地里挖了一个土坑，埋了死婴。他们在那里蹲了很长时间。

"玉柱……"金梁说。

他想安慰他兄弟几句，却找不到合适的话，显得比玉柱还熬煎。

"玉柱……"他说。

他这么说了几次。

后来，老梅就来了。

三

河水从深山大岭中喷涌而出，到平缓的地带后就变得温和起来，不紧不慢地随山势蜿蜒，向远处流去。阳光照下来，给水波里弄出一块块闪光，也给河滩的沙石里揉进一层淡漠的红色。

后村人除了种庄稼，也吃这条河。他们不捞鱼。河里没鱼。他们给山上送货。山顶上有座古塔，突然热闹起来，许多人去那里烧香，还有许多人去那里看风景。后村人用船把货从山后的河水里运上去换钱。他们踩踏着河滩上的沙石，拖着木船逆流而上。船上装着食品和日用百货。船夫都是青年男人。他们送完货物点完钱之后，有婆娘的就各回各家，没婆娘的光棍们无处可去，就跟在村长天泰的屁股后头，到天泰家去吹牛聊天。他们不缺胳膊不少腿，谁知道咋弄的，就是找不到女人。没女人的男人一个人待着太恓惶，也着急，所以，他们都去天泰家。

那些天，他们总说根兰，说着说着，就说到他们自己了，然后就想起了老梅。

天泰的婆娘坐在炕上补衣服裤子。她有补不完的衣服裤子。她的脸上总有一种满足的笑。天泰也很满足，蹲在炕沿上抽旱烟。他不太插嘴，只听光棍们张嘴胡说。

是玉柱不会弄，还是根兰不会生？两个了，都是死的。他们想不通，所以，他们每一次都从这儿说起。然后就有人反驳：娃在根兰的肚子里，根兰撇腿生哩，咋能怪玉柱？咱不能掘个臭嘴胡说吧。然后——

"我看也不全是胡说，老梅弄来的女人都是外地的，不保险。"有人这么说。

万泉也在。他瞄着天泰婆娘说："咱嫂子也是老梅弄来的，咋生一个成一个？难道是咱村长会弄？让村长给玉柱教教。"

天泰婆娘说：臭嘴。依旧是满脸笑。她不到三十岁，身段很好。她是老梅领来的女人中最好看的一个。

"老梅狗日的眼里有水哩，拣好的给村长。"有人说。

万泉不同意。万泉说老梅眼里有水能看见漂亮不漂亮可老梅再能也不能看出会不会生娃吧?

光棍们说那不一定,说不准老梅就有这眼力,母马能不能下驹牲口贩子一搭眼就能看出,老梅弄这事多年没这点眼力还能是老梅?让村长说。

天泰不说,只是个笑。

呼啦啦,门外撞进来四个光葫芦,一个比一个矮一点,清一色长牛牛的。他们都是村长天泰的光荣。最高的一个挪过一条板凳站上去,把手伸进吊在屋梁上的馍笼里,抓出一个馒头,又抓出一个,再一个,分给几个兄弟,然后给自己抓了一个,跳下板凳,又呼啦啦跑了出去。

光棍们正在想着老梅。他们突然想起,老梅好长时间没来村上了。

“老梅咋这么长时间不闪面了?”他们说。

“咋?都把钱攒够了?”万泉说,“钱够了就在本地找嘛,明媒正娶,一不操心跑,二不怕像根兰一样光生死娃。”

一个光棍撇撇嘴,说:“钱是屁股流油磨豆腐一样一分分挣的,不是在路上捡的。这账我可算过了。找本地的女子,从订婚到娶进门,至少也得这个数,”他用指头比画出一个六,“六千块。”他说,“从老梅手里买,最多也就三千。”

其实,这笔账光棍们都算过,所以,腰里的钱差不多了,就会想起老梅。

“找本地的知根知底嘛。”万泉说。

“买到屋里过一段日子就知根知底了。”光棍们说。

"问村长，看他知不知嫂子的根底。"他们让天泰说。

天泰还是个笑，不说。

几天后，他们就知道了老梅进村的消息。他们送完货收了船，从河滩上往回走，二女把他们堵在了村口。

"老梅来了！"二女说。

他们愣了一下，有些不信。

"来了？"他们说。

"来了真来了。"二女说。

二女的脸上泛着红色，像下完蛋的母鸡。老梅每次来都住在二女家。老梅说二女干净。也许他们还有别的事，要不老梅一来，二女就像吃了喜娃他妈的奶一样，连大腿上的肉也兴奋得发颤。

"三个。"二女说。

光棍们"嗷"地叫了一声，撒腿向村里跑去。

"老地方。"二女冲着他们的背影说。

他们很快就看见了老梅，看见老梅领来的三个女人。

他们没想到玉柱也会来。

四

老梅是猎户，女人就是兔子。老梅是钓户，女人就是鱼。他总能打到兔子或者钓到鱼。他把她们弄到一起，然后再弄到后村，分配给这里的光棍们。这就是老梅。

老梅知道什么叫商品经济。老梅说商品经济就是做买卖。买啥卖啥？老梅说啥赚钱买卖啥。在多的地方买，在缺的地方卖；在价钱低的地方买，在价钱高的地方卖。这就是商品流通。

"我流通女人。"老梅说，"你们这儿缺这东西。"

就是就是，光棍们说，咱这地方啥也不缺就缺女人你多给咱流通些。

老梅说这事情越来越难做了。过去叫牵线红娘现在叫人贩子弄不好要坐班房。

光棍们说放他娘的狗臭屁说这话的都是有女人的人，让他们打十年光棍看他们还说不说。买媒人的就合法，买人贩子的就犯法了？媒人就近找人贩子从远地方弄就是个远近的不同啥是个远啥是个近？一百里二百里？一百里以外犯法你就给咱在九十九里的地方弄。

当然当然，老梅说，让紧箍咒箍住的话就不是老梅了。老梅吸了一口烟，又吐出来，歪着头，眯着眼，让吐出的烟雾，从鼻子前边一直飘浮上去。

这就是老梅。

这回，他弄来了三个。他给她们说找工作，先去煤矿做饭，然后做统计员。因为她们里边有识字的。他们走了许多天，女人们不放心了，要回去，老梅的同伴就变了脸。老梅有一个样子很凶的同伴，是个青年男人，脸上有一块刀疤。刀疤说谁也走不成，领你们逛世界来了是不是？一路上坐火车汽车蹦蹦车，还有住宿吃喝的花费你们掏是不是？想回去就留一条腿，他说。老梅没有变脸。老梅说别生气别生气，她们没出过远门想家了，这也是人之常情对不对？女人们害怕了，给老梅直点头。老梅说就是嘛，跑这么远的路哪能不工作就回去。老梅也有变脸的时候。老梅一变脸就让女人脱衣服，然后自己也脱。然后，老梅的同伴就会压住女人，让老梅和女人干那事。老梅也压女人。老梅压女人的时候，干那事的就是刀疤。老梅觉着这么弄女人没意思，他觉着二女好，所以他压女人，让刀疤弄。他把心情要留给二女。这也是老梅。他知道怎么能把女人的毛抚顺，让不听话的听话，让听话的更听话。

二女说的老地方是她家的一间空房子。老梅和刀疤把女人们推进去，让她们脱掉长衫长裤，挨着墙壁站好，让光棍们看。

"看吧，"老梅说，"看仔细些。"

蹲在另一面墙壁底下的光棍们立刻睁大了眼。

"高矮胖瘦脸面身材胸脯屁股胳膊和腿都在这儿了，"老梅说，"你们随便看。"

现在，女人们已经明白了，后悔了，可是也来不及了。她们站在一排光棍们的面前，努力收缩着自己，捂着脸，抽泣着。她们头顶的墙面上，用白粉笔写着她们各自的价钱。年龄最小的一位，价钱最高，三千五。

"她叫小艾，"老梅说，"是县城的高中毕业生。"

光棍们开始盘算挑拣了。有的被价钱吓了回去，决定不买了，就品头论足。

"这么高的价，是金子？还是银子？"一个说。

"价高不一定实用。咱花钱买的是女人，不是绣花枕头。"另一个说。

"我看三千五那个，也许是头不会生养的骡子。"另一个说。

玉柱就是这时候走进来的。他轻轻推开门，蹲在一个光棍的跟前，给老梅点点头，然后，把目光放在了三个女人的身体上。

"你来弄啥？想买二房啊？"光棍说。

玉柱不吭声，专心地审视着女人。

万泉从始到终没说一句话。他是光棍们里边看得最认真最细心的一个。经验丰富的老梅知道，这才是真正的买主。他笑吟吟走到万泉跟前，掏出一根纸烟递过去。

"万泉，别把眼看花了。"他说。

光棍万泉挡过老梅递过来的纸烟，站起来，朝年龄大一点的女人走过去。女人立刻把脸埋到了手里。

"我是结了婚的人，"女人说着要哭了，"我有男人，有娃。我被人骗了。"

女人真哭了。

万泉没有诧异，也没有生气，好像没听见女人的话。他上下打量着，然后，把女人拨过身去，又打量了一阵，然后退回来，看着女人，思量着。

"咋样？"老梅说。

这回，万泉接了老梅的纸烟，点着，吸了一口，喷出一股白烟。

"这个我要了。"万泉说，声音不大，却掷地有声。

"二千五的我要！"一个光棍喊了一声，好像怕喊迟了别人会抢走。

老梅一脸得意，扫视着光棍们。

紧挨玉柱的光棍，用胳膊捅捅玉柱说：剩一个了，再不拿主意就迟了。

玉柱把下巴颏抵在搭起的胳膊上，思考着。

"钱不顺手的，过几天也行。"老梅说。

玉柱还在思考。

那天晚上，玉柱不停地翻身。他睡不着，好像被什么难缠的事情纠缠住了。他哥金梁早就睡实在了，鼾声不时地往玉柱的耳朵里钻。他坐起来，在黑暗里瞪着眼。

嘭，灯亮了。根兰也坐起来，给玉柱披上衣服，担心地看着玉柱。她不知道玉柱为什么睡不着。她已经恢复了许多，额头上绑着一块红布，怕受风。

"咋啦？"她说。

玉柱愣着眼，一动不动。

根兰摸摸玉柱的额头，不烧。

"喝水不？我给你倒水去。"根兰说。

玉柱皱皱眉头，很烦躁的样子。根兰不敢再问。玉柱又躺下了。根兰给玉柱掖好被子，关了灯。她没躺在被窝。她侧着身，用手支着头，在黑暗里看着她男人。玉柱又翻了几次身。根兰在心里叹了一口气，无可奈何地缩进了被窝。她实在太困了。

第二天清早，玉柱穿好衣服，勾上鞋，又去了一趟二女家。他好长时间没有开口说话。他坐在炕沿上，仔细地卷着烟卷，好像不是来说事情，而是来卷烟卷的。

老梅也不开口。他抽着纸烟，耐心地等待着。

玉柱到底卷好了那支烟卷。他掐了纸头，却并不点燃，歪过头，定定地看着老梅。

老梅刚吐出一口烟。烟雾弥漫了老梅的脸。

"你抹下来一千，我立马交钱领人。"玉柱说。

老梅在烟雾里思量着。

"行不行你给句话。"玉柱说。

啪啦一声，老梅把半截纸烟扔在了地上。

"就这了，你取钱去。"老梅说。

天大的事情，一下决心就简单了。就这么，玉柱买走了小艾，年龄最小的那个。

"县城的高中毕业生。"老梅说。

五

噼里啪啦。玉柱用竹竿挑着一串鞭炮，挑得老高，炸出一团团五颜六色的纸花。金梁穿着一身新衣服，站在他弟玉柱的身后，笑着，说不清是羞涩，还是幸福。几个孩子捡拾着落地未响的爆竹。另几个孩子在远处朝金梁喊叫：

"金梁，圆房。金梁，娶媳妇。"

玉柱把竹竿朝孩子们抡过去。孩子们跳开去，又转过身，齐声喊着。

金梁只是个笑。

　　玉柱一直没给金梁说买女人的事。玉柱把小艾从二女家领回来的时候，金梁直眨瞞眼。玉柱把小艾交给根兰，然后说："哥你别眨眼，你来，我有话和你说。"

　　金梁还在眨眼。玉柱把金梁拉进屋。

　　"咋样？"玉柱一脸笑，问他哥。

　　"啥咋样？我不懂你的话。"金梁说。

　　"女人，你看那个女人咋样？"玉柱说。

　　金梁还是不懂。

　　"我把她买了。"玉柱说。

　　金梁更不懂了。

　　"二千五，从老梅手里买的。"玉柱说，依然是一脸的笑。

　　"再把她卖出去，是不是？"金梁不高兴了，以为玉柱想当二道贩子。

　　"你咋就不明白？咱家缺个女人，你咋就不明白？"玉柱说。

　　"噢噢，"金梁明白了，"你是给我买的？"

　　"咋样？"玉柱说。

　　"不咋样。"金梁说。

　　这回，该玉柱不明白了，急了。

　　"县城的中学毕业生，老梅亲口说的，"玉柱一着急，说话就像打枪一样，"人刚才你见了，不咋样？"

　　"嗨嗨！"金梁跺了一下脚，"我不是说人不好。我还能谈嫌人？我是说，这么大的事，你该和我商量商量。"

　　"噢噢，"玉柱有些放心了，"现在和你商量也不迟，"他说，

"你总不能一辈子不要女人吧?"

"是啊是啊。"金梁说。

"那还有啥商量的? 钱我已经交了,人你也不谈嫌,还有啥商量的。"

"你看你,你让我把话说完嘛。"金梁说。

"不商量了,"玉柱说,"根兰给你把屋子收拾收拾,明天就办事。"

玉柱走了。

金梁抱着头,在地上蹲了很长时间。他感到事情有些突然,然后,就为他兄弟的用心感动。玉柱啊玉柱,他在心里说,你哥咋能一辈子不要女人呢。他像吃了一块热豆腐,热乎乎要流出眼泪来了。

那天晚上,他们兄弟俩说了半夜话。他们感到他们比世界上所有的兄弟都亲。

"一定得保住这女人。"玉柱给他哥说。

"让根兰好好养身子。"金梁给他弟说。

"得放一串鞭炮。"玉柱说。

"你说放就放。"金梁说。

噼里啪啦,鞭炮放响了,响得村庄好像要跳起来一样。那时候不是清晨,而是黄昏。他们兄弟俩商量好了,爆竹一放完,金梁就进屋,和女人圆房。

金梁的屋子已经收拾过了。根兰拿着几件新衣服让小艾换,小艾不换。小艾坐在炕上。根兰的屁股担着炕沿。

　　"咋说也是个喜庆的事，换件新衣服，图个吉利。"根兰说。她把同样的话已说过许多遍了。

　　小艾一声不吭。

　　"是女人，迟早都得过这一关。"根兰说。

　　爆竹放完了。玉柱和金梁关了大门。

　　"根兰!"玉柱朝屋里吼了一声。

　　"哎。"根兰应了一声。

　　"出来!"玉柱说。

　　根兰对小艾说：以后就是一家人了，我该叫你嫂子。

　　"根兰!"玉柱又吼了。

　　"来了来了。"根兰说。根兰把手里的新衣服放在小艾跟前，对小艾笑笑，说："我走了。"

　　根兰刚一出屋，玉柱就把站在门口的金梁推进去，咣啷一声，拉上门，拴上了门闩，又掏出一把锁，咔嚓一声，锁上了，然后转过身，对根兰说，回去。

　　根兰看着上了锁的屋门，很不放心。玉柱不耐烦了，一把抓住根兰的胳膊，朝他们的屋里拽去。

　　玉柱一直把根兰拽到炕跟前，一用力，根兰顺势就坐在了炕上。玉柱返身关了屋门。

　　"你看你。"根兰伸着手腕让玉柱看。她的手腕让玉柱抓疼了。

　　"谁让你磨蹭。"玉柱说。

　　"我担心金梁哥……"

"有啥担心的？脱你的衣服。"玉柱说。

"听听嘛，听听金梁哥他们。"根兰说。

"听啥？能扳倒她就成了。脱。"玉柱说。

"啥话也能慢慢说，听你的声，开飞机一样。"根兰亲昵地白了玉柱一眼，开始解衣扣。

玉柱已脱光了。

"真是个二愣。"根兰说。

根兰的衣服还没脱完，玉柱已等不及了。他扳倒了她。她噢地叫了一声，抱紧了玉柱。他们拉灭了灯，纠缠在一起。他们都很投入。玉柱拱着根兰的身子，喘着气。根兰轻轻呻唤着，让玉柱拱。

"啊!"玉柱叫了一声。

"哦!"根兰也叫了一声。

他们就躺平了。他们张着眼，喘了一会儿气，然后就竖着耳朵，听金梁屋里的动静。玉柱的一只手放在根兰的肚子上。他们一声不吭。

六

金梁没有扳倒小艾，那个县城的高中毕业生。

小艾的妈妈是县卫生局的副局长，是那种精明能干又厉害的女人。她爸在一所中学教音乐，会拉手风琴，并有一副嘹亮的嗓门。可在精明又厉害的女人跟前，他就成了窝囊的男人。小艾讨厌她妈的精明，也瞧不起她爸的窝囊。她妈说小艾你考卫校。小艾说我为什么非要考卫校。她妈说你考大学考不上考其他学校我说不上话。小艾说我的事为什么非要你说上话？她盯着副局长。副局长端着磁化杯正在喝水，不喝了。她把磁化杯嘭一声放在茶几上，扭过头对厨房里的音乐教师说：把你那东西给我停了。音乐教师正在拉《莫斯科郊外的晚上》。他总爱拉那首歌，一边走一边拉，拉到了厨房去了。

停了！副局长说。

手风琴不响了。音乐教师走出厨房，卸着手风琴。怎么啦怎么啦我刚拉出点味道这不是你爱听的歌吗？音乐教师的笑脸几乎要挨着副局长冷峻的鼻子了。

小艾越来越不像话了非要跟我对着干，副局长说。

音乐教师说小艾你不能跟你妈对着干，对着干对你没好处。小艾说我没想和谁对着干我讨厌你们这么一唱一和的口气！小艾出门走了。副局长也是精明的女人，和音乐教师也是窝囊的男人两口子对瞪着眼，对瞪了好长时间。他们想不到小艾会出远门。他们想她吃晚饭的时候就会回来。

小艾没回来，小艾出了家属院，拐进了巷子，从她家楼前过的时候，她听到了音乐教师的手风琴声，还是那首《莫斯科郊外的晚上》。小艾感到恶心，就一直往前走，一直走到了汽车站。后来，就碰上了老梅。

现在，她坐在了金梁的炕上。她顺着眼，灯光把她的身子投在墙壁上，拖成一团巨大的阴影。根兰给墙上贴了几张画，使这间屋子透露出一些新房的气氛。

金梁不是玉柱。他没有硬扳。他想女人要是愿意，你不扳她自己就会倒，女人不愿意，你就是硬把她扳倒，也弄不成事，所以他没硬扳。他倒了一盆热水，放在炕跟前，看着小艾。

"你洗洗，"金梁说，"你们念书人讲卫生。"

小艾没想到，金梁会这么慢声慢气地和她说话，慢声慢气中还有一种关切。她抬起脸，看着金梁。

金梁一脸诚恳，迎着小艾的目光。

洗就洗。小艾这么一想，就抬腿下炕了，端过脸盆去洗脸。她也实在该洗一次脸了。走了上千里路，洗脸是有次数的。

金梁坐在炕沿上，看着小艾洗脸，心里突然涌动起一种温热的情感。他的屋子里有一个女人在洗脸。他看着她。就这么，他的心里涌动起一种温热的情感。

小艾洗完脸，端着脸盆想出门倒水，拉拉门，这才想起门被反锁了。金梁也想起来玉柱把门锁了，刚才看小艾洗脸，心里忽儿忽儿的，就忘了锁门的事。他跳下炕沿，接过脸盆，给小艾笑了一下，笑得很不好意思。

"我来。"金梁说。

金梁顺着门槛，往外倒脸盆里的水。小艾走到衣柜跟前，对着镜子梳理头发。衣柜上嵌着一块玻璃镜。金梁倒完水，转身来，小艾已坐在炕上，扎好头发了。她看着金梁，洗过的那张脸像杏一样，看着想吃，吃着又觉得可惜。

金梁的心咯噔响了一声。

小艾又顺下眼去。她听见金梁一步一步朝炕跟前走。走到跟前了，坐在炕沿上了。

啪啦，一只鞋掉到了地上。

啪啦，又一只。

金梁要转身上炕。小艾突然失声叫起来。

"别上来!"小艾扬起头来，叫了一声。羞愤和惊慌，使那张杏一样的脸变成了一枚柿子，红得要喷发出血来。

金梁被吓了一跳，愣了，一动不动地看着小艾。

"你别……"小艾要哭了一样。"你别碰我。"她说，"我才十七岁，我是被老梅骗来的，他说他给我找工作，他骗了我，我要走，我不会给你当媳妇。"

金梁不知该怎么办了。

"你下去。"小艾说。

"你不能让我在地上待一夜吧?"金梁说。

"你下去。"小艾说。

"我不动你，行不?"金梁说。

"我害怕。"小艾说。

金梁摇摇头，在地上找鞋。

"好，我下去。"金梁说。

金梁倒了一茶缸开水，顺衣柜靠着。

"你睡。"金梁说。

"我不睡。"小艾说。她心里宽松了一些。

"我喝水，你睡。"金梁说。

金梁喝了一口，水太烫。金梁吹了几口气，又喝。

小艾拿过根兰送给她的衣服，嘶一声，撕成了两半。金梁不喝水了，看着小艾。小艾继续撕着，把衣服撕成布条，然后用布条扎裤腰和裤腿。金梁感到他的心打战了。他赶紧喝了一口水。小艾扎好裤腰和裤腿，又顺着眼，坐在炕上一动不动了。金梁心里很焦渴，一口一口喝着，喝完了茶缸里的水，还在喝，喝着茶缸里的空气。突然，他不喝了。他的眼睛盯在了墙角的一口瓷瓮上。

"小艾。"金梁说。

小艾受了一惊，扬起头。

"你睡不着，是不?"金梁说。

"我不睡。"小艾说。

"我给你顶缸。"金梁说。

小艾不懂金梁的话。金梁说你见过耍杂技的顶缸没? 我给你顶缸。说着，就放下茶缸，朝那口瓷瓮走过去。瓷瓮里有几条麻袋。金梁把麻袋取出来，抓住瓷瓮一用力，嘿一声，瓷瓮沿儿就落在了金梁的头顶上。金梁伸开胳膊，摇摆着身子，努力平衡着，不让瓷瓮掉下来。他龇牙咧嘴，满脸涨红，大张着眼，想看头顶上的瓷瓮，又想看小艾。

小艾被金梁的举动惊呆了。

金梁很想笑一下，可头上的瓷瓮颤悠悠晃动着，不让他分心。金梁说小艾你看我有的是力气我没地方使我给你顶缸耍。金梁说这话时，眼眶里溢满了泪水。本来他想笑，不知为什么溢出了眼泪。

"小艾你看，你往我这儿看。"金梁说。

金梁又用了一下力，嘿一声，瓷瓮荡起来，转了一下，又落下来。金梁用头去接，想接往另一边的瓮沿儿。

他没有接住。瓷瓮结结实实地从金梁的头顶上扣了下去，扣住了金梁。

小艾抱住头叫了一声，不敢往过看。她想金梁会被瓷瓮砸死的。

没有。金梁被砸晕了一会儿。没多长时间，他就从瓷瓮里爬了出来，又靠着瓷瓮蹲下去。

他睡着了。

七

玉柱把钥匙塞进锁孔，打开锁，取下门闩。门被拉开了，金梁从屋里走出来。他睁了一下眼，阳光猛烈地刺进他的眼睛。他挤挤眼，朝茅厕走去。昨晚上喝进肚子的水，全变成尿水了。玉柱又拉上门，拴上门闩，要锁。根兰说不锁了，我和金梁哥都在家里，还看不住一个女子。玉柱就不再锁门，把门锁装在了衣兜里。

金梁从茅厕出来了。

"你不去河上了，"玉柱给他哥说，"你给咱凿个石臼，砸辣面子调料面子用。"

金梁看着玉柱，有些意外。

"石头我找好了。"玉柱说。

院子里真有一块石头，上边放一把铁锤、一把铁凿子。

"人跑了，钱就白扔了。"玉柱说。

"噢噢。"金梁说。

玉柱去了河滩。金梁就坐在院子里，凿那块石头。根兰给小艾端了一盆洗脸水，然后扫院子。扫完院，小艾也梳洗过了，根兰就拉小艾去厨房做饭。根兰淘米，小艾烧火。小艾不会拉风箱，很别扭。根兰说拉几次就好了。她往炉膛里添了一把硬柴。

小艾很快就拉得顺手了。她从来没拉过风箱，觉得很新鲜。根兰给她说很多村上的事情。根兰说的事情也很新鲜。根兰说这村上有许多外地女人。光棍们一有钱，就想媳妇。他们都愿意从老梅手里买。村长的婆娘也是从老梅手里买的。我也是。根兰说，我娘家在贵州，被人骗出来，经老梅跟了玉柱。

"我跑过几次，都给抓回来了，"她说，"后来我就不跑了，就认了。我跑啥呢？女人嫁给谁不是一辈子？在爹妈也是卖，和老梅卖有啥两样？这么一想，我就安心了，也觉着玉柱是个好男人了，"她说，"玉柱脾气不好，不如金梁哥。女人能摊上个好脾气的男人，也是福气。我现在啥也不想了，就想着给玉柱生个孩子。"

根兰像在讲别人的事情一样。

"我命苦，生了两胎，都失了。"根兰说。她说这话的时候，眼圈儿好像红了一下。也许是水蒸气扑了眼。水开了，她揭开锅，吹着升腾的蒸汽。

"水开了待会儿再烧。"她说。

小艾停了风箱。根兰灌了两壶开水，然后往锅里搭米。小艾觉得根兰很能干，人也好。

能听见金梁在院子里凿石头的声音。其实金梁人也不坏。小艾这么一想，就偏过头，想看一眼院子里的金梁。金梁在前边院子的墙根底下，在灶窝里偏偏头是看不见的。

金梁一下一下凿着那块石头，很认真的样子。其实，他的心思不全在石头上。他想着昨天晚上的事。他感到有些窝囊。他想他不顶缸就好了。他想他就该上炕，把小艾扎裤腰裤腿的布条撕了，然后再撕她的衣服。小艾就是喊叫起来，也不要紧。小艾的喊叫就是让全村的人听见，也不要紧。我又没撕别人的衣服，我撕我的女人的衣服与别人屎不相干。我要能撕掉她的衣服就好了。我抓她的奶奶。我怎么也能抓她的奶奶吧？你要真抓住了女人的奶子，撕了她的衣服，情况也许就会是另一个样子。金梁一边凿着，一边这么想。他越想越后悔，恨不能让时间倒回去，倒回到昨天晚上去。

万泉就是这个时候蹲到金梁跟前的。

万泉轻轻推开头门，闪进来，又轻轻合上门，蹲到了金梁跟前。他朝厨房那里看了一眼，一脸神秘的表情。

"咋样？"万泉问金梁。

金梁没吭气。

"昨晚上，咋样？"万泉又问了一声。

金梁还没吭气。他不会给万泉撒谎，可他也不会给万泉说他顶缸的事。所以，他不吭声。

"没成?"万泉说。

金梁有些恶心,想用手里的铁锤敲万泉的头。

"你是咋弄的嘛!"万泉说,"给她个下马威嘛,"他说,"我那个女人也是,咋说也不愿意,我就给了她一个下马威。我说今晚死都成,不让睡,万万不成。我说完就把她压倒了。"

金梁一下一下凿着。

"女人一到男人身子底下,就不由自己了。"万泉说。

"不信你照我说的试试,"万泉又说,"万事开头难,头一开,往后就顺溜了。就看你能不能横下心。"

金梁不凿石头了。可金梁也没看万泉。他看着那块石头。万泉以为他的话起了作用,更来精神。

"你是有过女人的人嘛,是不是看她嫩,可惜?再嫩也是女人嘛。放到炕上的女人还睡不了,算屄啥男人!"万泉说。

金梁把手里的凿子在石头上敲了一下。万泉这才看见金梁的脸色有些不对。

"我说错了?"万泉说,"难道我说错了?"

金梁开口了。金梁说你再胡说我就敲你狗日的。

"你看你看,我教你成事你还是这态度。我胡说了?难道我胡说了?"万泉说。

"出去!"金梁说。

万泉有些害怕,站起来。看着金梁。

"这熊是不是病了。"他说。

"滚!"金梁吼了一声。

万泉跳开了，然后往大门跟前退。他很担心金梁手里的铁凿子，也许金梁会把它朝他的头甩过来。

"这熊病了。"万泉咕噜了一句，从大门里跳了出去。

金梁举起凿子，朝石头狠狠地摔下去。铁凿子发出一声脆响，弹起来，蹦出去老远。根兰和小艾听见响声，跑出厨房，看着金梁，不知他怎么了。

几天后，金梁就给了小艾一个下马威，然后，和玉柱打了一架。

八

小艾不和金梁睡，金梁一点办法也没有。小艾和根兰一起扫院，一起做饭，甚至脸上也有了一点儿笑，可一到晚上，就扎裤腰裤腿，并且全扎成死结，看得金梁真想大哭一场。

"哥，你就真拿她没办法了？你就不能来点硬的？"玉柱朝他哥这么吼着。他比他哥还着急。

"绳呢？刀呢？你就不能用上一样！"玉柱喊着。

那天晚上，金梁把绳和刀都甩在了柜盖上。

咣啷一声。是凿石头的那把凿子。

小艾正在扎裤腿。裤腰已扎好了。她停住手，抬头看着金梁。金梁一脸铁青，像一头准备咬人的狮子。小艾的手从脚腕上边松开来，目光慌乱了。

"金梁叔……"小艾胆怯地叫了一声。

"谁是你叔？"金梁的眼睛里要迸出血来，咆哮了，"我是你男人！听见了没？男人！"

小艾的身子立刻缩小了，打着抖。

"脱衣服还是死，你选一样。"金梁说。

小艾把身子缩得更小了，像一只恐惧的羊羔。

"脱！"金梁说。

小艾害怕地摇摇头。

"脱！"金梁声嘶力竭地喊了一声，喊出了满肚子的羞愤和酸楚，泪水立刻模糊了他的眼眶。

金梁怎么也没想到，他这么一喊，把小艾从恐惧中惊醒过来了。小艾的身子慢慢松开来，眼睛里射出一种坚定的目光，盯着金梁。

"我不愿意死，"小艾说，"也不愿给你做女人。你实在要我死，你就把我杀了。"

金梁愣了，眼里的泪水又渗了回去。

"你杀吧。"小艾说。

他们互相盯着，一动也不动。金梁感到身子里聚集起来的气力正在一点一点消退，骨头正一点一点变软。

蹲在院子里的玉柱跳了起来。他一直蹲在院子里，听着屋里的动静。

"窝囊废！"他叫了一声。

屋里悄无声息。

玉柱提起一条木凳，朝屋里砸过去。

"窝囊废！"他又叫了一声。

他跑到门跟前，使劲踢了两脚，又抓住门闩摇着。他急了。

"金梁!"他叫着他哥的名字，"你炕上的女人是用咱的血汗钱买来的!"

根兰跑过去，拼力拉走了玉柱。

"金梁!"玉柱还在叫。

咣当一声，根兰把他们的屋门关上了。

"玉柱你别这么，哥的事让哥慢慢办。"根兰给玉柱说。她把玉柱推到炕上，给玉柱解着纽扣。"快睡快睡，"根兰说，"我的热身子还堵不住你的嘴。"

这时候，金梁身子里的力气已经泄尽了。他蹲在墙根底下，两眼瞪着一个地方，好像在发呆。坐在炕上的小艾仰着头，看着墙上的画儿，不知想着什么。

金梁好像咕噜了一句什么。

小艾扭过头，看着金梁。

"你走吧。"金梁说。他不看小艾，话音轻，却很清楚。

小艾实在不敢相信，金梁会说这样的话。

"我没养女人的命，"金梁像给自己说话一样，"我娶过一房媳妇，死了。玉柱看我孤单，就花钱，买了你。都怪我糊涂。你走吧。"

金梁说得很痛苦，也很诚恳。小艾反而不知该说什么了。她支吾了好大一阵。

"我，我让我爸妈还钱给你，"她终于想到了一句合适的话，"你要信不过，我就写封信去，让我爸妈拿钱来领我。"

"钱不是你爸妈拿的，凭啥让你爸妈还？我认了。"金梁说。

"那，那你就人财两空了。"小艾说。

"你这个样，硬不让你走，我比人财两空还难受。"金梁说。

"金梁叔，你是好人。"小艾说。

"狗屁，"金梁说，"我不愿当这种好人，是你逼着让我当。你别叫我叔，叫得我心口疼。"

小艾想不通，金梁为什么说是她逼他当好人的，可她不敢多说，她怕金梁突然又变了主意。

金梁没变主意。第二天半夜，他轻轻抬开一扇门，把小艾领出去，朝县城方向走了。到县城汽车站，天还没亮，小艾就靠在候车室的长木椅上睡了。金梁蹲在卖票的窗口下打盹，到卖票的时候，他就会站起来，第一个买票。

他没想到会出什么意外，却偏偏出了。没等他把话说出口，玉柱的拳头，就重重地砸在了他的脸上。他攥着车票和找的钱，从人堆里挤出来，想摇醒睡在长木椅上的小艾，就看见玉柱领着一伙人，从外边涌进来。他的头里边"嗡"地响了一声，身子站直了。小艾正揉着眼。玉柱和那伙人围了上来。小艾清醒了，想把身子缩在金梁背后。

"拉上去！"玉柱说。

那伙人把小艾拉到了车站门口的手扶拖拉机上。

"你……"金梁张着嘴，话没出口，玉柱的拳头就抡起来，照直朝金梁的脸砸过去。金梁听见锵的一声，立刻感到了一阵辛辣。他呻吟了一声，险些倒下去。他又张张嘴。锵！又一声。玉柱的那只拳头又一次击中了他的脸。他叫了一声，栽倒了。玉柱并不罢手，他拳脚相加，在金梁的身上踢打着。他不说一句话，只是疯狂地踢打着。

金梁没有反抗。玉柱不知走了多长时间了，他才慢慢爬起来，摇晃着朝车站外走去，沾在身上的尘土纷纷跌落着。他走到一家饭馆里买了一盆水。饭馆的人问他吃不吃饭。他说我先洗脸。他洗了脸，饭馆的人问他吃不吃。他说吃。饭馆的人说早说吃饭就不要水钱了。他说要吧你要吧无所谓现在你给我上饭菜。饭馆的人说要酒不？

"要。"他说。

晚上，他摇晃着回来了。他从玉柱手里要过屋门上的钥匙，打开锁。他抬起脚，朝门扇踢过去。门闩"哗啦啦"掉了。他横进去，关上了门，然后，屋里就传出来小艾的叫喊声和激烈的厮打声。

他强暴了她。

小艾平展展躺在炕上，眼睛大张着，看着屋顶。

"金梁，你把我毁了。"她说。

金梁歪倒在一边，打着呼噜，嘴角上挂着笑。

然后就到了冬天，下了一场大雪。

<h1 style="text-align:center">九</h1>

大雪下得无声无息，停得也无声无息。山啦，河岸啦，村庄啦，雪把一切都变成了一种颜色。雪刚停，孩子们就在村外的野

地里打雪仗了。能看见他们追逐着扔雪团，也能看见雪团打在他们的身上碰开的样子，可听不见他们打闹的声音。他们的打闹声，被松软的雪吸收了。天气很寒冷，但寒冷中有一种安详。

玉柱抡着斧头，潜心地劈着一截树桩。

院子的雪已经扫过了。根兰用铁锨攒着散雪。小艾把雪堆堆成了一个雪人。她想让它更好看一些，便用冻红的手指头，在雪人的眉眼上抠着，抠几下，退两步看看，呵呵手指头，走过去再抠，然后，从雪人头上取下早已做好的鼻子，安上去。她做得很投入。

金梁推着一个大水桶从大门外走进来，用小木桶把大水桶里的水往厨房里的水缸里倒。

"哥，我把打井的找好了。"玉柱给金梁说。

"唔，哪儿的?"金梁说。

"官村的社会。"玉柱说。

"噢噢。"金梁说。

"价钱也说好了，"玉柱说，"一口井二十八块钱。人明天就来。"

"噢噢。"金梁说。

听他们这么说话，看院子里的情景，不知底细的，会以为这是一个美满和睦的家庭。

街上突然响起一阵杂乱的脚步声。

"抓回来了!"有人喊着。

根兰和小艾支棱着耳朵，听着街上的动静。

"万泉媳妇昨晚上跑了。"金梁说。

有人慌慌失失冲进门说："万泉媳妇被抓回来了，给裤裆里灌凉水哩！"说完，又慌慌失失跑了。小艾还没反应过来，根兰已抓住了小艾的手。

"看去看去。"根兰说。

金梁想阻拦，根兰已拉着小艾出门了。他不放心地看了玉柱一眼。玉柱说去嘛。金梁放下木桶跟了出去。

万泉家的院子里围满了人，积雪被踩踏得不堪入目。人们脸上的表情比看电影还强烈。万泉媳妇被围在中间，又羞又怕，面如死灰。她的裤腿已被扎住了。万泉提来一桶凉水，放在女人跟前，伸手要解女人的裤带。女人躲闪了一下，挡着万泉伸过来的手，一脸乞求。

啪啪！两声清脆的耳光扇上了女人的脸。女人痛苦地捂着被扇过的地方，不再躲闪了。

万泉很容易地解开了女人的裤带。他舀起一勺凉水，朝女人的裤裆里灌下去。女人不禁凉水猛烈的刺激，叫了一声，身子立刻挺直了，乌青的嘴唇颤抖起来。

哗，又一勺。

"活该！"有人说。

"给她灌出点记性来。"有人说。

万泉一语不发，在桶里舀着凉水。

哗。凉水往女人的裤裆里继续灌着。

"她跟你是不是一个地方的?"根兰问小艾。

"不是，"小艾说，"半路上聚在一块的。"

"就说么，说话不一个口音。"根兰说。

女人满脸乌青了，浑身打抖，随时都会栽倒。

"咱走吧。"小艾捅捅根兰。

"咋啦?"根兰问小艾。

"不咋。"小艾说。

"看会儿，再看会儿。"根兰说。

她们又看了一会儿。

那天晚上，金梁脱衣服睡觉的时候，看见小艾坐在炕上发愣，以为小艾还想着万泉媳妇的事。金梁说别想了万泉狗日就不是个人。小艾好像没听见金梁的话。金梁说睡吧，明天打井的要来打了井吃水就方便了。说着，就钻进自个儿的被窝里先睡了。他们睡一个炕，但不睡一个被窝。除了那一次，金梁再没动过小艾。他甚至有些后悔，尽管小艾没对他说过一句怨恨的话，可他还是有些后悔。小艾好像什么事情也没发生过一样，和根兰一起做饭扫院，也收拾屋子，给金梁端洗脸水，有时还和根兰说几句笑话，让金梁看着心里暖乎乎的。可是，一上炕，小艾就扎裤腰和裤腿。这时候，金梁的心就像猫爪子在抓一样难受。小艾就这么让金梁一忽儿暖乎乎一忽儿像猫抓一样。

以后的几天里，金梁没凿石头，他帮着打井的匠人社会打井。根兰小艾合伙做饭。玉柱在河滩上修船，送货的船坏了。玉柱中午不回家，让根兰给他送饭。

事情就出在送饭上。

打井的社会是个怪人，二十五六岁的样子，剃着光头。冬天也剃光头。我这人火气大，他说。他有一台黑白电视机，到哪儿打井就把它背到哪儿。从井里上来，浑身都是泥土，却不急着收拾，先去开那台电视，然后才洗脸洗手。我爱看新闻，他给根兰和小艾这么说。根兰说大白天哪有新闻让你看。她嫌浪费电，要关。社会不让。

等会儿等会儿也许一会儿就有了，他说。他一边吃饭，一边固执地瞅着电视机。

这时候，根兰就该给玉柱送饭了。

"你们吃，我给玉柱送饭去。"根兰说。

根兰送了两天。第三天中午，根兰刚说完你们吃我给玉柱送饭去，小艾就放下饭碗说，我也去。根兰有些为难，却不好拒绝，就看了金梁一眼。小艾知道他们不放心她，就端起饭碗，没再说话。根兰更为难了。

"去吧！想去就一起去。"金梁说。

小艾觉得很没意思，说她不去了。根兰很尴尬，拉起小艾说，不是我不想领你去，我怕金梁哥舍不得让你出门走走，金梁发话了咱就走。根兰硬拉着小艾走了。

没出什么事。小艾和根兰一起去，又一起回来了。金梁放心了，也有些羞愧，

然后，就有些激动了。他借了一辆自行车，骑了几十里地，到镇上的商店里买了几包方便面和一瓶罐头，晚上，把它们一样一样掏出来，放在柜盖上，让小艾吃。

"你吃不惯这儿的饭，你调调胃口。"他给坐在炕上的小艾这么说。

然后，又掏出来两本书，和那几样东西放在一起。

"我跟小学校的老师要了几本书。你是念书人，心烦了就念念。"他说。

小艾朝那两本书瞄了一眼，想笑，又绷住了嘴。

那是两册小学二年级的课本。

"这地方偏僻，没几个念书的人。"金梁说。

金梁上炕了，小艾却没像往常一样扎裤腰裤腿。那几条布带在炕头上放着，金梁看见了它们。金梁的心好像被蚂蚁咬了一下。没多咬，就咬了一下。他把布带扔给小艾，然后脱衣服。

金梁要钻被窝了，小艾还一动不动地坐着，不知想着什么，也许什么也没想。

金梁张张嘴，想说句什么话，一出口，却变成了另外一句。

"你把罐头吃了吧。"他说。

小艾还那么坐着，没动。

"我先睡了。"金梁说。

每天晚上金梁都要这么说一句，然后再睡。只有金梁知道，这句话一点也不多余。他并不想先睡。他想他要能跟小艾一块睡多好。他想也许有一天，小艾会接过他的话，和他说句什么。没有，小艾没有接过他的话。他总是心情凄凉地钻进他的被窝，然后再凄凉好长时间，再睡去。

现在，他又这么说了一句，心情凄凉地往被窝里钻进去。他知道，钻进被窝以后，他还会心情凄凉的。可是——

小艾叫了他一声。

"金梁……"小艾这么叫了一声，虽然很轻，他还是听见了。他有些不相信，以为他听错了。

"金梁……"小艾又叫了声。

这回，他听得真真切切。他把鼻子从被窝里抽出来，看着小艾。

是小艾。她叫了他一声。她没看他，但她确实在叫他，声音依然很轻。

他不知道他该不该回答她一声。

"你，你叫我?"他说。

小艾把头转了过来。小艾脸上的表情让他摸不透她的心思。小艾定定地看着他。

"你不想要我的身子了?"小艾说。

金梁立刻慌了。他没想到小艾会说这样的话。小艾的目光让他心里发毛了。他想起了那一夜，舌头上像缠了头发一样。

"那一次，我喝醉了，我心里难受。"他说。

他躲开了小艾的目光。

"我再也不会那样了小艾。"他说。

"金梁……"小艾又叫了一声。

金梁抬起头，看着小艾的脸。

"今晚上我愿意。"小艾说。

小艾说得很诚恳。但金梁不信。

"小艾，你别戏弄我。"他说。

"我没戏弄你，"小艾说，"我愿意。"

"你想通了？"金梁说。

小艾点点头。

金梁愣了半晌。然后，金梁胳膊一挑，就把被子抡到了炕墙里边，抬起身一跃，就跪到了小艾跟前，抓住了小艾的手。

"你，"他说，"想通了？"

小艾又点点头。金梁激动地叫了一声小艾，就变成了泪人。他抱着小艾，流着泪给小艾说了一串话。他说小艾我咋能不想你的身子我没一天不想把心都想干了。他把他的泪脸埋在小艾的怀里呜咽着，他说小艾我一想你和我睡一个炕你不愿给我做女人我的心就像刀子割一样我都想去死。那一夜，小艾和所有柔顺的女人一样，让金梁在她的身子上揉来攮去，使尽了气力。金梁一声声叫着她的名字，恨不能把他整个儿化进小艾的身子里边去。

他怎么能知道，小艾为什么要这么待他呢！

他很快就明白了。

＋

根兰提着送饭的竹篮子，拉着小艾的手从沟边走，边走边给小艾指东道西，说着周围的山名地名。

"你看，那就是鸵鸟峰。说是像个鸵鸟。我没见过鸵鸟，谁知道像不像。这条沟叫羝角沟。咱走快点，我怕玉柱等急了，有你看的时候。这地方偏，可看着好看，比电影上照的那些山啊水啊的好看。"根兰说。

小艾好像有些目不暇接，东看西瞅，一脸好奇。

突然，她停住了脚步，看着沟底。根兰以为小艾看见什么新奇的东西，也停下来，往沟底下看。

没什么好看的。

"沟底下能有啥好看的，想看，啥时候让金梁哥带你……"

根兰话没说完，小艾突然推了她一把。她叫了一声，扭过头，没看清小艾的模样，就落下去。竹篮子像雀儿一样飞起来，又落下去，和根兰一块儿往下滚。

小艾看着往沟底下滚着的根兰，脸上的表情像木头一样。

"根兰姐，我跟你不一样。"她说。

她就这么说了一句，然后转过身，撒腿跑了。

根兰还在往下滚，像一件包着东西的衣服。

当玉柱和天泰几个人把血渍糊拉的根兰抬回家的时候，金梁像被谁在头上敲了一闷棍，眼睛立马直了，身子立马僵了。玉柱说小艾跑了，她把根兰推到沟里自己跑了，我去追她。玉柱说完就和一伙人火急火燎地开着手扶拖拉机走了。出门时又给金梁扔了一句话，哥你别怕，根兰死不了，小艾也跑不了。玉柱的眼里噙着泪花。人急了不光会红眼，也会气出眼泪，玉柱就气出眼泪了。

玉柱他们一走，院子里就安静下来。有人在屋里给根兰清洗着伤处。

打井的社会在井底下喊了几声，不见动静，就从井里爬上来。他很快就知道发生了什么事情。他用手抹抹光头上的泥土，走到台阶那里收拾他的电视机，要走的样子。

"干啥!"金梁突然吼了一声。他一直像木桩一样站着。他突然朝社会喊了一声。

社会说，走啊，你家出了这么大的事，我想这井打不成了。

"放你的狗屁。"金梁说。

"噢噢还打啊。"社会说。他不收拾电视机了。"你说打咱就打，井打个半截工钱难算。"他说。

金梁不吭声了。金梁一脸凶狠，把手慢慢攥成拳头，越攥越紧，要打人一样。

他没打人。他叫了一声，把那只拳头砸在了自己的脸上，鼻血哗一下流了出来。他知道他流鼻血了，但他不管，好像他鼻血太多，有意要放一些出来。社会看不下去了，在墙上抠下来两小块硬土，塞进了金梁的鼻子。

"血再多也不是这么个流法啊，"社会说，"我看你得睡一觉，人心焦的时候蒙头睡一觉就会好一些。"社会把金梁推进屋，拉了门。

金梁真睡了一觉。一觉醒来，他像换了一个人，不气也不急了。

那时候已是第二天早上，小艾被揪回来了，在根兰的炕跟前跪着。她没逃脱，在通往县城的路上，被玉柱他们追上了。他们揪着她的头发，拳脚相加打了她一顿，然后把她扔上了手扶拖拉机。她浑身是土，脸上一块青一块紫。有人给玉柱出主意，让扒光小艾的衣服游街，有人说断她一根懒筋让她一辈子拉着腿走路，不影响给金梁暖被窝给金梁一个热身子，也不影响生娃。玉柱没吭声。他把小艾揪在根兰的炕跟前，让小艾跪下。小艾扑通一声跪下了。玉柱说根兰挑筋断腿你说句话。他觉得怎么处治小艾，应该让根兰决断。根兰摇摇头，让玉柱出去，她说她想和小艾说几句话。根兰的头上手上都缠着纱布。她看着小艾，好长时间没有吭声。小艾有些受不住了，先开了口。

"根兰姐，我对不起你。"她说。

根兰的眼睛湿了。她拉住小艾的手说："小艾，你真是一块铁石头。"

"你让他们弄死我吧。"小艾说。

根兰没接小艾的话茬。根兰说，你走了我摔死了让金梁哥和玉柱咋活嘛。根兰说，他们活得不容易，他们人看着粗其实心肠都不坏。根兰说，我咋也得给玉柱生个娃，我原想你也许会给金梁生一个，生在我的前头。

"有了娃在院子里跑来跑去，这个家就圆满了。"根兰说。

小艾也一脸泪水了。可是，小艾的心思和根兰不一样。

"我要走。"小艾说。

根兰说你走不了，处治万泉媳妇你是亲眼看见了的。这世上有几个人能想咋活就咋活？由不了你，随不了你的心。

小艾抱着根兰的胳膊哭了，哭得很伤心。

"金梁哥的命里也许没女人，"根兰叹了一口气，"看来，金梁哥难拴你的心了。"

金梁和玉柱在院子里蹲着。他们都听见了根兰和小艾的谈话。他们不知道该怎么办了。

社会端着一杯热茶，朝他们走过来，蹲在他们跟前。

"我看，"社会咽了一口茶水，"这女人你们怕是留不住了。"

玉柱用红丝丝的眼睛瞪着社会。他想在社会的嘴上扇一巴掌，或者把茶杯夺过来，把那杯热茶水连茶叶一起泼在社会的脸上。

社会好像没看见玉柱的脸色，又咽了一口茶水。

"我看是留不住了。"社会说。

"呸!"玉柱给社会吐了一口。

社会躲了一下，没吐上。社会并不生气。

"玉柱，我说的是实在话。人不爱听实在话，这是人的毛病。"社会说。

玉柱还要吐，被金梁拦住了。金梁说，玉柱你别和社会较劲他没说错，留不住就让她走吧。

玉柱眉头一跳说："你就知道个走! 人走了，钱呢?"

金梁不吭声了。

"钱呢?"玉柱说。

社会又开口了。社会说的话是金梁和玉柱都想不到的。

"如果愿意，你们把她给我，我给你们钱。"

玉柱和金梁眼睛直了，看着社会。社会不像说耍话。他一脸诚恳的表情。

"这是个商量的事，"他说，"她要走，你们又治不住她，到头来就是个人财两空的下场。"

"我打断她的腿，让她躺在炕上，我养着。"玉柱说。

"这何必呢，"社会说，"看着是你和她过不去，其实是你自己和自己过不去。"

"打你的井吧你，这事和你无关，"玉柱说，"我们治不住她你就行？你有日天的本事？"

"也许我就真有日天的本事。"社会说。

"做媳妇？"玉柱说。

"这你别管，"社会不愿露底，"你拿你的钱，钱子儿不少给你。你要不放心，咱让你们村长当个证人，咋样？这儿不好说话，咱去村长家说。说说总行吧？你不撒手，有你的人在，你怕啥？"

事情竟越谈越真了。

开始的时候，玉柱连想也不愿想。金梁说，玉柱我已经死心了，也许社会说的也是一条路。玉柱松动了一些。玉柱说，要谈你谈去，我不去，我咽不下这口气。金梁说，我去你也去，该咽的气再难咽也得咽。玉柱说，你真的不想留她了？金梁说，我想留可留不住，她是个人又不是猫狗能拴住。玉柱不再说话了。

第二天一早，他们和社会一起找了一趟天泰。村长天泰说留不住就给社会算屄了。不过这事可要想好，接了社会的钱就不能反悔。社会说为了以后不麻烦咱写个合同。金梁和玉柱都没反对，天泰就写了一份合同。天泰把合同念了一遍，问行不行。他们都说行。天泰说行了就按手印。他取出一盒印色，让他们一人在合同上按了一个红手印。天泰说行了行了社会你交钱。社会说村长你是证人也得按个手印。天泰说对对我忘了这茬儿我按我按。天泰按完手印又说，我再把村委会的章子给你们盖上章子比手印气派。他们都觉得天泰的主意好。天泰又给合同上盖了公章。天泰说社会你现在该给金梁点钱了。社会说事太急不顺手差一千块过几天给。天泰问金梁和玉柱行不。玉柱说不卖了。社会看着天泰。天泰说，金梁我看这个小艾是不行了，等老梅来了再找合适的，啥胳膊配啥袖子就给社会算屎了。天泰说，社会又不是跑户，走户再说还有合同，差的钱就缓几天吧。金梁接了社会的钱。

当天晚上，社会就把小艾扶上了一头毛驴，又把那台电视机递给小艾，让小艾抱着，走出了后村。小艾问拉她去哪儿。社会说先到我家住一夜明天送你去县城。小艾以为社会要送她回家。小艾说你的心咋这么好？社会说爹妈给的没办法。小艾问金梁和玉柱为啥会放她走。社会说我给了他们一点钱。小艾说我一回到家让我爸妈给你寄钱来。社会说寄不寄无所谓，钱是人身上的垢痂。小艾说我没骑过驴老觉得要摔下来。社会说你可要抱好我的电视机，摔碎了我的损失可就大了。

一到社会家，几个人就把小艾挟起来，装进了一条装粮食的口袋。社会已下井了。社会家后院里有一口水井。"往下溜。"社会在井底下喊着。

他们把口袋拴在井绳上，溜了下去。

十一

　　井底下有一孔窑，是放红薯用的。现在，窑里铺着一堆干草，干草上铺着塑料布和被褥。被褥上坐着小艾。社会说，小艾实话给你说吧，我从金梁手里把你买过来了当然是给我做媳妇，我跟金梁一样打了多年光棍了，说完就把小艾扑倒在被褥上，撕小艾的衣服。小艾把两只手伸成鹰爪样，在社会脸上狠抓了一把。社会叫了一声，跳开了。社会的脸上立刻现出来几道指印。他摸摸脸，疼得直咧嘴。

　　"流氓！"小艾喊着。

　　"是啊是啊，"社会说，"不流氓，咋能把你弄到这儿来，到底是念过书的人，骂得很准。"

　　井上边的人问社会上不上井，他们等得不耐烦了。社会把头朝土窑里伸出去朝井上喊了一声：你们走吧我自己能上去。井上边的人走了。社会又转过头，对小艾笑着。

　　"这是我家的井，"他说，"打井的时候就挖了这窑，放红薯的，没想到会放媳妇，连我都觉得有些稀奇古怪。"

　　"你放我出去。"小艾说。

　　"要出去就得跟我睡一个炕。我妈把房子和炕都收拾好了，跟井底下比天上地下。"

　　"不要脸你。"小艾说。

　　"要脸就要不到媳妇，这个账我还能算过来，"社会说，"只要你给我做媳妇，你天天叫我不要脸都成。我把名字改成不要脸也成。"

小艾说不出话来了，一下一下出着气。社会往小艾跟前凑了
凑，小艾的手立刻伸成鹰爪。社会不凑了。社会说你是不是又想
抓我，不动你了，你想不通你就是把衣服剥光也弄不成事，这又
不是往墙上钉木橛子。小艾说把你的臭嘴弄干净些。社会说乡下
人的嘴肯定不如你们城里人干净，乡下人不刷牙嫌刷牙麻烦。社
会说你要愿意的话我可以天天刷牙。小艾又不说话了，她感到社
会太不要脸，不要脸到这种地步。说什么也是白费口舌。

但社会还想说。社会说我不是金梁，金梁那一套我看不上，
我有我的手段。我这手段是给金梁家打井的时候突然想出来的。
我给你在这儿铺上毛毡塑料布褥子被子，我看你往哪儿跑，除非
你往水里扎。

小艾的头要破了一样。小艾抱住头嘶声叫了起来：

"你放我走！"

两串泪珠豌豆一样从小艾的眼眶里滚了出来。

"那你哭一会儿吧，"社会说，"有时候哭也能哭走一些伤心。
我妈伤心了就一个人哭，哭完了该做啥还做啥。"

小艾真哭了，把头埋在胳膊里，哭得很伤心。社会在一边蹲
着，很有耐心地听着小艾哭。

"要哭就好好哭一回。"社会说。

小艾哭了一会儿，止住了声。

"不哭了？"社会说，"不哭了咱继续说。其实也没啥说的，
你跟我圆房，我就让你上井。"

"我肚子饿了。"小艾说。

"噢噢，我肚子也饿了，"社会摸摸肚子，"我上去吃点东西，下来再和你说话。当然，我不会给你带吃的，也许饿你几天，你就会想着跟我圆房的。"

社会嬉皮笑脸地又说了几句，就从井筒子里爬上去了。他胡乱吃了一顿。他妈和他爸问他这办法行不行。他说这种办法过几天才能见效，一时半会儿还不行。他妈做了两个荷包蛋，让社会给小艾送下去。社会说，妈，你这是毁我的事情哩，她有吃有喝有住，还能跟你娃成事吗你。他把那两个鸡蛋吃了。他妈看看他爸。他爸说就听他一回吧。

第二天早上，他们没给小艾送饭。中午也没送。晚饭的时候他妈不依了，端着饭碗朝社会喊叫了，社会你想饿死她是不是？社会说妈你说错了，饿死她我到哪儿弄媳妇，这种机会可不是想有就能有。社会他妈说饿死她，你让鬼给你做媳妇去。社会说我在一本书上看过人七天七夜水米不沾牙才能饿死。社会他妈说放屁，我今儿非要给她送饭。社会她妈让社会他爸把她往井下送。社会他爸拿出那条口袋，拴在井绳的铁钩上，让社会他妈坐进去。

"我来我来。"社会看他妈动真的了，要自己下井。社会他妈给社会吐了一口，让社会他爸把她往下溜。

"毁了。"社会把头仰在脊背上，朝天说了一句。

"毁了。"他又说了一句。

"溜。"社会他妈说。

社会他爸摇动了辘轳。

事情确实毁了，但不是因为小艾吃了社会他妈送下去的饭，而是另有原因。先是社会他妈发现小艾犯恶心，想呕吐，再是金梁到社会家来了一趟，后来又加进了镇上派出所的赵所长，几个原因搅和在一起，就把事情闹大了。

社会他妈是在另一次下井送饭时发现小艾犯恶心想呕吐的。她问了小艾几句话，然后就慌慌失失让社会他爸把她吊上去，一上井就说：小艾怀孕了。她不知道她在井下边和小艾说话的时候井上边发生了什么事情。

"小艾怀孕了！"她说。

话一出口，才看见金梁也在井台边上站着。

他们都愣了。

十二

金梁来社会家，是因为镇上派出所的赵所长。

那天，赵所长把他那辆破三轮摩托骑到了后村，还没到村长天泰家就熄了火，怎么也发动不起来。那辆摩托常犯这种毛病，说不定就会在哪儿停下来，给赵所长添点麻烦。也多亏是赵所长，不知有什么手段，最终总能让它重新动弹起来。所以，到什么地方去，他都要骑着它。

"天泰，天泰，快叫几个人给我推推摩托。"他站在天泰家门口喊着。他大概有五十岁了，有一口满是茶渍的黄牙。

天泰走出门，朝街道两边看看，没人。

"走走，我给你推。"天泰说。

他们把那辆摩托推进天泰家。天泰婆娘端上了茶水。四个娃要坐摩托，被天泰赶走了。

"去去，这摩托不敢动，动坏了你爸赔不起。"

"天泰你别讽刺我。"赵所长边收拾摩托边说。

天泰说，我没讽刺你，我怕那几个熊娃胡动真弄坏了耽误你的事。说完，嘿嘿笑了两声，蹲在摩托的另一边。

"你也是，所长都当了几年了，也不换个新的。坏到我这儿好说，咋也得给你管饭，你慢慢修。坏到半路上咋办?"天泰说。

"能有油让我跑就不错了，还换个新的。上个月的工资还拖欠着哩。"赵所长说。

"那你还给他跑屎个啥?"天泰说。

"你以为我爱跑? 我整天盼退休哩，年龄不到嘛，不跑咋办?"赵所长说。

"你没事肯定不来。"天泰说。

"废话，"赵所长说，"你们村又买了几个外地媳妇是不是?"

"没有啊。"天泰说。

"你这屎人还跟我耍花子。你们村买了那么多外地媳妇，我问过没有? 其他事没人说，我也会管，这号事找不到我门上，我不会管的。"

"咋啦?"天泰多少有些紧张。

"里边是不是有个叫小艾的?"赵所长说。

"咋啦?"天泰说。

"她父母找到县公安局了，你说我管不管?"赵所长说，"我不管，上边找我的麻烦。"

"没这么个人。"天泰说。

"我这回可是认真跟你说话哩，天泰。"赵所长说。

"我们村肯定没这个人，你要是找出这么个人来，我跟你坐牢去，"天泰说，"不信你找去。"

"我也没说一定就在你们村。我这个行当，就是个捕风捉影。"赵所长说。他递给天泰一根纸烟，自己也叼了一支。天泰凑过去，给他点火。

"你啥风不能捕，啥影不能捉，偏要捕捉人家的媳妇?"天泰说。

"你这村长当的，连个法律都没有了。法律把这叫拐卖妇女哩。"赵所长说。

"法律也是人定的嘛。"天泰说。

"人定的是人定的，可不是你跟我定的，对吧?"赵所长说，"总不能让人家父母天天在公安局哭丧吧?"

"你把女人捕捉走了，买女人的光棍汉也一样全家哭丧。"天泰说。

"你这人咋没一点人情味儿?"

"你这话就说得不对了。不是我没人情味儿，是咱俩的人情味儿不在一个地方。"天泰说。

"这话也对。"赵所长说。他站起来，拍拍手。

"修好了?"天泰说。

"试火试火。"赵所长说。

一试火，真好了。赵所长骑上去，要走。

"不吃饭了?"天泰说。

"吃，"赵所长说，"我出去遛一圈。你给咱准备饭。"说着，人和摩托一块儿出门了。

他到金梁家遛了一趟。根兰一个人在家。他说金梁玉柱呢?根兰说河滩去了。

他说噢噢，边说边瞄着几个屋子。根兰说找他们有事?他说没事没事。根兰说不坐了?他说不了不了，你咋啦，头上缠那东西?根兰说不小心摔到石头上了。他又噢噢了两声，走了。他到天泰家吃了一顿饭，说了几句闲话就回镇上去了。

当天晚上，他又转了回来，还领着几个派出所的人。他们敲开了金梁家的门。他们没找到要找的人。

"人呢?"赵所长问金梁和玉柱。

"两个都在你跟前站着，另一个是我婆娘，在被窝里，要看?"玉柱说。

"哎你个玉柱，你婆娘咋了?你以为我不敢看?我偏要看你领路。"赵所长说。

屋里确实只有根兰一个人。

"对不起对不起。"赵所长说。

"说个对不起就行了?"玉柱说，"半夜三更打门叫户，没看我只穿了一件单衣服，感冒了咋办?下回来带些感冒药，反正你是公费医疗。"

"行啊行啊。"赵所长说。

他们没找到小艾。他们去了万泉家，把万泉媳妇弄上摩托车带走了。万泉像挨刀一样嚎叫了半夜。

第二天，金梁起得很早。他说他一夜没合眼，他想看看小艾，他不放心。

"社会不是个正经人。"他说。

"你是没事找事。"玉柱说。

根兰说想去就让金梁哥去向社会要欠的一千块钱。她知道金梁在为小艾担心。

"这钱不能要了。"玉柱说。

"看看也不成？"根兰说，"金梁哥你去你的。"

金梁就去了社会家，就知道了社会把小艾溜到了井里。他说社会你咋能把人弄到这种地方？社会本来就对金梁来他家不高兴。社会说弄到啥地方是我的事与你无关。金梁说你把她弄上来。社会说你出去。金梁伸手就给了社会一耳光。社会闪开了，摸了一根棍说金梁你想打架是不是？金梁说你把人弄上来。社会说我不要打架你就别往跟前来。这时候，社会他妈在井底下摇着井绳，要上来。

就这么，金梁知道了小艾怀孕的事。

十三

金梁红脖子涨脸一口气跑回家，抓住玉柱的胳膊直摇晃，半晌没说出话来。

"咋啦咋啦?"玉柱紧张了。

"小艾怀孕了!"金梁说。

根兰立刻从厨房颠出来。

"小艾怀孕了!"金梁说。

吃过饭,金梁和玉柱又去了社会家,和社会进行了一次激烈的谈判。社会他爸也在。他们说话都很直接,一点弯儿不拐。

"是是,我是差你一千块钱,我不赖账,我给。"社会说。

"我不要钱了我要人。你的钱我退,我带钱来了。"金梁说。

"这钱我不接。咱是订了合同的,想要人找你们村长去,让他来要。"社会说。

"村长来也不行。"社会他爸说。

"他敢来?我扇他耳光!"社会说。

"她怀了我的孩子。"金梁说。

"凭啥说是你的?我跟她也睡了。你红口白牙可不能胡说。人在我家里,咋能怀上你的孩子?再胡说,我可就不客气了。"社会说。

"你敢!"金梁说。

"人急了啥事都能做出来。"社会说。

"王八蛋!"金梁说。

社会噌一下站起来,被他爸拉住了。

"坐下坐下,"他爸说,"咱不跟他吵,不跟他闹,咱凑钱,明天就把钱送过去。"

"我不要。"金梁说。

"那就是你的事了。"社会他爸说。

金梁气得浑身打着抖。

"金梁,这不是生气的事,这是个讲理的事。"社会他爸说。

玉柱一直没吭声。他一直盯着社会和社会他爸的脸。他知道说不下去了,就站起来。

"回。"他给金梁说。

金梁说:"事情没说倒,咋能回?"他不回。

"回!"玉柱朝金梁吼了一声。

"还是玉柱明智,"社会他爸说,"明天一早,我让社会把钱送过去。"

"你等着,我会来取的。"玉柱说。

"不要钱!"金梁说。

玉柱拉着金梁的胳膊往外走。

"我不会要钱!"金梁扭过头又喊了一声。

当天晚上,社会和他爸就把钱凑够了。第二天早上,他们哪儿也没去,等着玉柱和金梁来取钱。快吃早饭了,还没等来。

"他们不会来的。"社会说。

"再等一会儿。吃过早饭还不来,咱就送过去。"他爸说。

"妈你做饭。"社会给他妈说。

砰一声,大门被撞开了,有人跑进了院子,喊着:

"社会你快!金梁、玉柱领着人来了!"

社会一步就跳到院子里。

"在哪儿多少人?"他说。

"快到村口了，一大伙人都拿着家伙。"那人说。

社会的脸立刻变白了。社会他爸把钱塞进炕洞，也从门里跳出来。

"叫本家户族的往村口走，能上的全上。"他爸说。

社会应了一声，取下屋檐下的镢头提着，跑出去叫人去了。

社会和本家户族的人涌到村口的时候，玉柱金梁带领的一群人刚好赶到。他们还抬着担架，准备运送伤员。

社会和他爸并不怵火，等着。

金梁、玉柱他们到跟前了，停了下来。两边的人互相看着，紧握着手里的家伙。

"还看啥?"玉柱突然说了一声，"上!"

打斗就这么开始了。他们立刻搅和成一片。镢头、铁锨、棍棒，带着风声，朝对方的头部腰部腿部抡去。石头、砖头和拳头，拍砸出各种结实的声响。劳动的工具一旦成为战斗的武器，劳动的躯体也就不是躯体了。是肉，是一种坚韧或者脆弱的东西，承受着袭击。也只有在这种时候，强壮的肌体才会焕发出一种非人的疯狂。本来他们是互相认识的，见了面会亲热地打招呼，以后也还会亲热地打招呼，但这会儿，他们是战斗者。他们只想着打倒对方。打! 打他们这些狗日的! 他们打昏了头，打花了眼，有人竟把家伙抡到自己人的身上。这时，被打的就会跳起来骂一声:你狗日的咋往我身上抡!

有人用坚硬的牙齿，咬住了对方身上的一块肉。

很快就有了呻吟声，因为有人已躺在了地上，不知什么地方流着血。

玉柱的对手是社会。他很快打倒了他。他骑上去，揪住社会的两只耳朵，往地上磕社会的头。社会说玉柱你放开我咱有话慢说。玉柱不放。玉柱知道他一放开社会就会跳起来说不定会把他弄倒然后磕他的头，所以他不放。他一下一下磕着。他感到抓耳朵磕不如抓头发磕，但社会是光头，只能抓耳朵。

金梁一开始就瞄准了社会他爸。社会他爸知道不是金梁的对手，就跑，边跑边喊人过来对付金梁。所以金梁一直没打上他。金梁一定要打上他，放倒他。金梁到底没把社会他爸放倒，有人抢了金梁一棍，打在了腿弯处。金梁腿一软，跪了下去。社会他爸笑了一下，正要往金梁跟前扑，一块砖头有力地拍在他的肩膀上，他呻吟了一声，也跪在了地上。

如果不是社会他妈，打斗还会继续下去。可是，社会他妈来了。

"别打了！别打了！小艾让公安抢走了！"她朝打斗的人群失声喊着。

打斗的声音小了。

"小艾让公安弄上摩托开走了！"社会他妈说。

打斗声没了。

金梁玉柱和社会社会他爸都从地上爬起来，瞅着社会他妈。然后，就互相瞅了。

"肯定是赵所长。"金梁说。

"就是就是从后街走了。"社会他妈说。

"咋办?"社会看着金梁和玉柱。

"还不快起来,追!"社会他爸说。

"追!"玉柱说。

能爬起来的人都爬起来,提起各自的家伙,跟着金梁玉柱和社会跑了。他们合成了一个群体。

"抄近路!"社会他爸朝他们喊着。

他们很快就看见了那辆三轮摩托车。

十四

赵所长像狗一样,很快就嗅到了小艾的下落。他激动了一会儿,然后发动了他的那辆三轮摩托,把它开到了社会家。他没费一点周折,因为社会他妈一看见他,牙齿就打战,没等问话,就供出了小艾。她取出那条口袋,拴在井绳钩上溜下去,和赵所长合力把小艾从井底下弄了上来。

"赵所长他们在村口打仗哩。"社会他妈说。

"噢噢。"赵所长说。

"你让他们别打了,你是所长说话管用。"社会他妈说。

"噢噢。"赵所长说。

他没去村口。他从后街走了。他想把小艾送到镇上,然后再回来管他们。他小看了他们的胆量。也忽视了他的那辆摩托车。摩托车在不该坏的时候坏了,怎么也发动不起来。他睁着眼,看着金梁玉柱社会和一大群人从沟坡上滚下来,提着各式各样的家伙。越来越近了。他蹬酸了脚腕,硬是没让他的三轮摩托叫唤一声。他知道一时半会儿没法让它跑起来，索性不蹬了，点了一根烟，等着人群往他跟前跑。小艾焦急地叫了几声所长。赵所长说："你别怕，咱是正义的一方，咱有法律，他们不敢把你咋样。"他擦了一把头上冒出的汗水珠子。

呼啦啦一阵脚步，他就被围住了。最前边的金梁玉柱社会愤怒地盯着他。他想给他们做个笑模样，做出的却是一个哭笑都不是的表情。

"把人放下。"社会说，口气很硬。

"为啥?"赵所长尽量让他的声音绵软一些。

"她是我花钱买的。"社会说。

"你看是这，"赵所长说，"我是奉命行事，没办法，有话咱到镇上去，慢慢说。"

"少废话，不交人，我们就动手了。"社会说。

"你们这么弄要犯法的。"赵所长说。

"我们顾不得了。交人不交?"社会说。

"不交，"赵所长从皮带上解下一副手铐，"谁跟我胡来，我就铐谁。"他说。

"抢!"玉柱喊了一声。

赵所长举起手铐喊着："不准动!"

"打!"社会喊了一声。

人群发出"噢"的一声，把赵所长和他的摩托车还有小艾，一起淹没了，拳脚从各个方向砸向赵所长，把他的正义和法律砸得没了踪影。

"别打骨头，打残废就麻烦了！"社会给人群喊着。

没人打他的骨头。他们只是把他打倒了。他们从他身上踩踏过去，架走了小艾，然后又掀翻了那辆摩托。赵所长从地上爬起来，人群和小艾不见了，只有他的那辆不争气的三轮摩托倒在一边，正燃烧着。不知谁把它点着了。他看着燃烧的摩托车，终于做出了一个笑模样。刚才他想给他们做，做得不好。现在他做出来了。他感到额头上有些疼，摸摸，那里肿了一个包，一摸更疼。他想起他给小艾说的话，觉得很可笑。

这时候，小艾正在金梁和社会的中间。他们一人拉着小艾的一只胳膊。他们发生了争执。

"小艾不能去你家。"金梁说。

"也不能去你家。"社会说。

"不管去哪儿，也不能让赵所长知道。"玉柱说。

"对对，"社会说，"小艾暂时归咱两家管，把事情说倒，该去谁家就去谁家。"

这一次他们没吵，也没打。他们暂时达成了一致意见。他们把小艾安置在一个隐秘的地方，又开始了谈判。

谈判是在金梁玉柱家进行的。根兰做了几个下酒菜，让他们边吃喝边谈。他们没动筷子。他们的心思不在酒菜上。

金梁几乎要哀求社会了。金梁说社会你就把小艾让给我，你比我年轻有的是机会。

社会不同意。

"我是比你年龄小，可我爹妈年龄大了，我娶不下女人，他们睡觉不踏实。"社会说。

"就非要跟我争一个女人?"金梁说。

"没办法,咱们遇上了。"社会说。

"她怀了我的孩子。"金梁说。

"你咋又说这话?"社会很不高兴了,"这风传出去,将来生下娃,我咋面对世人?人都说社会的娃是金梁的,你让我咋往人面前走?"

"总不能把一个女人撕成两半吧?"玉柱说。

"我也是这话。"社会说。

"说啥我也要小艾。"金梁说。

"我跟你一样。"社会说。

他们谈了一个晚上又一个白天,事情说不倒。

"咱有合同嘛。"社会突然想起了那份合同,"咱拿合同说。"

"拿合同就拿合同,合同是两家订的,黑白不由一家说。"金梁说。

他们叫来了村长天泰。天泰说你们这官司难断我断不了。社会急了。社会说天泰你好赖也是个村长你不能这么做事,签合同的时候你咋说的?天泰说我当初也是为了你们两家好,现在好不了你让我咋说?社会说那咱就去镇上。天泰说这也是个办法镇长官比我大,也许他能断这个官司。

"去镇上不能少了你。"社会说。

"当然当然,我跟你们一起去,该我说话我就说。"天泰说。

他们怕赵所长找事,但他们很快就不怕了。小艾在我们手上，他能找个啥事？

他们就去了镇上。

十五

事情进行得很快。这是他们没想到的。

镇政府文书把他们让进一间屋子，给他们每人倒了一杯水，说：镇长让你们等会儿，县上来了几个人正谈话哩。

"啥人？"社会说。

"我没问，你们等等。"文书说。

文书闭上门出去了。一会儿，门又开了。进来的不是镇长，也不是文书，而是赵所长。赵所长额头上的包已经下去了，留着一块紫颜色。

"听说你们要来。"赵所长说。

赵所长一说话，金梁玉柱和社会就不紧张了。天泰站起来想跟赵所长握手。他一到镇政府，见人就握手。

赵所长没和他握。

门大开了。进来几个公安，每人手里提着一副手铐，把金梁玉柱社会铐了。把天泰也铐了。

他们都瞪圆了眼睛。

"这是怎么回事赵所长？"天泰说。他比金梁他们经多见广，很镇静。

"你这是官报私仇！"社会朝赵所长叫喊起来。

"你们都参与了拐卖妇女，犯了法。"赵所长说。

"我也是?"天泰想不通。

赵所长对天泰点点头。

"这怕是冤枉我了。"天泰说。

"治了你的罪,你就知道了,"赵所长说,"村委会的公章不是耍货,想往哪儿盖就能往哪儿盖。"

"噢噢。"天泰似乎明白了。

赵所长端过一杯茶水,不慌不忙地喝着。

"等把小艾接来,就送你们去县上,"赵所长说,"这回弄得阵势很大,公安局长也来了,还领着小艾的父母。小艾的母亲把咱镇长教训了好大一阵。那是个厉害女人,说话像刀子一样。你们这地方这么落后,她说,普法教育搞了几年了,群众连一点法律常识都没有,你这镇长也有责任。镇长的脸直发烧。镇长说当然当然,不过说句心里话,在这种地方,让省长来也出不了彩,说不定还不如我哩。镇长不服气。小艾母亲说我心疼女儿,更气你们这儿的人践踏法律。那狗日的女人。"

赵所长像拉家常一样,和几个戴铐子的人这么说着。

院子里开进来几辆摩托车。小艾被接来了。小艾扑在她妈怀里哭了很长时间。然后,他们看着公安们,把金梁玉柱社会和天泰一个一个押上了一辆面包车。

"小艾。"有人叫小艾。

是根兰。她不知什么时候来了。

小艾走到根兰跟前,想说什么,又说不出来。她拉住根兰的手,叫了一声根兰姐。

"你看你，害了多少人……"根兰说。

小艾直想哭。

面包车开动了。小艾她妈叫小艾上摩托车。小艾就上了摩托车。

金梁坐在面包车里，一直看着前边摩托车厢里的小艾。他没想他们会怎么处治他，他想着小艾。

"你们要把小艾咋办?"他问赵所长。

赵所长觉得这话问得很可笑。

"你没看人家父母来了?"赵所长说。

"她怀着我的孩子。"金梁说。

赵所长觉得这话更可笑。

"怀你的孩子是怀你的孩子，可孩子是非法的肯定得打掉。"赵所长说。

"放屁!"金梁站起来，涨红着脸。

"你坐下，你坐着，车一摇把你闪倒了。"赵所长说。

金梁慢慢坐下去，低着头，一声不吭了。

到县城跟前了。摩托车拉着小艾和小艾父母，要去县政府招待所，拉金梁他们的面包车，要去看守所。金梁突然一跃而起，从车门里撞出去。

"小艾!"他撕心裂肺地喊了一声。

摩托车厢里的小艾扭过头来，看着金梁。金梁被摔倒了，从地上爬起来，跌撞到小艾跟前。

"小艾，你怀了我的孩子。"金梁说。

小艾点点头。她突然觉得金梁很可怜。她感到她心里有一种复杂的感受。她不想欺骗他。

"你要弄掉他，是不?"金梁眼巴巴地看着小艾。

这回，小艾没点头，也没摇头。她不愿伤害金梁。她想给他说几句什么话。

摩托车突然叫了一声，开动了。

"小艾!"金梁绝望地叫着。

"你不能……"他喊着。

两个公安架起金梁，往面包车上拉。金梁固执地拧着脖子，看着那辆越跑越远的摩托。

在看守所，他们见到了老梅和二女。老梅掏出一盒纸烟，给他们散发着，很轻松的样子。玉柱和社会抽了老梅的烟。金梁没抽，他还想着小艾和小艾肚子里的孩子。天泰也没抽，他憋了一肚子冤枉，一个人蹲在一边，一点一点嚼着，连话也不愿说。

一个月以后，他们被判了罪，劳改去了。老梅最重，是五年。二女三年。金梁玉柱和社会各一年。最轻的是天泰，半年，监外执行。

一年后，金梁玉柱和社会三个人背着行李卷，一块儿走出劳改农场的大门。金梁不愿跟玉柱和社会回去。他说他要去找小艾。玉柱知道拦不住，就没吭声。社会说金梁你就把心收了吧。金梁什么也没说，一个人走了。

他真找到了小艾家。小艾认出了他。小艾给金梁倒了一杯水说：金梁你坐我没想到你会来。金梁不坐。金梁说我的孩子呢?

小艾低下头，顺下了眼。小艾说金梁我对不起你。正好小艾她妈推门走进来，一看见金梁就往外赶。金梁说我要我的孩子来了。小艾她妈说出去出去赶快出去，我们家没人认识你。金梁给小艾她妈笑了一下。小艾她妈说别跟我嬉皮笑脸的，肯定是在劳改场学来的。金梁的脸突然变了。他从行李卷里抽出一把刀子，捅进了小艾她妈的肚子。

"这也是从劳改农场学的。"金梁说。

小艾她妈大张着眼，捂着肚子往下倒着。

金梁没再捅。金梁转脸对小艾说："小艾，我每天都看见你的模样在我眼跟前晃来晃去。我没办法。"

小艾抱着头，尖叫了一声。

金梁又被判了罪。这一次是十五年。玉柱和根兰去监狱看他的时候，他说现在我心里干净了，再不用想着弄媳妇的事了，你们好好过日子吧。玉柱给金梁点着头。根兰不停地擦眼泪。

这时候，老梅已经出狱了。他使了钱，减了刑。他想改行，改了几次，都觉着不顺手，就继续做老营生，流通女人了。当然，他没去后村，他把地方挪在了更北边的一个省份，所以，他不知道金梁又一次被判刑的事。他又弄了几个女人，要领着她们北上了。

流　放

一

　　清兵管带刘杰三和他的士兵们从青峰堡的门洞和残墙上跳了进去。他们先听见了一阵嘤嘤嗡嗡的念诵声，然后就看见了广场上的叛民们。叛民们黑压压围坐成一片，正潜心地做着晨祷，一种含混的嘤嗡声从他们的头顶浮游上来，又扩散开去。更多的清兵从门洞和残墙上继续往进跳着，朝广场上围拢过来，他们提着笨重的砍刀，砍刀上泛着黎明时的亮色，像黄鼠的眼睛。他们等待着，等待叛民们跳起来，然后，他们就砍他们的胳膊，戳他们的肚子脖子或是大腿，直到把他们砍戳成一具具尸体。

　　没有，叛民们没有像他们想象的那样跳起来。叛民们一动不动，平静得像一碗清水。他们举着一只手，眼睛微闭着，咕咕哝哝嘤嘤嗡嗡地念诵着那种谁也听不清白的祷告词。

　　清兵们有些为难了。他们看看手里的砍刀，然后抬起头，互相瞅着，不知该怎么办了。他们僵持了好长时间。要不是标统大人，他们还会僵持下去。

一群士兵簇拥着标统大人来了。

嘤嘤，嗡嗡。念诵声像苍蝇振动翅膀一样。

怎么了怎么了？标统大人骑在马上在问刘杰三，然后，标统大人朝清兵们扫了一眼。

清兵们躲闪着标统大人的目光，没人搭腔。

你们的刀白磨了是不是？标统大人说。

依然没人搭腔。嘤嘤嗡嗡的声音更隆重了。

难道你们不觉得这种声音更像苍蝇？标统大人又说了一句。然后，标统大人把目标落在了刘杰三的脸上。他什么也不想说了，他想现在该刘杰三说句什么了。

刘杰三有些不好意思了，"他们在做祷告。"他说。

刘杰三的话使标统大人感到奇怪。

"祷告和杀头有什么关系？"标统大人说。

"里边有女人，"刘杰三说，"孩子，还有老人。"

"让你们的刀子长点眼睛不就结啦？"

"我想他们应该扑过来和我们拼杀。"刘杰三说。

"你这想法怪。"标统大人说。

"大家都这么想的。"刘杰三说。

"大家的想法都怪。"标统大人说。

"他们这个样子让我们难以下手我们是军人是菜市口的刽子手。"刘杰三说。

标统大人感到刘杰三古板得有些好笑。

"有时候军人太像军人反而不是军人。你见过割韭菜没有？"标统大人说。

刘杰三没想到标统大人会问割韭菜的事，就像他没想到叛民们在挨刀的时候放弃了反抗一样。他有些迷惑了，接连眨了几下眼睛。

标统大人笑了。标统大人说我想你们总不会没见过割韭菜，我把话说得这么明白，你总不能让我去割吧？

标统大人提提马缰，走了。马蹄轻敲着地面，像诵经堂里的木鱼。

于是，杀就变成了割。清兵们一拥而上，像割韭菜一样割掉了一千二百三十多个叛民的头颅。开始的时候，他们割得有些仓皇，但很快就从容了。他们先抓住头发，把叛民的脸扳过来，如果是女人孩子或者老人，就推到一边去，然后抓另一个的头发，然后松开来，那颗头就会像弹簧一样弹回来，他们就举起砍刀，朝他的脖子抡过去，这时，他们就会听见噗一声，像人在熟睡时吹气的声音一样。然后，就有一种热乎乎的东西喷发出来，溅在他们的衣服和手背上。他们有了一种全新的体验。他们感到这和割韭菜并不完全相同，头发毕竟不是韭菜叶，脖子也不是韭菜秆。韭菜里偶尔会有一根枣刺，头发里藏不了这种东西。割头用的力气大一些，可断不会有被枣刺刺伤的危险。他们感到血往他们的衣服和手背上喷溅的时候像硕大的雨点，只是不像雨点那样凉爽。

刘杰三没有动手。他感到他的胃突然有些疼痛。长年征战使他的胃受到了损害，但这一次疼痛和吃得太饱或者饥饿无关。割韭菜的时候，韭菜也会摇晃一下，可叛民们的头竟抬也不抬，甚至，砍刀使他们身首异处之后，他们的喉咙还在颤抖着发出那种可憎的嘤嗡声，从刀口喷出的血像粉红色的泡沫，更像一个嘲笑。他感到他的自尊心受到了严重伤害。他和他们打了整整九年，终于要结束了，可他怎么也想不到会这么结束。他抓住了一个叛民的衣服，逼着他挺起身来。

"你的刀呢！"他鼓着眼睛，咬着牙齿问他。他看见那个叛民张开眼睛瞄了他一下，又闭上了眼睛，似乎懒得跟他说话，又继续祷告了。

刘杰三恨不得一把把他捏碎。他有些气急败坏。他不知道该怎么处置他。人在气急败坏的时候就会迷乱，就会突然没了主意。他没有把他捏碎，他气馁了。他把他推给了旁边的一个士兵。士兵有些诧异，愣愣地看着他。

"弄你的。"他给那个士兵说。

他立刻就听见了一声铁刃嵌入肉体时发出的那种黏糊的响声。那时候，广场上到处都是这种声音，整整持续了一个时辰。刘杰三站在那里，仰头朝天上看着。他知道广场已变成了西瓜地，刚才坐着的身躯正在一个一个倒下去，抬脚随便一踢，就会踢起一个头颅。头长在脖子上的时候，好坏都是头，一张嘴就会哇啦哇啦说话，可一离开脖子，就变成另一样东西了，就是掰开那张嘴，也只能看见两排肮脏的牙齿。那时候，刘杰三就是这么想的。他把手攥成拳头，在胃的部位用力按着。他感到这里有他没他已不太重要了。就回他的帐篷翻看那本《康熙字典》去了。他有翻看字典的嗜好。

二

刘杰三躺在地铺上，一直用拳头按着胃的部位。他想它要再疼下去，他就得找老龟给他喷几口烟。

帐篷门口的布帘子动了一下。老龟进来了。

老龟说三个叛民首领的头已挂在了城门洞上，十几个头没割断的叛民挂在了城门洞外边的木杆上，那里栽了一排木杆。

刘杰三唔了一声。

老龟说按朝廷的规矩八岁以上的几个男童正在阉割，剩下的老弱病残要流放到伊犁去。

刘杰三又唔了一声。

老龟说你不去看看？

刘杰三说我胃疼。

老龟说我烧一锅烟？

"待会儿要烧的时候我叫你。"刘杰三说。

老龟说，你看你这人胃疼了就得捻弄捻弄，甭跟自个儿过不去。说着就要取烟枪。

刘杰三说你出去我心里烦。

老龟身子一挺，说：你一会儿胃疼一会儿心烦，到底是疼还是烦？

"你烦得我胃不疼了，只剩了个烦你快出去。"刘杰三说。

老龟笑了。老龟说我跟你这么多年没想到我还是一剂药，以后你胃疼我就烦烦你。老龟一边说一边往外退。老龟并不老，三十多岁。老龟笑的时候，脸像一张揉皱的麻纸。

刘杰三的注意力怎么也集中不到字典上，脑子里一满是广场上割头的情景。这时候，广场上的清兵们已陆续往回撤了，帐篷外突然变得嘈杂起来，他们要换衣服脱靴子洗手洗脸。刘杰三看着他的手背和衣服，又朝地铺跟前的靴子上瞄了一眼。还好，没有沾上那种污脏的东西。他觉得有些奇怪，总会溅上一丁点吧？没有，一丁点也没有。他把目光又移上了手中的那本字典。

啪啦。帐篷门上的布帘子又动了一下。

是老龟。脸像一张揉皱的麻纸。

刘杰三有些躁气了。他想说老龟你咋像苍蝇一样我又不是一块腥肉。没等他开口，老龟的嘴已经开始动弹了。

"我知道你这会儿烦我可我没办法，标统大人让我来请你。"老龟说。

刘杰三把要说的话咽了回去。

标统大人正在收拾东西。标统大人说刘管带我想跟你商量个事。刘杰三有了一种不祥的预感。每当标统大人和他这么说话的时候他都会产生这种感觉。

"这里的事就算完了，可还有一样事情得办。"标统大人说，"该杀的都杀了剩下些不该杀的要流放到伊犁去，我想过来想过去就你合适。"

刘杰三真想朝标统大人的腰踹一脚。为什么就我合适，我一进军队就碰上这场倒霉的围剿，一整就是九年，我总该回去看看我爹吧?

"你今年三十多了吧?"标统大人说。

"三十二了。"刘杰三说。

"正是有体力的时候。"标统大人说，"我是过来人，有过三十二岁的时候，我要是你现在的年龄，我就不让你干这件差事了。人一辈子得经历几件事情。三十二岁虽然是好年龄，可老是三十二岁就不好了，你说是不是?"

标统大人的话和说话的表情一样深奥。

"你一定能明白我说这些话的意思。"标统大人说。

"当然。"刘杰三说。

"那我就祝你一路顺风了。"标统大人说。

那种想踹一脚的念头又冒了上来。当然，这只是一种心情。他没踹。他像满人说好说行的时候常说的那样说了一个喳。

"喳。"他说。

刘杰三从标统大人的帐篷里退了出来，刚转身，头顶上就啪啦响了一声。他知道有什么东西落在他的头顶上了。他用手摸了一下，是一种黏稠的东西。他抬起头，一只鸟已飞过去老远了。一股恶气从他心底拱了上来，他恨不得变成另一只鸟追上去。这也只能是一种心情。他无可奈何地看着那只鸟飞进了远处的树林。

"操你的娘呦。"他骂了一句，骂得很没有底气。他把手指头在衣服上抹了一下，又抹了一下。

有人在他的肩膀上拍了一下。他拧过头，是标统大人。他的太阳穴立刻有些发胀。

"你该不是骂我吧?"标统大人说。

"一只鸟屙在我头顶上了。"刘杰三说。

"噢噢。"标统大人说。标统大人手里拿着一包东西，给他微笑着。

"想不到这时候还有鸟。"刘杰三说。

标统大人说林子大了，什么鸟都有。刘杰三感到标统大人的话有些意味深长。

"就是就是。"刘杰三说。他看着标统大人手里的那包东西。

"我知道你胃疼。"标统大人说，"我给你弄了一包烟土。"

刘杰三突然有些感动。他感到标统大人有些像他爹。他爹总这么关心他。他爹不但卖了二亩地，让他上了几年私塾，还破费了十几个银圆，从教私塾的先生手里换了一本《康熙字典》，一心要让他成为有学问的人。后来，一位在宫里当太监的亲戚回乡省亲时给刘杰三他爹说，我看杰三是块材料，让他去军队吃粮吧。太监很快就托了一个熟人，把刘杰三送进了军队。临走的时候，他爹用袖子擦着眼角的眼屎和眼泪叫了一声儿啊，然后，把那本《康熙字典》塞进了他的怀里，说你爹这把骨头是贵是贱，全看你了。刘杰三没有辜负他爹的那几滴眼泪和眼屎，三十岁一过，他就成了管带。

"你换顶帽子吧。"标统大人用父亲一样的口吻对他说。

"不了不了，"刘杰三说，"我用清水洗洗。"他把手朝帽顶上的红缨子伸过去，半道上又缩了回来，他怕摸着那种黏稠的脏物。

刘杰三留下了十几名士兵，让其余的士兵跟着标统大人一起走了。一送走标统大人，刘杰三就把那顶帽子扔给了老龟。

"把红缨子里边的脏物刷净。"他说。

"刷不净我踹你。"他说。

"怎么会呢?"老龟说，"我不会让你踹我，我一根一根刷，要刷不净可就成怪事了。"

<h2 style="text-align:center">三</h2>

徐爷徐天德知道他儿大庆没死是两天以后的事。大庆一进帐篷就痛彻心骨地叫了一声爹，然后泪如雨下。徐爷愣住了，半晌没说出一句话来。他是个瘦弱的老人，长着一撮漂亮的黑山羊胡子。当清兵把青峰堡围住的时候，他就感到一切都要在这里了结了。他甚至希望早一点了结。人在看不到希望的时候就有这种想法。他就是带着这种心情去参加那一次晨祷的。他知道清兵会在黎明的时候从门洞和残墙上跳进来。所有的人都知道。先一天晚上他们就决定了，清兵们一进来，他们就开始做祷告，然后让清兵杀死他们，不反抗，也不拒绝。他们知道反抗和拒绝已没有任何意义。他们反抗了九年，拒绝了九年，唯一的结果是教民们在一天天减少。朝廷的军队像猫逮老鼠一样，把十几万教民咬死在巴山老林中的沟壑梁峁里了。开始的时候，他们想不通朝廷为什么非要灭绝他们，后来就想通了。猫为什么要吃老鼠? 就这么他

们想通了。想通得非常容易。他们在最后的时刻放弃了反抗。他们一个跟着一个，走出他们的帐篷，围坐在广场上，举起一只手，等待着殉教的时辰。这是最后一次了，他们微闭着眼睛这么想。后来，他们就听见了一阵杂乱的脚步声。再后来，他们就听见了利器砍入脖子时发出的那种噗噗声。噗噗声很快就淹没了他们念诵祷告辞的嘤嗡声。

徐爷一边念诵着，一边等待着砍刀。他感到他的脖子那里有些痒痒的。他想砍刀很快就会切入痒痒的部位。他对自己有些不满意。他感到他的脖子太娇气，凭他这把年纪和他一生的经历，脖子是不该这么娇气的。他希望能潜心一些念诵祷告词，他想这也许会使他的脖子变得正常一些。这时候，一只有力的手抓住了他的头发。他没有睁开眼睛。他把牙齿咬紧了一些。他不想让他的头在离开身子以后显得狰狞。这是他一生中遇到的最后一件事，他想让这件事情了结得完满一些。

砍刀没有切入他的脖子。揪他头发的那个清兵把他重重地推了一下。后来他才知道，他没死完全是因为他下巴上的那一撮黑山羊胡子。朝廷的军队对规矩是很认真的，他们不杀老人。

他没有想到他的儿子大庆没有挨刀。大庆是跟他一起到广场上去的。出帐篷的时候，他看见大庆有些磨蹭。大庆不停地揉着眼睛。大庆长得有些像他妈，有两片肥厚的嘴唇，他为此多少有些不满意。他觉得儿子应该像他。大庆妈在大庆十二岁的时候得羊角风死了。他感到女人病得有些奇怪，好好的就病了，就死了。他恓惶了许多日子。再看大庆那两片厚嘴唇的时候，他就有了另一种感觉。他觉得儿子还是像他妈好。他没再娶女人，就信了教，再后来，就是朝廷的剿杀。大庆一直跟着他。大庆对常年东躲西藏的日子有些厌倦了。大庆说爹咱不信教了不行？他看了大庆一眼。大庆已是二十岁的大小伙了。不成，他说。以后，大庆再没问过他。大庆变得少言寡语了。

"你怕了？"他问大庆。

大庆闭着那两片厚嘴唇，看着他爹。

"我一夜没睡。"大庆说，"眼涩得不行。"

"你怕了？"他又问了一句。

大庆不揉眼了。大庆给他摇了摇头。

"那就走吧。"他说。

大庆没动。他看见大庆的眼睛慢慢湿润了。大庆颤抖着嗓子叫了一声爹。他站住了，等大庆说话。他看见大庆的那两片厚嘴唇哆嗦了好长时间。

"我死了你咋办？"大庆说。

他没想到大庆会说这么一句话。他感到他的心突然热了，在胸膛里猛烈地动弹着。人的心并不是什么时候都会这么动弹，人的心这么动弹的时候不多，一生里遇不到几回。徐爷低头想了一会儿，让他的心平静了一些。

"我也会死的。"他说。

然后，他们一前一后出了帐篷。

他们都没死。他们没死的原因不一样。那时候，大庆也念诵着祷告词，他听见那种噗噗的响声离他越来越近。他知道那不是吹气的声音，而是挨刀的响声。他念不下去了。他不停地咽着唾沫。其实，他只是做着咽唾沫的动作，因为他已没有唾沫可咽了。他感到嗓子眼一阵阵发干，大腿上的筋越抽越紧。他听见了一声东西跌落在地上的响声。他知道是人头，它滚在他的脚跟前了。然后，他听见一阵砍刀破风的声音，他知道有一把砍刀正朝他的脖子切割过来。他忍不住了。他突然睁开眼站了起来。他看见那把砍刀停在了他额颅跟前，刀刃上弥漫着鲜红的血水。他感到他的腿像渗进了一坛醋，又酸又软，突然没有了支撑的力量，他跪了下去。

"不!"他说。他抱着头，使劲摇着。

"不!"他又叫唤了一声，然后呜咽起来。

他躲过了那一刀。他们把他当作自首的叛民留了下来。他在惶恐不安中度过了一夜。第二天清早，两个清兵把他领进了一顶帐篷。他以为他们要找他谈话，也许会杀死他。一进帐篷，他就知道他想错了。帐篷里放着一条宽面板凳，板凳上有几片鲜红的血迹。那是几个被阉割的男孩留下来的。帐篷的角落里蹲着一个男人，手里拿着一把精巧的弯刀，两只眼睛马灯一样朝他忽闪着。

"脱。"一个清兵说。

"这是规矩。"另一个清兵说。

拿弯刀的男人站了起来，朝他走过来。

"捡条命就不错了，人应该知足。"清兵说。

他突然有一种比死还要难受的感受。他不想脱。

"你们杀了我吧。"他说。

"昨天你要有这句话就好了。"清兵说,"现在你还是脱吧。"

拿弯刀的男人有些不耐烦了,用牙齿刮着嘴唇,一条腿轻轻地抖着。

"你让我们硬下手就不好了。"清兵说。

"你要是觉着不好意思,那就让我给你脱。"另一个清兵说。

就这么,他们商量着脱了他的裤子,把他按在了那条板凳上,在他的下身那里拉了一刀子。然后,他们把他交给了刘杰三,让他在流放的路上喂马。

"他们把我割了!"他哭着给他爹徐爷这么说:"我腿软了,那时候我腿软了,我没一点办法啊,他们割了我。"他捂着脸,泪水从指缝间往外淌着,"他们让我喂马。"他说。

徐爷想哭。他没哭。他剧烈地咳嗽了一阵。大庆一声一声叫着爹。他说大庆你别叫了我瞀乱死了。大庆不叫了,大庆愣愣地看着他。他说大庆这不是你的错,是我把你生错了我不怪你。大庆的那两片厚嘴唇动弹着,时刻都会哭出来的样子。

"要哭你就哭我听着你哭。"徐爷说。

大庆的厚嘴唇不动弹了。

"你不哭我就哭。"徐爷说。

大庆哇一声大哭起来。徐爷闭着眼,听着他儿大庆的哭声。大庆哭得流不出眼泪了,止住了哭声。徐爷睁开眼。他叫了一声大庆。

"你该走了。"他说。

大庆张着眼窝，不动。

"你走吧，他们叫你喂马你就喂马去。你想活着这跟你腿要软一样没有办法。"徐爷说。

大庆的心像猫抓一样。他真想在他爹跟前一头碰死。人在后悔的时候很容易有这种想法，可真碰死的人并不多见。大庆大概就是那种想碰死又缺少勇气的人。他没碰。他只是在心里一个劲想着，想着他一头碰死的情景。他跪在他爹跟前，像一块僵硬的石头。

四

刘杰三找了徐爷一趟。他想和徐爷商量商量上路的事。那时候，他和留下来的十几个清兵已搬到了青峰堡里边，清兵们在城墙根那里挖了一个大土坑，把广场上的尸体和头颅扔了进去。他们让大庆跟他们一起干，大庆说我不。他们说大庆你看你这人怎么想不开，人不是你杀的你怕什么？埋死人是行善积德哩，难道你愿意把他们摆在广场上让野狗撕咬？大庆觉得他们说得有道理，就跟他们一起干了。他们说大庆你命大要不你也在死人堆里呢。大庆的脸一直红到了脖子根。土坑填平后，大庆一个人在那里蹴了好长时间。

刘杰三先在青峰堡里转了一圈。然后才找的徐爷。

"我走了一圈，怎么没听见哭声？"一进帐篷。他就给徐爷这么说。

徐爷盘腿坐着，没有吭声。

"我们在城墙根底下埋死人，怎么没见你们的人出去看看?"刘杰三说。

徐爷捋捋黑山羊胡子，依然不吭声。

"死了那么多人总会有人哭几声吧? 你看我说了这么多话你总得搭个腔吧?"刘杰三说。他挨着徐爷坐下来，"嗯?"他说。他看看徐爷的脸。徐爷伸开两只手，在脸上搓了几下。

"死是自愿的，他们事先都知道，有什么要哭的?"徐爷说。

"总该有些伤心吧?"刘杰三说。

"伤心不一定非要哭，难道朝廷还有这个规矩?"徐爷说。

"当然当然，"刘杰三说，"朝廷怎么能定这种规矩，咱说正事。"

"说么。"徐爷说。

"去伊犁的路很长，也许会有些什么事情，我总不能和几十口人一起商量吧? 得找个头，有事了好说。"刘杰三说。

"找么。"徐爷说。

"你当头儿吧。"刘杰三说。

"成么。"徐爷说。

"我得造个花名册，写上你们的名字生辰年月，死在路上的我就打个钩，到伊犁我好交差。"刘杰三说。

"造么。"徐爷说。

"还得给你们的脊背上盖个戳，这是规矩。"刘杰三说。

"盖么。"徐爷说。

"没想到你这人这么好说话。"刘杰三说。

"人有时候好说话有时候就不好说话了。"徐爷说。

"咱明天一早起程。"

"成么。"徐爷说。

"你还是一个好说话的人，我不会看错的。"刘杰三说。

"也许以后你就不这么想了。"徐爷说。

"当然，咱们没打过交道嘛。不过，我一般不会看错人。大庆是你的儿子吧?"

"噢么。"徐爷说。

"好身体。"刘杰三说，"他跟几个士兵拖了一整天死人，没喘一口气。"

"你还有事没有?"徐爷说。

"没了，我看你那里挂了个布袋，是象棋吧?"刘杰三说。

"噢么。"徐爷说。

"你带上它，路长，有的是无聊的时候，我和你杀一盘。"刘杰三说。

事情就这么定了。老龟很快把要流放的叛民们赶出帐篷，挨个儿给他们的脊背上盖一个写着"罪"字的红圆戳。刘杰三用麻纸订了一个花名册，把每个人的名字和生辰年月写在了上边。老龟问给大庆盖不盖圆戳。刘杰三说盖。老龟在马棚里找到大庆。老龟说大庆你看尽管你和他们不一样，可刘管带还是要让给你盖戳。大庆又一次涨红了脸。老龟说你背过去要不我盖不好。大庆背过身，把脊背给了老龟。老龟举起圆戳，朝大庆的脊背正中盖下去。老龟说我一连盖了五十六个圆戳就你的这一个盖得最好。

第二天一早，他们便踏上了通往伊犁的漫长道路。

只有刘杰三一个人回头看了一眼青峰堡。城外木杆上的尸体依然悬挂着，一动不动。偶尔有几丝风吹过来，撩拨一下他们的裤管。有的尸体光着脚，鞋不知遗落在什么地方了，好像过于疲倦，匆匆忙忙地吊上木杆，睡着了。

其实，鞋就在不远处，和一些烧焦的衣服帽子头发一类东西胡乱堆着。

嘎吱，嘎吱，是木轮转动的声音。流放的队伍在黄土高原的沟壑梁峁中缓慢地行进着。他们不分男女老幼，一律步行。平板马车上捆绑着他们的帐篷毛毡水桶一类物品，走在队伍的最前边。骑在马上的清兵们信马由缰，分散在队伍的头尾，和流放的男女们构成了一种微妙的关系。他们互不理睬。

五

秀枝和徐爷走在一起，在队伍的中间。她是个二十多岁的姑娘，梳着一条长辫，充足的太阳光和风雨的侵蚀使她的脸色显出那种健康的红润。在流放的叛民中，只有她一个人的心情有些特别。她感到有一颗豌豆一样的东西在她的身体里蹦跳着，那是苍爷留给她的。

她没想到她能和教主苍爷发生一种特殊的关系。那些天，苍爷老是远远地看她。她不知道苍爷为什么要那么看她。苍爷明显瘦了，短茬茬胡子好像一夜间长出来的，麦芒一样干燥而坚挺，密匝匝布在他四十多岁的脸上。那是一张粗糙的男人的脸。他看她的时候，眼眶里好像涌着泪水，随时都会涌出眼眶。那时候，青峰堡笼罩着一种濒临死亡的绝望气氛，教民们已很少说话，他们的眼里都噙着泪水，一开口就会哭出声来。以后的许多日子里，她常常想起这种情景。她不知道他们为什么没让眼泪流出眼眶，一直到死，都没哭出声来。他们让泪水又渗了回去。他们怀着一种神圣的情感，在黎明的时候坐在了青峰堡的广场上。

那天晚上，她换上了一身干净的衣服，端坐在两根蜡烛跟前，等待着苍爷。摇晃的烛光使她的脸显得更加生动，甚至透出一种妩媚。夜已很深了。清冷的月光洒在地上，洒在青峰堡里的每一顶帐篷上，悄无声息。偶尔能听到一声孩子的嚎哭，像夜鸟的叫声，遥远而空洞。

苍爷会来的，她想他一定会来。要不，他为什么要用那种目光看她呢？

一阵沉重的脚步朝她的帐篷响了过来。她感到她的心突然猛烈地跳了起来，要跳出她鼓胀的胸膛。她没动。她听着帐篷外的脚步声。脚步声在门帘外停住了，好像在犹豫。然后，她就听见了掀动门帘的声音。她没有抬头。她能听见苍爷的喘息声。她知道他在看她。

他们好长时间没有说话。他们的谈话是在她的心跳声和他的喘息声平缓下来的时候开始的。

"你知道我要找你。"苍爷说。

她点了点头，"我知道。"她说。

"天一亮，就是我们殉教的时辰。"苍爷说。

她又点了点头。

"等他们围攻上来,我们就做晨祷。"苍爷说。

"谁是你的后人?他们杀了你,谁是你的后人?"她说。

"你。"苍爷说。

"我?"

"我要你做我的后人,"苍爷说,"我要你拿走我的血肉。我只能这么做了。"

烛光突然停止了摇晃。

秀枝慢慢转过头来。她已经泪流满面。

"你,如果你不愿意……"苍爷的声音打着抖,说不下去了。

"我愿意。"她说,"我向你起誓,只要我活着,我就永远记着我的誓言。"她说:"天一黑,我就等你了。"她陶醉在无边的激情之中,扬着头,微张着嘴,等待着。他看着苍爷一步一步向她走近。蜡烛猛烈地燃烧起来。她一个一个解着纽扣。她以圣洁的姿态迎接了她一生中唯一的男人。她优美地倒在了地铺上,发出一声呻吟。然后,就感受到了一阵钻心的疼痛。她叫喊了一声,抱紧了苍爷。一股灼热的东西在她的身体里冲击着,和她的血肉融汇在一起,纠缠着,凝结着。她感到她抱着的不是苍爷而是她的男人。她感到他和她很亲。她真想永远这么抱着他,不再丢开。

当苍爷在她的身边躺下来的时候,她才知道,和她没经历过男人一样,苍爷也没经历过女人。她用手指在苍爷的头发里摩挲着,心里涌动着一种温热的潮水。她坐了起来,看着苍爷疲惫的脸，看着他脸上那一片干燥的短茬胡子，失声痛哭。她把脸贴在他的胸膛上，让泪水湿润着他的体肤。苍爷已熟睡过去，胸膛一下一下起伏着。她轻唤着他，像女人唤着她最亲的男人一样叫着他。她不愿意他死。

临走的时候，苍爷把一面小铜镜交给了秀枝，那是苍爷的传教之物，是上几代教主传下来的。几天以后，秀枝到挂着苍爷头颅的门洞那里去过一次。门洞上并排挂着三个竹笼，苍爷的头挂在中间，从竹笼里流出的血水在墙壁上爬出几道歪拧的线条，已经风干了。去的时候，她以为她会哭。她不知道她为什么没哭。她突然感到有一颗豌豆一样的东西在她身体里的一个地方蹦跳着。她有些担心了。她害怕那颗豌豆不是真的。她甚至希望日子能过得快一些。她想她很快就知道有没有一颗豌豆。如果真有，她想她会兴奋得晕过去。她就是怀着这种心情上路的。她走在徐爷的旁边。

初春的黄土高原和流放者们的脸一样漠然。土崖上偶尔会有一丛像树枝又像枯草一类的东西，在风里百无聊赖地摇晃着，不时地划过流放者们的眼睛。没有人说话。他们一声不吭地走着。如果从远处看，他们像一群难行的蜗牛。

刘杰三骑着一匹枣栗马。他感到有些压抑。这么一声不吭地走路，要不了几天心里就会长出毛来。他摇摇马缰，走在了徐爷旁边，咳嗽了一声。徐爷背着手，看着前面，黑山羊胡子在风里抖动着。徐爷没有扭头。

"这么个走法，得十个月才能到。"刘杰三说。

"噢么。"徐爷说，依然是那种漠然的表情。

"也许还会遇上雨天。"刘杰三说。

"噢么。"徐爷说。

"我看我说什么你都会噢么。"刘杰三说。

"噢么。"徐爷说。

"我不过想跟你说说话，你总这么噢么噢么，不想跟我说是不是?"

"我没你说的那个意思。"这回，徐爷没说噢么。"说吧。"徐爷说。

"说话是两个人的事情，你和我说话，总不能不看我一眼吧?"刘杰三说。

"你骑在马上，我看你脖子会累。"徐爷说。

"那倒也是。"刘杰三说。

刘杰三感到徐爷身上有一种凛然的东西。他是流放者中最年长的一位，可走路的姿态却很沉稳，胸膛总高挺着。

"你的胡子不错。"刘杰三说。

"噢么。"徐爷说。

"你又噢么了。"刘杰三说。

"噢么。"徐爷说。

"你们不会半路上逃跑吧?"刘杰三说。

"逃跑? 往哪儿逃?"徐爷说。徐爷的脸上浮现出一种嘲笑的神情。

"也是，"刘杰三说，他也让他的脸上浮现出几丝嘲笑，"能逃到哪儿去呢？你带象棋了吧？"

"带了。"徐爷说。

"你的脾气有些古怪。"刘杰三说。

"有时候古怪，有时候不古怪。"徐爷说。

"有时候，我的脾气也古怪，你古怪的时候可不敢跟我古怪的时候碰在一起。"刘杰三说。

"那可就没准了，"徐爷说，"说不定就偏偏碰在一起了。"

第一天，他们走了三十里山路，什么事情也没有发生。黄昏的时候，他们在一座破庙跟前停了下来。

六

老龟刚把支铁锅的土坑挖好，大庆就挑来了水。除了喂马，大庆还管做饭的差事。老龟说点火点火，肚皮贴在后背上了。大庆往锅里倒好了水，趴在火风口点火吹火，吹得满眼流酸泪。清兵们的十几匹马拴在后院，正吃着草料，草料袋就挂在马脖子上。流放者们已卸下平板车上的东西，进了两间偏房，用长长的喘息推卸着疲劳。

刘杰三对这一切很满意。他站在庙殿门口的台阶上，叫了一声老龟。

"水热了端一盆来，我洗洗脚。"他说。

他转身进了正殿，坐在铺好的地铺上解着绑腿。这是他多年的习惯，每到一个地方，第一件事就是解绑腿，然后洗脚。

老龟催大庆快些烧火。大庆从火风口的浓烟里扭过脸来，抹了一把酸泪。大庆说我快不了，柴火太潮要快就得找些干柴火。老龟想骂大庆几句，又想柴火太湿不是大庆的错，就把要骂的话咽了回去。

"那你继续吹，我找柴火去。"

老龟从庙外边抱回来一抱干柴火，大庆已把火烧旺了，正悠闲地往锅底下塞着硬柴。老龟说早知道你能把火吹旺我就不找干柴火了。他好像吃了老大的亏一样。他扔下柴火，拨拨大庆的胳膊说起来我烧。大庆有些不愿意，因为坐在火跟前暖和。老龟说你再挑担水去。大庆说你净拣好事做。老龟说是人都愿意拣好事做起来，起来挑你的水去。

老龟没烧几把火，院子里就响起了一阵脚步声。开始的时候，他并没在意，可一会儿，他就不敢不在意。喘过气的叛民们一个跟一个从偏房里走出来，在院子当中围坐成一个方形。他们要做祷告了。

"哎，我说，你们不能做祷告。"

老龟朝叛民们喊了一声。他看见他的喊声没起一点作用。从偏房里陆续走出来的叛民继续往院子当中围坐着。老龟瞪了一会儿眼睛，然后仰着脖子叫了起来：

"王贵！你钻你娘裤裆了！"

王贵和几个清兵提着火枪从后院里跑过来，看看院子当中的叛民们，又看看老龟。

"看我不认识我？让他们回屋去。"老龟说。

"让他们回屋去。"王贵给清兵们说。

"回去!"清兵们朝叛民们晃着枪托。

刘杰三提着两条绑腿带等着老龟的热水。老龟进来了。老龟一脸慌失的神情,他没端水盆。

"水呢?"

"还没热哩,"老龟说,"他们出来了他们要做祷告。"

"让他们回屋去。"刘杰三说。

"他们不回你不管他们可就真做了。"老龟说。

刘杰三的脸黑了。他一出正殿,王贵他们就不喊叫,也不晃枪托了。他们都看着刘杰三。

刘杰三以为他一出去,叛民们多少会有些反应,至少徐爷会有。他想错了。没有一个叛民扭过头看他一眼。他们跟着徐爷举起一只手,闭上眼睛,要念祷告词了。

刘杰三的自尊心又一次受到了伤害。

"王贵,"他尽量让他的声音显得平和一些,"你试着用枪托真砸一下看管不管用。"

王贵提着火枪走到离他最近的一个老者跟前。老者一动不动。王贵把枪托提高,然后用力朝老者的肩膀镦下去。老者呻吟了一声,倒了,然后又爬起来,坐直了身子。

"不管用。"王贵给刘杰三说。

"拖!"刘杰三说,"拖他们进去。"

开始的时候,他们抓住叛民的胳膊往屋里拖,后来,他们感到这么拖太费劲,就拧叛民们的胳膊。他们往后一拧,叛民就会噢地呻吟一声,肚子就腆起来,他们就推着他们进屋。他们对女人也采用了同样的办法。他们突然明白了一个道理，不论做什么事情，人都能想出更省力气的办法。他们多少有些奇怪，不管他们是拖还是推，竟然没一个人跳起来和他们踢打，也没有一个女人抓他们的脸，或者朝他们的脸上吐一口。在他们的印象中，女人们是很容易抓脸吐唾沫的。

清兵们一动手，刘杰三就回正殿了。一会儿，老龟端来了一盆热水，他把脚塞进热水，心情立刻好了许多，一股舒坦的感觉从他的脚上顺腿迅速弥漫上来。他感到他应该和徐爷交谈一次。他说老龟你把徐爷叫来。老龟有些诧异。老龟说好不容易把他拧进屋又叫他出来？他说你叫去我有话说。

老龟领着徐爷进来的时候，刘杰三已洗完了脚。他让徐爷坐，徐爷不坐。徐爷直直地站着，像一根干硬的木头。老龟端着脏水要出去。刘杰三说你倒完水烧锅烟，我胃又疼了。老龟说烧完烟我再倒水。老龟烧了一锅烟，往刘杰三鼻眼里喷了两口。刘杰三说好了好了你出去。他吸着鼻子，让烟土的气息在他的身体里扩散。

徐爷一直站着。徐爷说刘管带这么治胃疼来得快，可时间长了会染上烟瘾。

刘杰三没想到徐爷会给他说这种话。他看着徐爷的脸，没发现那种嘲笑的神情。

"我也胃疼过，我烤干馍吃，吃了一段日子就好了，你不妨试试这种办法。"徐爷说得很诚恳。

刘杰三咦了一声。他说徐爷我越来越觉得你是个怪人，我都有些弄不清白了，说你不好吧，你关心我的胃疼，说你好吧，你又犯规矩领他们做祷告为难我。

"这是两回事。"徐爷说。

刘杰三摇摇头说，我不懂。徐爷说人不能什么都懂，都懂了也就快死了，就像我这样。刘杰三说咱扯远了。徐爷说那就往近处说。

"走的时候咱说过你们不能做祷告。"刘杰三说，"你不会这么快就忘了吧？"

"没忘。"徐爷说，"早晚的祷告是我们信教人的功课。朝廷有朝廷的规矩，信教人也有信教人的规矩，这话我也给你说过。"

"徐爷，这你可就说得不合适了，"刘杰三说，"你们现在是朝廷的犯人这么多日子你连这个都没想过来？"

"你觉得你是犯人了你就是犯人，你不觉得你是犯人你就不是。"徐爷说。

"你这话说得怪。"刘杰三说。

"听着怪可味道正着哩。"徐爷说。

"你们那个教在大清国的天底下已经没有了。"刘杰三说。

"不是还有五六十口子没死么？"徐爷说。

"听你这话的意思，我和你磨了半天嘴皮子白磨了是不是？"

徐爷不吭声了。

"你和我没有什么过不去的吧？"刘杰三说，"不准做的事，你要做，不但坏朝廷的规矩，也臊我的脸皮。"

"你的脸皮太薄了。"徐爷说，"有时候人脸皮厚一点更像个男人，你信不信?"

"你要做祷告，我就不能保证不杀人。我只想把你们平平安安地送到伊犁。我不想发生不愉快的事，"刘杰三说，"你给他们说说去。"

第二天早上，刘杰三才感到他把事情想得太简单了，一出正殿门，他就愣住了。所有的叛民都在院子里站着，朝着一个方向，脸上布满那种虔诚的神情。他们一声不吭，只是站着，看样子，已站了好长时间了。

刘杰三的那张瘦脸立刻变成了一块青石板。

清兵们像刚出窝的黄鼠一样，眼睛胡乱瞅着。老龟蹭到刘杰三跟前，低声说了一句:

"你看，他们这么站着。"

刘杰三一声不响。

"拧不拧他们?"老龟又问了一句。

刘杰三转身朝正殿后边走去。他尿了一泡尿，又走了回来。他在尿尿的时候也松缓了脸色。

"让他们套车。"刘杰三给老龟说。

老龟眨了几下眼睛，他感到有些意外。

"听见了没有?"刘杰三说。

老龟立刻扭过脖子，朝院子里的叛民们喊了一声:套车!

一会儿，平板马车的木轮子又嘎吱嘎吱地滚动在漫长的山路上了。流放的队伍依然是一群爬行的蜗牛。

刘杰三骑在马背上，看着缓慢移动的队伍，看着徐爷下巴上那撮高傲自负的黑山羊胡子，心里像塞进了一堆歪七扭八的砖头。他想把它们摆放得顺溜一些。他感到这很重要。他想他总会找到一个合适的机会。

七

大庆终于到流放者们歇息的屋子里去了一次。那天，队伍一停下来，他就架起了两口铁锅，点着火，往锅底下塞着柴火。

他听见锅盖响了一声。

是秀枝。她端着一只木盆，盆里放着几件衣服。她把木盆担在锅沿上，推开锅盖，用马勺往盆里舀水。大庆塞柴火的手停住了。

他没想到秀枝会来舀水。他愣了一会儿，然后，他的心就在胸口猛烈跳了起来。他定定地看着秀枝。他希望秀枝能看她一眼。他想秀枝要看他的话，他就给秀枝笑笑，他会说秀枝你舀吧舀了我再添。许多天了，还没有一个叛民走到他的跟前，用正眼瞧过他。也没有一个人和他说过半句话。在所有的叛民中，他像一只可怜的虫虫。

秀枝没有看他。秀枝舀完水，在离他不远的地方蹲了下来，揉搓着盆里的衣服。

大庆的心不再跳了。他很难受。他感到他的心被什么东西揉捏着，揉捏出一股又一股酸水。其实，他每天都有这种酸楚的感觉。每次上路，他都走在队伍的最后。他拉着那匹负重的马，马背上驮着清兵们的用物。他怕看见他们脸上那种鄙弃的神情。后来，他才发现他们根本就不看他，不理他。他们连那种鄙弃的神情都不愿给他。他感到这比死还要难受。他恨自己，恨他的那两条腿。它们软得太容易了。他真想把它们砸断，换上两根木棍，木棍是不会软的。晚上是他最难受的时候，他不能和清兵们睡一个地方，也不敢进流放者们睡觉的屋子。他和清兵们的那十几匹马待在一起。一听见他们睡觉的鼾声，他就心酸，就想流泪，就想砸断他的腿，换上两根木棍。他一次又一次鼓着勇气，想到他们睡觉的屋子里去，哪怕待一会儿也好。他心里结了一个疙瘩，越结越大。他想把它掏出来，要能掏出来就好了。

秀枝一下一下揉搓着衣服。他想秀枝还会过来舀水的。秀枝再来舀水，再不看他一眼，他就厚着脸皮叫她。他就说秀枝你咋就不看我一眼，你们咋就不看我一眼，难道你们就不知道我的心里有多难受。他就说秀枝我知道你们看我恶心，我自己也恶心我自己，我每天都想一头碰死。

秀枝没再过来。刘杰三拿着一件衣服走到秀枝跟前了。

"啪啦"。刘杰三的衣服掉在了秀枝的脚跟前。秀枝朝衣服瞄了一眼，然后抬起头。

刘杰三的瘦脸上布着笑意，朝衣服努努嘴。

秀枝迷茫了一会儿，然后把滑在胸前的辫子甩到脊背上，又搓起了盆里的衣服。她没有掩饰她的厌恶。

"不愿洗?"刘杰三并不生气，歪头看着秀枝。秀枝不吭声，搓衣服的声音更响了。

"我想让你洗，怎么办?"刘杰三说。

秀枝开始拧衣服里的脏水了。她突然拉起木盆，哗一声，脏
水倾盆而出。刘杰三的那件衣服鸟一样扑扇了一下，泡在了脏
水里。

秀枝把拧干的衣服放进木盆，走了。

一股恶气从刘杰三的心底拱了起来。

"站住!"他喊了一声。

秀枝站住了。

"转过来。"刘杰三说。

秀枝不动。刘杰三欣赏似的看着秀枝的背影，心里的那股恶
气一点一点消散。

"我以为你连站也不站呢。"刘杰三说，"你走吧。"

秀枝依然没动，

"我就想让你站一下。"刘杰三说。

秀枝一走，刘杰三就喊老龟。

"去，把那件衣服洗洗。"他给老龟说。

老龟想不出那件衣服怎么会泡在脏水里，想问刘杰三，刘杰
三已回屋了。

"大庆，这是怎么回事?"他问大庆。

"不知道。"大庆说。

"你在跟前你不知道?"老龟说。

"在跟前也不知道。"大庆说。

"不知道就不问了，你提桶水去。"老龟说。他把衣服从脏水
里捡了起来。

"你没看见我正在烧火？"大庆说，"你还想不想吃饭？"

"哎你这熊人说话怎么这么呛人？"

大庆没再吭声。他想他不能再和老龟说话了，再说几句他就会打人。他窝一肚子火。他听见老龟提着水桶嘟囔着打水去了。

"真是驴日他妈了。"他也嘟囔了一句。

吃过饭，天已黑了下来。叛民们一个跟着一个进了几间屋子。徐爷被刘杰三叫住了。刘杰三说徐爷咱下盘棋，老说下这么多天一盘也没下过。徐爷说行么。徐爷提着棋袋跟刘杰三进了屋。老龟和清兵们在他们的屋里已摇开了单双。

大庆夹着铺盖卷进了牲口棚。他没睡，他点了一堆火，靠着铺盖卷坐着，听着叛民们熟睡的鼾声，经受着那种孤独的煎熬，一直到夜深的时候。他终于站起来，朝那间屋子走过去，推开了那扇虚掩的门。

他没想到他们会把他扑倒。他们横七竖八地歪倒在地铺上。他想找块地方坐下来。他小心地跷着。就在这个时候，他听见了一声低沉的吼叫，几个人突然跳起来，把他扑倒了。他们一声不吭，用狂乱的拳脚踢打着他的腰和腿。然后，他们把他抬起来，从门里扔了出去。

哐一声，门有力地闭上了。

他趴在地上，好长时候没有动弹。他摸着青肿的鼻脸，在门口跷了一会儿，然后站起来，朝马棚走去。他又靠在他的铺盖卷上了。他看着那堆火。又过了一会儿，他睡着了。然后是第二天早晨。一只脚伸过来，拨了一下，又拨了一下，把他拨醒了，

“怎么啦？”刘杰三看着他脸上的青伤。

他支吾着，不由自主地朝他挨打的那间屋瞄了一眼。门已经开了，有人正往外走。

刘杰三明白了。

“甭费那份心了，”刘杰三说，“他们不会接纳你的，一千多人，就出了你这么一个腿软的，他们能不憋气？”

大庆真想一头朝刘杰三的肚子撞过去。那时候，他们都不知道有人偷偷放走了三匹马。

八

马是麦穗放走的。他恨那些马。

麦穗快八岁了，按规矩，再过几个月就得阉割。他走路走怕了，走着走着就不想走了。他问他妈什么时候能走到伊犁。他妈说得好长时间。他说路通到了天边么？他妈说通到了吧通到了。他说我看天边不远，可走了这么些天怎么还是那么远，天是不是老往后退？他妈说你看着很近走着就远了。他说伊犁在天边么？他妈说在天边。他就发愁了。他说咱肯定走不到了它老往后退。他妈说麦穗你甭问了你问得妈心疼。他不再问了。他看着那些骑马的清兵。

“我恨那些马。”他给他妈说。

“我连看也不想看它们。”他说。

那天晚上，他一连屙了几次。他妈说麦穗你怕是拉肚子了。睡觉的时候，他听他妈给秀枝说要挖些马齿苋给他吃，再屙就会把他屙成一张皮。他说妈你看你本来我不屙你一说我又想了，说着，就爬起来往门外跑。他蹲在一堵残墙根下，使了几次劲，没屙出来。天很黑，冷风在他的屁股上直飕飕。他又使了使劲，还是屙不出来。他找了一块土坷垃，他想再屙不出他就不屙了。

就是这个时候，他看见了马棚里的火光，看见了火堆跟前的大庆和那十几匹马。如果大庆不离开，他也许不会去马棚。可大庆偏偏在这个时候离开了。大庆朝徐爷他们睡觉的那间屋子走过去。大庆在门口站了一会儿，然后推门进去了。麦穗飞快地擦擦屁股，系好裤子，溜进了马棚。

他看着那匹马。马棚里很温暖，能闻见一股马粪味。他走到离火堆最近的那匹马跟前，在它的鼻子上抚摸了一下。那是一匹红马，鼻梁上有一块白色，显出一个规整的菱形。马友好地歪过头来，用肥厚的嘴唇在他的手上磨蹭着。他伸开胳膊，抱住马头，把脸贴上去。

"我恨你们。"他给马说。

然后，他松开马，开始解拴马桩上的缰绳。

"我不想让你驮他们。"他说。

他把解开的马缰绳搭在马脖子上，轻轻地推了一下马头。

"你走吧。"他说。

马没动。他又推了一下。

"你走吧，"他说，"走得远远的。"

红马挪动了蹄脚，朝棚外走去。

他接连解开了三匹马的缰，还要解，一阵杂乱的击打声使他缩回了手。他跑出马棚，看见有人把一样东西从屋门里扔了出来。他害怕了，很快溜进了屋，在他妈的脊背后边躺下去。

王贵一进马棚就喊了起来：

"我的马不见了！"

那时候，羞愤已极的大庆正想撞刘杰三的肚子。王贵的叫喊声立刻使他慌了神。他扭过头，看见了那三个空空荡荡的拴马桩。

刘杰三也看见了。刘杰三一抬脚就踢到了大庆的肚子上。大庆呻吟了一声，抱着肚子卷成一团。刘杰三转身走了。他要找徐爷。

徐爷正跪在地铺上卷铺盖。刘杰三站在门口半晌没有说话。徐爷知道刘杰三找他有事，便坐在地铺上，等刘杰三开口。

"我的三匹马不见了。"刘杰三说。

"噢。"徐爷说，"怪不得你一脸的火气。"

"这是有人故意搞鬼。我得把他找出来。"刘杰三说。

"找么。"徐爷说。

"几匹马是小事，可我不愿意有人跟我过不去，"刘杰三说，"我得把他杀了。"

"杀么，"徐爷说，"其实杀人不是最好的办法。也没人怕死，在青峰堡你都看见了。"

"咱试试吧。"刘杰三说。

"那你就试试，"徐爷说，"也许他们会一声不吭。"

刘杰三摇摇头，有些不屑一顾。刘杰三把老龟叫过来，说：

你把他们给我拢在院子里，有人站出来承认马是他放走的，你再叫我。然后，他便回屋里翻字典去了，一副成竹在胸的样子。

没有一个人站出来。五十多个叛民直直地坐在院子里看着天。麦穗心里害怕，拨拨他妈的胳膊说：他们要杀人是不是。他妈说悄悄的甭说话。麦穗就闭住嘴，和大人们一起往天上看。

"没人吭声。"老龟给刘杰三说。

"你耐点心。"刘杰三连头也没抬。

太阳慢慢地往西边移着。他们能听见太阳在天上移动的声音。

"我耐了一天心他们还是不吭声，"老龟说，"他们一直瞅着天脸像尿皮一样，"他说，"弟兄们早就没心劲了也跟着他们一块儿往天上瞅。"

刘杰三到底放下了手里的字典，看着房顶，想着什么。

"我看再坐上八天也不会有人承认，"老龟说，"多坐一天咱迟到伊犁一天。"

门帘动了一下，徐爷进来了。徐爷说刘管带你这么弄不高明。你就当马是我放的吧，你要真觉得过不去就把我杀了。

刘杰三真想一把揪下徐爷下巴上的那撮黑山羊胡子。这些天也一直有这种欲望。昨天晚上下棋的时候就冲动了几次。徐爷走棋太慢，可总能在他快赢的时候把他将死。他不时往徐爷脸上瞄着，直想在他下巴上削一刀子。你看，又把你将死了，徐爷这么说。徐爷说完这句就闭上眼睛，等他说再来一盘。

他讨厌徐爷的那撮胡子。

"我知道你想死，可我偏不让你死，我想杀放走马的人。"刘杰三说。

"没人会承认这件事，"徐爷说，"你不会让大伙儿坐在这里不走吧？"

"你这话我爱听，"刘杰三说，"咱一边走一边办事情，总会有人承认的，不过你得受点罪。"

"你要觉得这么好，受点罪就受点罪。"徐爷说。

"我怎么看你们都像一堆死牛皮。"刘杰三说。

"你这话说得文气，像识字先生说的。"徐爷说。

"我得把你们抚平顺。"刘杰三说。

"也许你有这个本事。"徐爷说。

刘杰三让老龟和几个清兵给那辆平板马车上支了个木架子，把徐爷吊了上去。刘杰三说徐爷这回你的胡子就更神气了你在高处风大。木架上的徐爷闭着眼，嘴动了动，做了个笑的样子。

"走吧。"刘杰三给老龟说。

他们又上路了。平板车嘎吱嘎吱叫唤着，依然走在队伍的前边。木架上的徐爷和平板车一起摇晃着。秀枝死死抓着木架的一条腿，想让它摇晃得小一些，这种徒劳的努力使她比吊在木架上的徐爷还要难受。麦穗妈抓着木架的另一条腿。

徐爷的脸上爬满了汗水，鬓角和脖子上的青筋越暴越高。

叛民们跟在板车后，表情漠然地挪着脚步。

刘杰三骑着那匹马，走在木板车的旁边，目不斜视，看着前边，好像什么事情也没有发生。

麦穗抓着他妈的后襟，眼睛盯着马背上的刘杰三，牙齿越咬越紧。他突然撒腿紧跑了几步，跑到刘杰三的前边，挡住了那匹马，他憋得满脸通红，愤怒地盯着刘杰三。

"马是我放的。"他说。

刘杰三把麦穗上下打量了一阵，摇摇头。

"马是我放的。"麦穗说。

刘杰三立刻有了一种被人戏弄的感觉。他扬起手中的马鞭，用力抽下去。啪一声，马鞭重重地抽在麦穗的脖子上。麦穗转了半个圈子，倒了。

"畜生！"麦穗妈叫唤了一声，奔过去，抱起地上的麦穗。麦穗脖子上的鞭痕正渗着血。

"畜生！"麦穗两眼盈泪，冲刘杰三叫着。

"不走了！"秀枝也叫喊了一声。她抓住了车辕里那匹老马的笼头。

队伍停了下来。

刘杰三摇摇马缰，走到秀枝跟前。秀枝满脸喷红，大口喘着气。

"你睁眼看看，他要死了！"秀枝喊着。

木杆上的徐爷确实有些气息奄奄了，头耷拉着，那撮山羊胡子偎在了他干瘪的胸膛那里。

刘杰三笑了一下。然后，刘杰三把头转向流放的叛民们。

"马是谁放走的？"他问。

没人吭声。

刘杰三低头想了一会儿，又抬起头，用马鞭在人群中随便指了两下。

"你，还有你，你俩过来。"他说。

被点的是两个老人。他们从人群中走了出来。

"没人承认，但事情总得有个了结。"刘杰三说。他让老龟和两个清兵把两个老人领到沟边。

"就他们了。"刘杰三说。

没有骚乱。所有的流放者都举起一只头，低下了头。刘杰三已很熟悉这种姿势。大庆一手拉着马缰，另一只手也慢慢举了起来。

然后，他们就听见了两声火枪的闷响和一串人跌进深沟的声音。

九

啪啦啦啦。

一群受惊的鸟从草丛中一跃而起，冲上天空，向远处飞去，扑扇的翅膀划出一阵柔和的声响。

这是夏日的草原，阳光已很暴热，但茂盛的青草却显出生机，高挺着，一直铺到遥远的天际。置身在草原之中，才知道草原的绿不是一律的，青绿，墨绿，紫绿，随地势远近的不同各显出不同的调子。在这众多绿色中，还杂有其他颜色，使草原像梦一样变幻多端。那些土丘，也许是坟冢和石头堆，它们散乱在其间，像浮出海面的礁石。只有在远离人群的地方，大自然才能养育出这种美丽的景致。

当流放的队伍经过几个月的跋涉，从黄土高原走到这里的时候，他们的模样和出现在他们眼前的这一片景色形成了鲜明的对比。他们脸上铺满尘土，衣服已褴褛不堪。捆绑在平板车上的毛毡早开了边，被子里绷出一块又一块的棉花套子。天气已不是当初的天气，有人依然穿着临行时的衣服。

徐爷没有死，只是比以前更瘦了，山羊胡子变成了一丛乱草，好多天没见过雨水似的，只是下巴颏儿仍然和以前一样翘着，胸脯照旧挺着。秀枝搀扶着他。

大庆拼力拉着那匹负重的马，目光依然孤独。脚上的鞋帮已开裂，露出一截布满死皮的脚跟。

如果不细看，如果不是屁股底下的那匹马，押送流放队伍的清兵们和流放者就没有多大的区别了。他们半张着嘴，牙齿上粘满沙土，眼睛也张着，像用泥胡乱捏出来的泥塑。

青草很不情愿地退向两边，留出一条并不宽阔的路，弯拧着伸向更深处。无法估计它有多远多长。

马蹄迟钝地往前挪着。平板马车嘎吱嘎吱得更干涩了，两只木轮子随时都会散架，不小心就会和大车脱离，滚到一边的草丛里去。

路边真有被遗弃的木轮车，不知是哪辈子的事了，车轮半埋在沙土里，已经干朽。那是另外一个故事。还有风干的头盖骨，它们和肥茂的青草一起显示着草原的古老和辽阔。它经历的事情多了。它什么都能容纳，不管是死去还是正在生长的。

其实，正在行走的这群人对这些毫不关心。他们仅仅是一群艰难的行路人。

偶尔能看见一棵奇形怪状的树。

从很远的地方看，流放的队伍好像不动一样。可是，过一会儿再看，他们已经把那棵怪模怪样的树挪到另一个方向去了。

随时都可能有人跌倒在路边，再也爬不起来。

没有人跌倒。他们的脚只是歪了歪，很快又正了，又朝前迈出去。

徐爷咽了一口干涩的唾沫，看看骑在马上的刘杰三。明亮的目光使刘杰三刻板的瘦脸像抹了一层猪油。

"歇几天再走吧，我说，"徐爷说，"再走就会死人。"

刘杰三有些诧异了，因为这是他第一次听见徐爷用这种口气和他说话。他扭动了一下已有些僵硬的脖子，看着徐爷的脸，想看出徐爷的话里到底有多少真诚。

那是一张疲惫不堪的脸。

"行么。"他说。

但他并没有让他的马停下来。

"不怕慢，就怕站，人常这么说呢。"他说。

"只管走，不管死，人没说过这话吧?"徐爷说。徐爷在他乱草一样的胡子上捋了一下。

"你怎么老是翘着下巴?"刘杰三说。

"习惯了。"徐爷说。

"你是在夸耀你那撮胡子吧?"

"你看着不顺眼，是不？"徐爷说。

"那倒没有。我是说一个人老翘着下巴，怪累人的。"刘杰三说。

"累人不累人，只有翘下巴的人自己知道。其实，真觉得累的倒是老看别人翘不翘下巴，"徐爷说，"你仔细想想，就会觉得我说的有道理。"

"我怀疑你翘下巴是故意的。"刘杰三说。

"你想得太多了。"徐爷说。

"其实你翘不翘下巴与我没个屁相干，我不过说说而已。"刘杰三说。他有些不想说这个话题了。他把头扭到脊背后边，看着那一支跛脚拉腿摇摇晃晃的队伍。

"你不说歇的话，还能往前磨蹭，一说连我也松了心劲，歇就歇吧。"他说。

他们在一道土丘跟前栽了几圈木桩，把帐篷的绳子拴在了木桩上，歇息下来。他们昏昏沉沉睡了一夜，第二天，又昏昏沉沉睡了一天。

第三天，就发生了老龟和秀枝的事。当刘杰三把那支短铳支到老龟的脑门说，老龟我不能不打死你的时候，老龟后悔得直想尿裤子。他后悔他不该去打那只野羊。那天早上，刘杰三刚睁开眼，老龟就进了他的帐篷。刘杰三说老龟你睡好了？睡好了睡好了，老龟说。老龟一脸嬉笑。刘杰三揉着眼睛，说：你有事吧？老龟说好多天肚子没见油水，我想打点野味犒劳犒劳弟兄们。刘杰三说你这主意倒不坏。老龟立刻揪起两个睡懒觉的清兵，把马鞍搭在马背上，然后骑上去。那时候，流放的叛民们正从他们的帐篷里走出来，分散着站开，脸朝向一个方向，默念着祷告词。老龟没管，他们已默认了叛民们的这种做法。他拉拉马缰，和那两个清兵朝草原深处走去。

他们围住了一只野羊，打死了它。他们是在回来的路上碰见秀枝的。

十

秀枝在水边坐着，那里有一条溪水。一个叫狗剩的清兵说老龟你看你看，老龟就看见了她。狗剩说那熊女人还挺清闲坐在水边看景哩。"怕是想男人了。"另一个清兵说。

老龟勒住了马缰，朝秀枝那儿看了一会儿。

"你们先回去，"老龟说，"我和那个娘儿们说说话解个闷儿。"在刘杰三跟前，老龟是一只听话的狗，可在清兵们跟前，他就成爷了。

"可别说到肉里去。"狗剩说。

"放你娘的狗臭屁，你想弄她还能等到今天？"老龟说。

"想想还行真弄就犯规矩了。"狗剩说。

"这话不用你说，我能掂量轻重。"老龟说。他从马背上跳下来，把马缰递给狗剩，"拉回去。你们和大庆先剥羊皮，我回来再煮肉。"他说。

狗剩瞪圆了眼。狗剩说你把解闷儿还当成正经事了？老龟的眼睛瞪得更圆。老龟说你舌头真长是不是想让我割掉一截？狗剩的眼睛立刻小了，从老龟手里接过马缰，给另一个清兵说：

"咱走吧。"

老龟在马屁股上捶了一拳，三匹马扬腿飞跑起来，很远了，老龟才向秀枝走过去。

秀枝身子里的那颗豌豆到底变成了一块浑圆的血肉，一天天膨胀起来。她有些不踏实，问过麦穗妈一次。

"嫂子，你是咋怀上麦穗的？"她说。

麦穗妈有些奇怪。麦穗妈说你咋想起问这话？秀枝的脸热了。她说嫂子你看你，我就随便问问。

麦穗妈看着帐篷顶，像回忆久远的往事一样。

"第一个晚上，麦穗爹就要我给他怀个娃，说得我心里直打鼓。他要我和他做那事，我和他做了，就怀了麦穗。"麦穗妈说。

"一次就怀上了？"秀枝说。

麦穗妈想了想，说：

"是第一次吧？这可就说不清了。"

"怀麦穗的时候是个啥样子？"秀枝说。

"啥样子？想吃酸东西。酸儿辣女。麦穗是个男娃。"麦穗妈说。她突然生了疑心，打量了秀枝一阵。

"你有过男人？"

秀枝摇摇头，又点点头，叫了一声嫂子，然后就流了眼泪。麦穗妈再没问什么。她拉着秀枝的一只手摩挲着，很同情的样子。

每天晚上，秀枝都要在黑暗中摸她的肚子。这时候，她就会想起苍爷悲壮的脸和他笨手笨脚的作态，想起他离开时的样子，一直到瞌睡把她淹没。她很想看看她的肚子。她甚至希望它一夜间鼓胀起来。她觉得人很有意思，男人和女人在一起做那么一件事情，女人的肚子就会长出一个东西，长成一个有鼻子有眼的小人。她不知道肚子里的小人怎么吃东西，怎么呼吸，会不会憋死。

现在，她坐在溪水边的草丛里，解开了纽扣。她到底看见了她的肚子。她发现它还没有鼓起来。她感到肚子没什么好看的，不如摸着好，摸的时候她可以闭上眼睛想她爱想的事情，所以，她躺下了，怀着一种美好的感情轻轻抚摸着它。这里离居住的帐篷很远，没人能看见她。阳光很好，溪水像一条随意飘落在草原上的带子，圆润地弯曲着，清纯的水声使草原更显得平和，静谧。

她不知道有人正朝她走过来。

秀枝看见老龟的时候，老龟已到了她的跟前。她惊叫了一声，坐起来，飞快地扣着纽扣。

老龟一脸无所谓的表情。

"你摸肚子的时候我都看见了，没什么大惊小怪的，有时候我也摸我的肚子。"老龟说。

老龟挨着秀枝坐下来。

"摸吧你接着摸。"老龟说。

秀枝起身要走。老龟朝四下看看，然后给秀枝笑了一下。老龟说看你这人我又不是狼你害怕啥？坐下咱说说话。说完，又笑了一下。

秀枝坐下了。狐疑地看着老龟。老龟闻到了一股气息，是女人身上的那么一股子气息。老龟立刻想起了秀枝富有弹性的肚子。他感到他身体的哪一块地方突然起了变化。他想做一件什么事，呼吸急促起来，脸越憋越红。

"我不行了！"

他终于叫了一声，朝秀枝扑过去。

秀枝兔子一样跳开了。老龟又扑过去。秀枝把手攥成拳头，朝老龟抡过去。老龟听见他的鼻根处像砸蒜一样响了一声，然后就感到了一阵辛辣的滋味，眼泪喷涌而出，糊住了眼仁。秀枝撒腿跑了。老龟朝脚步声伸手一抓，抓住了秀枝的一只脚。

秀枝倒了。

老龟在眼睛上胡乱抹了一下，再一扑，就压在了秀枝身上。

"畜生！"秀枝叫喊了一声。

老龟不愿再听见那种叫喊声，便用手捂住了秀枝的嘴。秀枝猛一张口，咬住了老龟的手。老龟咧嘴呻吟了一声，吸溜吸溜直吸气。秀枝踢打着，要抓老龟的脸。老龟感到秀枝的那两只手太讨厌，就把它们分开，死死压在草地上。

"来人啊！"秀枝拼命摇着头。

老龟对着秀枝涨红的脸，说：

"再喊我就往你嘴里唾。"

秀枝还在喊。老龟没唾。老龟说你喊吧你就是喊破嗓子也没人能听见，谁让你一个人跑这么远的地方。秀枝不喊了，她拼命挣扎着，想把手从老龟的手里挣脱出来。老龟说你就是用上吃奶的劲也挣不开，你没劲的时候就不挣了。

秀枝很快就没劲了。老龟把秀枝的两只手腕撮在一起，用一只手压住，另一只手朝秀枝的裤带摸过去。秀枝没力气动弹，大口喘着气。

"你看这多好，"老龟说，"到了伊犁，也会有男人这么弄你的，迟早是一回事，说不定他还不如我呢！"

老龟抽下秀枝的腰带，把秀枝的手绑在了一起。

"你要跑裤子就会掉下来，"老龟说，"你不怕更多的人看你屁股你就跑。"他把秀枝的裤子褪到腿弯那里，然后解他自己的裤子。

两股泪水从秀枝的眼角流出来，跌落在头底下的草叶上。

"你哭吧，我知道你不愿意，女人在这种时候都会流眼泪，你哭，哭完了我再弄。"老龟说。

"你饶了我吧。"秀枝说。

"我多长时间没沾过女人你知道吗？好不容易有了这么个机会，饶了你我怎么办？"老龟说，"人在为自己想的时候也得为别人想想。"

"我肚子里有孩子。"秀枝说。

"有孩子更好，"老龟说，"弄了你心里就没歉疚了，不是我把你从姑娘变成女人的，这不算糟蹋姑娘。"

老龟弄了秀枝。

老龟舒心地呻唤了一声，从秀枝身上翻下来，躺在柔软的草丛里。

"好死了好死了。"他说。

然后，他解开了秀枝的手。他舒坦地看着秀枝提上裤子，站起来，系好裤带。

"要是一天能这么弄一回就好了。"老龟说。他突然感到这种想法很好，就从草地上爬起来。

"你说行不？"他这么问秀枝。

秀枝给他的脸上吐了一口，转身走了。他伸开手，在脸上抹了一下，朝秀枝的背影眨着眼。他感到身子里的那种舒坦的感觉还在弥漫着。

他没想到秀枝会找刘杰三。

十一

"老龟糟蹋了我。"秀枝一进刘杰三的帐篷就这么说。

刘杰三在读《康熙字典》。他动了几次念头，想和徐爷下棋，可一想到输棋的那种滋味，就作罢了。他取出那本字典，躺在地铺上，随便翻开一页往下读。他经常这样读它。他总能从字典里读出一种味道。世上爱读书的人不少，可爱读字典的人就稀罕了。这是刘杰三不厌其烦地读那本字典的另一个原因。他觉得编字典的人比写书的人更有学问，他们不仅是在释文解字，也是在解释世事。他常这么想。

门帘有力地响了一声。

"老龟糟蹋了我。"秀枝说。

刘杰三半晌没醒过神来。

"老龟不是打猎去了么?"他说。

"他糟蹋了我。"秀枝说,"你要不管,我就用石头砸死他。"

秀枝出去了,门帘又有力地响了一声。

刘杰三看着摆动的门帘,产生了一种梦幻感。人有时候就会有这种梦幻感。刘杰三还没从这种感觉里恢复过来,门帘又被挑开了。

是老龟。

刘杰三又有了一种恶心的感觉。

"打了一只野羊。"老龟说。

"还有吧?"刘杰三说。

"没有了,"老龟说,"就是一只野羊。"

老龟心里的舒服和兴奋都爬在了脸上。"这草原日他妈真好,"他说,"看着就想在地上打滚,你也不出去走走。"

"野羊把你舒坦了,是不是?"刘杰三说。

"是啊是啊,打了一只野羊我心里高兴,"老龟说,"人高兴的时候就想说话,难道你没有过这种时候?"

"你只顾说你的怎么不问我愿不愿意听?"

"你不愿听我就不说了。你洗脚不我给你打水去?"老龟说。

刘杰三说你歇着吧。

"我不累。"老龟说,"打一只野羊不算什么事。不歇不歇。我给你烧锅烟?"

刘杰三说你离我远点。

"你看你说的，离你远点，烧了烟，我怎么给你喷?"老龟说。

刘杰三说我看你活够了。

老龟的眼睛直了。

"有人要用石头砸死你。"刘杰三说，"不信你出去试试。"

老龟张了几下嘴，没说出话来。他摇了摇头。

"你总不能老待在我的帐篷里吧?"刘杰三说。

老龟又摇了摇头。他后悔了。

他不敢到叛民们的帐篷跟前去。他躲着他们。他恨不能让屁股上也长出个眼睛。他总感到什么地方会飞出来一块石头，砸在他的后脑勺上。也许他们会把他拖进帐篷里，用手指头掐死他。他甚至不敢出去屙屎尿尿。人要是只吃饭不屙屎就好了，肚子憋的时候他就这么想。他提心吊胆地过了半个白天又一个晚上。

没有人掐他，也没有人砸他，甚至也没一个叛民往他的脸上瞄一眼。他偷偷看过几眼秀枝。秀枝的屁股一摆一摆，从帐篷里出来，又进去了，跟没事一样。他的胆又慢慢壮了起来，心里又有了那种滋润的感觉。他像一只吃馋了的猫一样，又想起他骑在秀枝身上的情景。好死了好死了，他想，能永远骑着该多好。

"刘管带你看，他们没砸我。"他给刘杰三这么说。

"你命大么。"刘杰三说。

"我吓得直想尿裤子，可他们没砸。"他说。

"砸的时候你尿裤子就来不及了。"

"他们敢!"他说。

动身的那天早上，叛民们像往常一样，站在帐篷外边默念了一会儿祷告词，却没像往常一样套车装车。他们又进了帐篷。老龟和清兵们互相瞅了一阵，然后到几个帐篷里看了一遍，才发现他们齐齐地坐在帐篷里，没有丝毫动身的意思。老龟慌失了。他说刘管带他们坐在帐篷里不出来。刘杰三看了老龟一眼。老龟明白了。刘杰三说你跟我找徐爷去。老龟的腿像筛糠一样。

"我我我为什么要去，我不去。"老龟说。

"走。"刘杰三说。

老龟不敢不去。他没进帐篷。他站在帐篷外边听刘杰三和徐爷说话。

"该动身了。"刘杰三说。

"有件事你没办，你心里清楚，秀枝找过你。"徐爷说。

"你想让我怎么办?"刘杰三说。

"你知道你们的规矩，"徐爷说，"事情不办这些人就不会走，你不能看着他们用石头砸死他吧?"

刘杰三出了帐篷，给眼巴巴看着他的老龟说："刚才的话你都听到了。只要你能让他们上路，我就不为难你。"

整整一个晌午，没有一个叛民走出帐篷。

老龟支持不住了。他想他完了。他咕咚一声跪下去，朝叛民们的帐篷叫喊起来:

"你们出来，我把你们叫爷叫奶行不行呀啊啊。"

他抱着头失声了。他哭了一阵，突然爬起来，挑开了刘杰三的帐篷。他看见刘杰三躺在地铺上，擦着那把短铳。老龟红着眼。

"刘管带你总不能为了一个女犯人杀我吧?"他冲着刘杰三大声说。

"你总不能不让我把他们送到伊犁吧?"刘杰三说。

"人渴极了不能不喝口水吧?"老龟说。

"渴极了总不能把卤当水喝吧?"刘杰三说。

"你要是见了那娘儿们的肚子,你试试。"老龟说。

"我见了我就把眼睛闭上了。"刘杰三说。

"我闭不上,我急眼了,"老龟说,"我跟了你这么多年再坏也比一只狗强吧?"

"你把事惹下了。"刘杰三说。

"就算我惹了事也比一只狗强。"

"再好的狗给我惹事我还要他做什么?"

"你饶了我这一回。"老龟说。

"饶了你他们就会永远坐在这儿坐成一堆石头。"刘杰三说。

"你让我逃走,我一辈子记你大恩大德。"

"你逃了别人再犯我怎么办?"

"我后悔死了,我真想把我这东西割了去。"

刘杰三说后悔不顶一个钱的事,临走的时候我给你们交代过规矩。老龟说本来我想说几句话解个闷,可一到跟前我就管不住自己了。刘杰三说以后你就能管住了。

"你真要让他们砸死我?"

"那怎成?"刘杰三说,"我不能失了朝廷军队的脸面。"

所有的人都听到了短铳击中老龟头颅的响声。然后，他们就看见王贵和狗剩从帐篷里拖出了他的尸体。

那天，他们没有动身。刘杰三给埋老龟回来的狗剩说：你告诉他们，今儿不走了。狗剩在几顶帐篷外边跑了一圈，说：不走了不走了。他们又待了一天。

刘杰三把狗剩叫到他的帐篷里，问狗剩把老龟埋在哪儿了。狗剩胆怯地瞄着刘杰三，说：我们挖了个坑。刘杰三说我问你埋哪儿了你怎么胡回话，去吧你去吧。那时候，太阳已到了西边，正变成橘红的颜色。阳光照在那几顶帐篷上，被阻拦住了，帐篷后拖着一道长长的阴影，平躺在绿草地上。

晚上，刘杰三没心思读字典。他感到他的胃又在隐隐作痛。他感到他的心里梗着一样什么东西。老龟的死并不可惜，他甚至把打死老龟看成给叛民们做出的一种姿态。可他不甘心。他必须做一件什么事情。

十多天以后，他阉割了麦穗。

十二

阉割麦穗之前，刘杰三有意和徐爷谈了一次话。他想把这件事做得有意思一些。他说狗剩你把徐爷叫来。他盘腿坐好，把那本花名册放在脚跟前，好让徐爷一进帐篷就能看见它。

徐爷揭门帘的时候引起来一股风，把花名册吹翻了几页。

"徐爷你坐下咱谈。"刘杰三说。

刘杰三一脸和颜悦色，使徐爷多少有些意外。"我站着，"徐爷说，"站着自在。"

"也成，"刘杰三说，"有件事想来想去还是先跟你说说的好。"

"说么。"

"其实不说也行，可我怕你误会，以为我有意找茬子报复。我想把事情尽量做得大气些。"刘杰三说。

"你一解释就显得小气了。"徐爷说。

"那就不解释了。"刘杰三说，他掂了掂那本花名册，"你看，麦穗的生日已过去好几天了，按规矩得阉割。"他歪头朝徐爷眨了一下眼睛，看着徐爷的反应。

徐爷的喉咙好像被什么东西噎住了，半晌没有说话。他费力地咽了一口唾沫，喉结上下滑动着。他没想到刘杰三要和他谈这件事。

"你真是个细心人。"徐爷说。

"这话听得我惭愧，"刘杰三说，"当和尚就得撞钟，在你看来就成了细心。"他说："麦穗妈不会胡来吧?"

徐爷不说话，眼睛很空洞。

"她要胡来可就不好办了，说不定又得死人，"刘杰三说，"其实我也不愿意这么做，孩子毕竟还小，可我没办法，朝廷定下的规矩，我不照着做就大逆不道了。"

徐爷依然不说话，看着帐篷顶，喉结又滑动了一下。

"你给麦穗妈说说，阉割的孩子也不是麦穗一个，没阉割的，年龄一到也得阉割。阉割又不是要命，不会死的，王贵会这门手艺。"刘杰三说。

那时候，麦穗正站在草丛里朝着太阳撒尿。他看见太阳像一块烧红的铁饼，半截已陷进天边的地底下去了。他又开两条小腿，一手提着裤带，一手抓着小牛牛，努力腆着肚子，想尽量尿得远些，尿在那块烧红的铁饼上。他想他要尿在太阳上就好了，太阳说不定会嗞溜溜响，变成蓝色，像烧红的铁器淬火一样，还会冒出烟来。他对阉割的事一无所知。

徐爷没找麦穗妈。

第二天清晨，刘杰三一醒来就给狗剩说：

"让王贵磨刀。"

王贵从驮子里翻出一块磨刀石，提着一把弯刀问刘杰三：在哪儿做？刘杰三说就在我的帐篷里做。王贵把磨刀石放在刘杰三的帐篷门口，屁股一颠一颠地磨起了那把弯刀。他磨得很认真。狗剩有些好奇，在一旁看着。

"你捡些干蒿子来，刀子磨好了要烧烧。"王贵说，听口气好像有些得意。

狗剩没动。

"你没见过磨刀？"王贵说。

"磨刀子倒见过不少，可磨这种刀子是第一回见。"狗剩说。

"刀子不一样，道理都是一个，把刃磨利。"王贵说。他用手指头在刀刃上试试，又磨了起来。

"刀子不一样，用处也不同。有的割柴火割草，有的割头。你这种专割屌的不常见。"

"这种刀子要常见的话就了不得了。世上的人就会越来越少，"狗剩说，"断人的根哩。"

"你做这种事就不怕绝后?"狗剩说。

"我不怕，"王贵说，"我爹弄了一辈子这营生，我妈生了我们兄弟六个。我老婆已生了四个了。这趟差回去，我老婆还会生的。去，捡干蒿子去。"

刘杰三站在帐篷外等着徐爷。徐爷出来了，又进了女人和孩子们的帐篷。刘杰三说王贵你手脚快些。王贵说好了，就等狗剩的干蒿子了。

帐篷里已有些亮了。女人们正在起身。麦穗妈已穿好衣服，给麦穗系裤带。徐爷站在麦穗跟前不说一句话。麦穗妈看见徐爷的脸色有些异常，张张嘴，没等问出口，徐爷已拉住了麦穗的手腕。麦穗茫然地眨着刚刚睡醒的眼睛，看着他妈，又看着徐爷。

"徐爷……"麦穗妈像呻吟一样。

徐爷好像没听见一样，他拉着麦穗出了帐篷。等麦穗妈和秀枝一帮女人们跟出去的时候，徐爷和麦穗已走远了。这时候，叛民们都出了帐篷，他们看着远处的徐爷和麦穗。徐爷低下头，举起一只手，默念着什么。

他们没注意磨刀的王贵。王贵已磨好了那把弯刀，在火上烧着，烧一阵，翻过来再烧，依然是那副认真的神情。

徐爷拉着麦穗的手走了回来，从叛民们跟前走过去，进了刘杰三的帐篷。王贵和狗剩跟了进去。门帘沉重地合上了。

麦穗妈慌乱地看着人们的脸色，想从他们的脸上看出个究竟。她突然想起了什么叫了一声，朝那顶帐篷扑了过去。

两个清兵拦住了她。她身子一软，晃了晃，软在了地上。

一声凄厉的叫声从帐篷里传了出来，很短促。一会儿，门帘被挑开了，先出来的是狗剩，然后是王贵。王贵提着那把弯刀，刀尖上滴着麦穗的血。

麦穗是在他妈的怀里醒过来的。他看见他妈的脸上满是泪水。他说妈你哭了？他妈的泪水更多了。他妈说麦穗你疼不？麦穗点点头。麦穗惹得所有的人都流了眼泪。

再一次醒来的时候，麦穗给他妈说：我跟以前不一样了。麦穗妈说一样你还是妈的麦穗。麦穗摇摇头，麦穗妈的心像被刀子割烂了一样，她一声一声叫着麦穗。她说麦穗你一天没吃东西了妈给你弄点吃的？麦穗又摇了摇头。

谁也没想到麦穗要饿死自己。开始的时候，他们以为他有伤，没有胃口吃饭，后来，他们才知道他们错了。麦穗不吃饭，也不说一句话。他甚至不愿理他妈。麦穗妈恨不能掰开麦穗的嘴。她说麦穗妈求你了你不吃就会饿死。麦穗紧绷着嘴，盯着他妈，吓得他妈不知该怎么办才好。

麦穗不让他妈背他。他让秀枝背。秀枝说麦穗你听姑一句话，再到歇息的地方就吃饭。行不？麦穗把头靠在秀枝的肩膀，好像睡着了，其实没有，他睁着眼睛，谁也不知道他想着什么。

几天后的一个晚上，秀枝叫醒了徐爷。

"麦穗死了。"她说。

徐爷披上衣服，跟着秀枝去看麦穗。他看见麦穗躺在她妈的怀里，眼睛大张着。他走过去，轻轻合上了他的眼睛。

麦穗妈没哭，她也大张着眼睛。

嘎吱，嘎吱。平板马车辗轧着草原，这已是另一个早晨，它没有散架。路在它的前边延伸着。你以为很快就没路了，可拐个弯，你就会发现路还在前边，不远也不近。它没有欺骗你，欺骗你的是茂密的青草。

十三

徐爷给秀枝讲着过去的事情。他病了，走几步就会冒出一头虚汗。秀枝扶着他，走得很艰难。

"皇帝睡不着觉了，就下了令，派来了军队。"徐爷说得很慢，"仗打得像拉锯一样。荒沟老林里堆满了教众的尸体。"他说。"那年过西乡县城，我累坏了，脚脖子一软，就从桥上跌下去，险些淹死。我真想永远漂在水里，像皮球一样，让水漂走。"他说，"水没漂走我。它把我的烟袋锅漂走了，从那以后，我就绝了烟的想头。"

徐爷的脸上浮现出自嘲一样的微笑。他将了将那撮山羊胡子。不知什么时候，他已把它们整修过了，不再是一丛乱草。

"秀枝你怎么不笑?"他说，"我以为你会笑话我。"

"我笑不出来。"秀枝说。

"你还听不?"徐爷说，"要听我再给你讲，咱这个教门的事情多着哩。"

"我不听，你看你出气都困难了。"秀枝说。

"人老了就气短，"徐爷说，"可骨架子硬朗。你看是不?"

马背上的刘杰三一直听着徐爷和秀枝的对话。他不明白徐爷为什么把过去的事情说得那么轻松。他感到徐爷的那些话是说给他听的，脸上的那股子神气是强做出来的。他也许会跌一跤吧?他想。他不知道徐爷趴在地上喘气是个什么样子。他想着一路上要是没有徐爷，他该有多么寂寞。

徐爷在喘气，但徐爷没跌跤。

"徐爷，"刘杰三有些憋不住了，"你这身体，能走到伊犁么?"他提着马缰，像徐爷一样看着前边，马蹄在他的屁股底下轻快地敲打着。

"走着看么，"徐爷说，"也许就走到了。"

"我一直想不通，你们怎么不逃跑?"

徐爷笑了一下，笑得很不经意。

"刀放在脖子上也不躲，为什么要逃?"徐爷说。

"噢噢。"刘杰三点着头，"其实，逃走也许是一条活路。"

"你把死活看得太重了。"徐爷说。

"到了伊犁，你会是个什么样子? 我想不出。"

"只要不死，就会活在那儿。"徐爷说:"你呢，到了伊犁，你怎么办?"

"我? 我当然得原路返回。"刘杰三说。

"噢噢，"徐爷说，"那一定很乏味。"

徐爷突然大声咳嗽起来。他蹴了下去，捂着嘴。秀枝惊叫了一声。刘杰三勒住马，看着徐爷和秀枝，脸上掠过几丝笑。

"徐爷你吐血了!"秀枝又一声惊叫。

徐爷用袖子擦了擦嘴,在裤腿上抹抹手,站起来,正要说走,大庆拉着那匹负重的马站到他跟前了。大庆脊背上背着许多东西,是从马背上取下来的。他痛苦地看着他爹。

徐爷的脸立刻阴了下来。

"你,骑马吧。"大庆说,脸上的肌肉抽动着。他不知下了多大的决心,才走到了徐爷跟前。

"秀枝,你扶着我。"徐爷说。

"走吧。"徐爷说。徐爷的脸像流汗的黑铁。

秀枝没动。她看着大庆。

"徐爷,你就给他点面子吧。"刘杰三说。

徐爷朝前走了。秀枝歪过头,又看了大庆一眼。她实在有些可怜大庆。

大庆像一截木桩,看着越走越远的徐爷,眼睛陷成了两个深洞。

"怎么看你都是一块贱骨头。"刘杰三说。他提提马缰,也走了。

许多人从大庆身边走了过去。他们依然不看他一眼。大庆直直地站着,一动不动。

只剩大庆和那匹马了。马在他身边刨着蹄子,刨得他心烦。他突然抬起脚,朝马腿踢了一下。马抖抖腿,落下了蹄子。大庆又踢了一下。他踢出了肚子的晦气怨气和火气,便抬起腿,用力朝马肚子蹬过去。马一仰脖子。跑了。

"马跑了!"狗剩喊叫了一声,"刘管带你看那匹马跑了!"

刘杰三扭过头,看着那匹马。

"一匹马跑不了,"他说,"它还会跑回来的。"

果然,那匹马站住了。它仰头嘶叫了一声,弯过头又跑了回来,跑到了大庆跟前。他们看见大庆在马脖子上摸了一会儿,然后,把脊背上的东西又放在了马背上,捆绑着。

依然是辽阔的草原。流放的队伍稀稀拉拉的,拖着很长。他们已走了整整半年。

后来,他们看见了一只白色的鸟。又看见了一只。然后,他们看见一群鸟从什么地方飞起来,在天上盘旋了一阵,又落了下去。他们闻到了一股清凉的气息,然后就看见了那片湖水。他们的眼睛立刻明亮起来,粘在脸纹里的尘土纷纷跌落。他们迫不及待地朝它奔过去,跪在水边,用手掬着,喝着。有人没喝几口,就倒下去,呼呼睡了过去。

那是一片绿色的湖水。

他们把帐篷搭在了那里。

十四

秀枝的肚子挺了起来。那些天,刘杰三的目光很容易就落在秀枝挺起的肚子上。

"不知你看见没有,秀枝的肚子大了。"他给徐爷说。那是个傍晚,他和徐爷坐在帐篷外边的草地上聊闲天。他又一次想起了秀枝的肚子。

"噢么。"徐爷说。徐爷看着不远处的湖水。湖水上映着西天的云彩。

"我不能不管这事。"刘杰三说。

"管么。"徐爷说。

"孩子是谁的?"刘杰三说。

徐爷瞟了刘杰三一眼。"你这话问得怪。"徐爷说。

刘杰三说我没感到怪,我想你知道。

"不知道。"徐爷说。

"这才怪呢。"刘杰三说。

那时候,秀枝正躺在帐篷里,抚摸着她高挺的肚子,一只鸟飞过来,落在帐篷的小窗口上,用两只新奇的眼睛东瞅西看,夕阳给它的尾巴上抹了一道惹眼的红色。就是那种白色的鸟。

秀枝给它笑了笑。鸟扑扇了几下翅膀,飞走了。她看着小窗口,想象着它飞翔的样子。

"喝口水,"麦穗妈端来一碗水,挨秀枝坐下来,"多喝水对孩子好。"

麦穗妈总是在她需要的时候照顾她。秀枝对麦穗妈满怀感激。麦穗死了以后,麦穗妈总发呆,除此以外,就是关心照顾秀枝。秀枝真有些渴了,她接过水碗喝了几口。

"有六个月了吧?"麦穗妈说。

秀枝点点头,给麦穗妈一个微笑。

"多半是个男娃。"麦穗妈说。

"会么?"秀枝说,"一想到他是个男娃,我就高兴得流泪。"

"男娃满腰缠，不显身子。你看你，六个月了。还不累赘。这是男娃的兆头。"

"嫂子，"秀枝有些动情了，"要没你在我跟前，我不知道多恓惶哩。"

"我知道。我怀麦穗的时候，也整日恓惶，总是想着有个人给我说点什么。"麦穗妈说。

"你要把他生下来，养活他。我不问他爹是谁，肯定是个好人。你要对得起他。"麦穗妈摇摇头，顺下了眼，"我对不起麦穗他爹。"

秀枝没再说话。她知道她安慰不了麦穗妈，她看着帐篷上的小窗户。窗户上好像还留着那只鸟的影子。

天黑后，狗剩叫走了她，说刘管带有话问。

刘杰三仰靠在被子上，翻着那本花名册。他听见秀枝进来了。

"你找我?"

刘杰三唔了一声，继续翻着。他没有直截了当地说秀枝的肚子。他想起了秀枝洗衣服的事。

"把那碗端过来。"他说。

帐篷根下放着一碗水。秀枝犹豫了一下，走过来，把水碗端到刘杰三跟前。

刘杰三接过水，没喝。他把它缓缓地泼在了地上。他看着秀枝的脸，说：

"我没别的意思。我想试试你的脾气。"

秀枝看见刘杰三朝她走过来，走到跟前了。他把目光从秀枝的脸上滑到了肚子那里，然后，又移在了秀枝的脸上，定定看着。

帐篷里安静得有些怕人。

"你肚子里的孩子是谁的?"刘杰三说。

秀枝低着头，没有吭声。

刘杰三不再问了，他把一只手放在了秀枝的肩膀上，秀枝没动。刘杰三的手顺着秀枝的脖子移上去，抚摸着她的头发。秀枝还是不动。刘杰三的手又移了下来，停在了秀枝的脖子底下，不动了。他不说话。他盯着她的脸。他好像要试试他跟前的这个女人到底有多大的能耐性。

秀枝依然不动。

刘杰三的手指头捏住了秀枝领口上的纽扣，解开了。这回，秀枝动了，她抬起头，和刘杰三的目光对视着。

刘杰三脸上的表情高深莫测。他又开始解第二个纽扣，解得不紧不慢。他等待秀枝的反应。

秀枝推开了刘杰三的手。他并不气恼，反而有些高兴，等待秀枝进一步的反应。他万万没有想到，秀枝在推开他的手之后，没有走开。秀枝自己解她衣服上的纽扣了，解得比刘杰三还要冷静。

刘杰三的脸突然黑了。他一把抓住了秀枝的衣领，牙齿紧紧地咬在一起。

"你为什么不反抗?"他说。

秀枝的头又低了下去。

"鬼!"刘杰三叫了一声,抡开手,朝秀枝的脸抽过去。秀枝的头激烈地摆动了一下,血从她的嘴角流了下来。

"你们是一群鬼!"刘杰三又喊了一声。

秀枝伸出一根指头,慢慢地擦着嘴角的血,顺着嘴唇抹过去,然后,转身朝帐篷外走去。刘杰三看着秀枝的背脊,像一只孤独的老狼。

第二天早上,他拦住了去湖边挑水的大庆。

"你甭去了,我找个人换换你。"他说。

大庆有些茫然,慢慢放下水担,有些不相信地看着刘杰三。当他看着狗剩领着秀枝走到他跟前的时候,便愣住了。

"把水担给她,"刘杰三说,"以后的水归她挑。"

秀枝挑起水桶,朝湖边走去。大庆看看越走越远的秀枝,又看看刘杰三,脸上的表情急剧地变化着。

"你,你不能这么做,"他说,"她有孩子!"

刘杰三觉得大庆有些可笑,"孩子?孩子和你有什么关系?"

大庆被噎住了,脸越憋越红。

"嗯?你说么。"刘杰三说。

"孩子,孩子,"大庆结巴着,"她肚子里的孩子是我的!"他突然这么说了一句。

狗剩和几个清兵哄笑了起来。

"是我的!"大庆说。

刘杰三有了一种被人愚弄的感觉,心里流窜着一股邪火,脸上浮现出刻毒的笑。

"你和她睡过觉?"他说,"那我得看看你和她怎么睡。我把我的帐篷让给你,怎么样?"

无聊至极的清兵们巴不得有一件新鲜事开开心。

"好!让他们睡!"他们叫嚷起来,兴奋得像一群公鸡。

"让他们睡!"狗剩喊得最响。

刘杰三并不言语。狗剩和清兵们胆壮了,拉住大庆的胳膊。刘杰三的表情暧昧。狗剩他们的胆更壮了,把大庆抬起来,朝刘杰三的帐篷抬过去。大庆慌急了,蹬着腿,失声叫喊着:

"不!不!"

"把他的衣服扒了。"刘杰三说。

清兵们扒掉了大庆的衣服。扒得一丝不挂。

"扔进去。"刘杰三说。

清兵们把大庆扔进了帐篷。

"去,把那女人也弄进去。"刘杰三说。

几个清兵朝挑水的秀枝跑过去。他们已很亢奋了。他们把秀枝拖到帐篷门口,推了进去。

大庆立刻拉过刘杰三的被子,遮住了他的下身,滚圆的汗水从他的头上渗出来,往脖子里淌着。他张着口,朝秀枝喘着气,目光恍惚。

秀枝一脸平静的神色。她不看大庆。她看着帐篷壁。大庆的喘息声小了,目光渐渐冷了下来。

"秀枝……"他呻吟一样叫了一声。

秀枝没动。帐篷里很安静。

大庆顺着秀枝的目光看过去。篷壁上挂着一把短刀。大庆的目光闪出一股奇异的光彩，身体里突然涌动起一股流血的意愿。他忘记了羞耻。他扑到了短刀跟前，抓住了它。

秀枝的嘴猛然张开了。

大庆抽出了那把刀，朝自己的肚子捅了进去。他哦了一声，然后被一阵冰凉的疼痛攫住了。他咬着牙，腰越弯越厉害，终于跪下去，身子还在弯着。他努力控制着，没让自己弯倒下去。他费力地扭过头来，寻找着秀枝。他看见秀枝的身影很虚，还在原来的地方站着。

"秀枝，我不是坏人，"他说，"我不是故意的。当时，我的腿软了，"他说，"你给我爹说说，以后，我的腿不会软了。"

他给秀枝笑了一下，然后像打嗝一样，挺了一下脖子，倒了下去。他一直抓着刀把。

那天晚上，徐爷一个人在湖边坐了很久。没人到他跟前去打扰他。

十五

秀枝要逃走，是因为刘杰三和她的另一次谈话。开始的时候，她还很坦然，用手指头梳理着她的头发。刘杰三背着手，来回走着。

"不管你肚子里的种是谁的，你都可以生下来，"他说，语气很平淡，"要是个女的，什么事情也不会有的，其实，如果是个男的，事情也不会有多大，"他停顿了一下，看着秀枝，"长到八岁，就得阉割，"他说，"朝廷是不会把他留下给你们做种子的。"

秀枝梳理头发的手指头停住了。她扬起头，看着刘杰三。她一直淹没在养育孩子的幻想中，却从没想过他会被人阉割。

"看样子，你没想过这事，"刘杰三在秀枝的对面坐下来，一副阴阳怪气的表情，"要不，我把他抱走，养大他，让他做我的后人，"他说，"或者，我干脆把你杀了，让他捂死在你的肚子里，这就会省去很多麻烦。"

刘杰三的话像刀子一样，一下一下剜着秀枝的心。她恨不得咬他一口。

"你不是人。"秀枝说。

刘杰三笑了一下，"你这是气话，"他说，"人还是人，只是跟你们不一样罢了。"

"你不是人。"秀枝说。

几只鸟在水边上飞翔着。马在草地上吃着草。有一匹扬起脖子看着远处，突然扬开蹄脚奔跑起来，其余的几匹马若无其事，继续吃着。

七八顶帐篷随意地撑在水边不远的地方。远看着，像几只蘑菇。

那天晚上，秀枝怎么也睡不着，睁眼闭眼都是刘杰三的那张瘦脸。刘杰三的每一句话都是一块烧红的烙铁，烧灼着她。她躺不住了，到徐爷的帐篷里，叫醒了徐爷。

"我要走。"她说。

徐爷有些惊异。

"我一定要生下我肚子里的孩子，"她说，"我要他活着，我要养大他。"

徐爷神情黯淡，好长时间没有说话。秀枝从怀里取出那枚铜镜，递给了徐爷。

"这是苍爷留给我的……"秀枝说。

徐爷的眼睛突然明亮起来，但很快又黯淡下去。人只有在绝望的时候才会有这种黯淡的目光。他轻轻地摇了摇头。秀枝急了，拉住徐爷的手。

"徐爷，你让我走……"

"你逃不出去。"徐爷的喉咙里像堵着一口痰，"就是把他生下来，也逃不出他们的手。"

"不，"秀枝说，"我要生下他，我要活着。"她眼睛里滚动着泪水。

"伊犁，伊犁，那里是我们这群人的最后归宿……"徐爷仰着脖子，像给自己说话一样。

秀枝拿过那块铜镜，抱在胸口上，"我给他发过誓……徐爷，求你了！"

秀枝痛苦地捂住了她的脸。

徐爷干涸的眼眶湿润了。他站起来，走出帐篷，两股清冷的泪水从他的脸上流了下来。一会儿，秀枝跟了出来。

"徐爷，你哭了。"秀枝说。

"没有。"徐爷说。

"我一定要走。"秀枝说。

徐爷好长时间没有说话，他看着茫茫的草原。然后，他说：

"又得死人了。"声音沙哑而苍凉。

最后的那一次晨祷是太阳出来之前开始的。流放者们从他们的帐篷里走出来。

一个跟着一个，走成了一行，向湖边走去。他们低着头，双手合十，神色庄严。一群水鸟在湖面上旋飞着，鸟叫声和晨光一样清亮，传得很远。等清兵们发现他们的时候，他们已走到了湖边，继续向远处走着。

"刘管带不好了他们的老病犯了！"狗剩像一只惊慌的兔子，跳进了刘杰三的帐篷，"他们到湖边做祷告去了。"

"把你们的火枪提上。"刘杰三说。

清兵们很快跑到了流放者们的前边，一字排开，举起他们手中的火枪。

流放者的队伍越走越近了。徐爷走在队伍的最前边，双手合着，举在头顶上。

"回去！"狗剩喊了一声。

流放者们好像没有听见，继续走着。

"再走就开枪了！"狗剩又喊了一声。

流放者们在清兵的横队跟前拐了个弯，继续绕湖而行，从清兵们身边走了过去。清兵们没有开枪，他们转过脸，看着流放的叛民们，然后，把目光停在了刘杰三的脸上。

"放倒几个试试。"刘杰三说。

清兵们手中的火枪响了。流放者的队伍中有人倒了下去。可是，队伍还在行进。

"再放倒几个。"刘杰三说。

一阵清脆的枪响，又有人倒了下去。放过枪的清兵们手忙脚乱地装火药。

队伍还在走。他们低着头，面不改色，身边发生的血腥事件好像与他们无关。

"打!"刘杰三吼了一声。

又一阵枪响。倒下去的人中有女人，也有孩子。一个女孩的腿被击中了，坐在地上哭叫着：

"我的腿断了!"

没人理会她。他们还在走。

"我疼!"孩子摇着倒在她身边的一个女人，泪水在她肮脏的小脸上爬出了两道歪拧的渠沟。

"打!"刘杰三对清兵们吼着。

这回，枪没响。清兵们被流放者们的状态震慑住了，浑身的肌肉突突跳着。他们看见流放者们终于停了下来，在湖边围成了一个方形，开始做祷告，那种男女混杂的祷诵声唤起了一个遥远的记忆。他们想起了青峰堡。

刘杰三的脸像猪肝一样。他挨个儿看着流放者们的脸。突然，他像被猛击了一掌，身子挺了一下，睁大了眼睛。

他没有看见秀枝和麦穗妈。

没有。

他转身朝帐篷跑去。他没有找见她们。在拴马的地方，他看见了一堆损坏的马具和几条割断的马缰。他感到他的腿上突然失去了支撑的力量。他蹾了下去，怔怔地看着那堆马具和马缰绳，一直到徐爷和流放者们做完晨祷。

"你骗了我，"他说，"你说你们不会逃跑，你骗了我。"

"是你吓跑了她。"徐爷说。

"我以为你会羞愧。"刘杰三说。

"不会，"徐爷说，"我怎么会羞愧？"

"你为什么要这样做？"刘杰三说。

"不这么做，秀枝就跑不了。"徐爷说。

"你以为她们能活着逃出去？"

"那就看她们的命大不大。"

"本来你能活着走到伊犁的，现在不行了，"刘杰三说，"你挑个死法。"

"这全在你了。"

"死的时候，你的那撮胡子还会翘么？"

"那我就管不着了。"徐爷说。

刘杰三吊死了徐爷。他看着徐爷把头伸进了绳圈。"我想看看你扭身子蹬腿的样。"他说。他给狗剩努努下巴。狗剩搬走了徐爷脚下的石头。然后，刘杰三就知道了，人在死的时候不一定能保住尊严。徐爷肯定不愿让人看见他扭身子蹬腿的样子，但绳一勒住脖子，不想蹬也得蹬，不愿扭也得扭，他拿自己没办法。刘杰三又吊死了两个叛民。他感到人在吊死的时候都差不多一个模样。

"咱没马骑了。"狗剩说。

"路也太长了,牛年马月才能走到?"王贵说,"按我的心思说,把他们都吊死算屄了,咱各回各家。"

"不想走路好办,"刘杰三说,"你看看挂着的那几个叛民,他们永远也不会为走路发愁了。"

四个月以后,他们到了伊犁。王贵和五个清兵半路失踪了,许多叛民病饿交加,死在了路上。他们在一座城堡跟前停了下来。他们像一群鬼,眼睛深深陷在干硬的头骨里,看着城墙上的哨楼。

刘杰三使劲咽了几次,把一口干涩的唾沫咽下了喉咙。"我要见你们大人。"他说。

驻军首领要看朝廷的公文。刘杰三从那只羊皮袋里倒出来一本字典,又倒出来一本花名册,然后翻过袋子,没找到公文。

"我丢了。"他说。

驻军首领摇摇头,说:"那我只能把你们都当犯人看了,你们去打土坯修补城墙吧。"

刘杰三打了一年土坯。

驻军首领派人取公文的时候,已升为协统的标统大人突然想起了刘杰三和那一批流放的叛民。

"噢噢,有那么一回事。"协统大人说。

又过了一年,刘杰三到协统大人府上复命。他没说秀枝逃走的事,协统大人说你当标统吧。刘杰三咬咬牙根,说:我要回家。

"也行，"协统大人说，"回家看看再来。"

刘杰三没有回家，也没有再来。许多年后，他在一个叫大莲花池的村子里找到了秀枝，他看见她坐在石头上晒太阳，一个十四五岁的男孩光着屁股在院子里胡蹦乱跳，滚圆的肚子上抹满了口水和鼻涕，一块小铜镜在他的胸膛上摇来摆去。秀枝没有吃惊，甚至没有抬头。她已经不是当年的那个女人了。

"你还认识我吧?"刘杰三说。

秀枝依然没有抬头。刘杰三能听见太阳光穿透空气的声音。

"你是刘管带。"秀枝的声音像从屁股底下浮上来的。

"我以为你认不出我了。"刘杰三给秀枝笑了一下。他挨着秀枝蹴下来，看着院子里的那个男孩子。男孩停止了蹦跳，他歪着头，眨着眼，然后，一步一步走到刘杰三跟前，咧咧嘴，刚做出一个笑的样子，一滴涎水便从嘴里游了出来，像一只蝌蚪，拉着尾巴，啪哒一声，滴在了他肮脏的肚皮上。他用手抹匀了它。他依然咧着嘴，另一滴涎水往外游着。他没等它滴下来，便突然伸手，在刘杰三的头上摸了一下，然后飞快地跳开去，抡着胳膊，在院子里转着圈子，翻来覆去念着一句口诀：

嘟里嘟的当，三十晚上没月亮。

"他是我儿子。"秀枝说。

"噢。"刘杰三说。

　　他们没再说话。他们一起看着那个男孩。他们感到他们的脊背被太阳烤热了。他们抬起头，看着太阳。

　　阳光正是刺人眼的时候。

1993 年 5 月 24 日 西安

（原载于《收获》1993 年第 5 期）

对一个符驮村人的部分追忆

一、声明

我从来没想追忆过谁。这么说似乎有些不确，因为我有时候冷不丁也会追忆起某个人，确切地说应该是，我从未想过以文字的方式追忆某个人。现在要作的这一篇文字，完全是因为钟红明和肖元敏。那还是在两年前，我的心脏正罩在手术后的阴影里，睁开眼疑神，闭上眼疑鬼，说白了就是怕死。我已经相信，人会像忽儿想做一件事情一样忽儿死去的。"这怎么行呢？"我的一位朋友说。他很为我担忧，就拉我出门游玩，就游玩到了上海，就见到了她们。她们请我喝茶，当然也聊天，就聊到了符驮村。她们是知道符驮村的。符驮村怎么样了？这就聊到了他，我现在要追忆的这个人。我一二三四五地给她们说了他的几样事故。她们显得很有兴味，一人一句，以为可以作成一篇小说。我作过小说，她们看过的，都说过好话。

"写吧写啊。"钟红明说。

"能写好能写好的。"肖元敏说。

我就有些忘乎所以了。

我在两种时候容易忘乎所以，一种是喝酒的时候，再就是听到好话的时候。那天是喝茶，没有喝酒，这倒不在她们作为地主的吝啬，而在我的胃。我的胃早就不接受酒精，见酒就让我疼。我是怕疼的，就不喝酒了。但我并没有戒听好话，据我多年的经验，好话不仅不伤身而且养心。她们像劝酒一样，一人一句，我的血脉就旺了起来，以为我真像她们说的那样，不但能写，也"能写好的"。

就说：写吧写吧。

就说：写好写好。

还说了：一定一定。

但终于没有就写。也不妨说说原因，那就是，我在将写未写的时候，又不情愿作小说了。

其一，小说是闲人的差事。我过去是闲人，当然可以作小说，现在固然还是闲人，却带着病了。会不会病及小说呢？

其二，小说不仅是闲人的差事。比如，已经故去的萨达姆·侯赛因，就做总统也作小说。也有闲人作小说而变为忙人的，比如做官或做教授学者，变而为忙人后不再作小说或兼作小说。也有作小说不做官不做教授而来钱的，也无须做官做学者教授。我作小说是什么都不来的。如果说我不眼馋前两类的话，但作小说不来钱实在给了我不小的刺激。不来钱是无法继续做闲人的，做不了闲人，在我，也就没法继续作小说。前景如此明了，何必要作钟红明肖元敏以为"可以"的这一篇呢？可见，我的不情愿作，也不单是怕"病及小说"，也有实惠的一面。

该不作了吧？却偏偏要作了，正应了一句俗话：人都有犯贱的时候。

但不愿是小说。

但又愿意看它的人作小说看。

我没有能力完全真实地描述一个人或一件事，也从来不相信别人能。就因有这一点，我不相信任何书写的或口述的历史。我把所有书写的和口舌上的人事都以小说对待。对我的这一篇非驴不马的文字，我愿看见的人也和我一样的态度。

如果是符驮村的人呢？如果是我要追忆的这个人的亲人呢？看出了不舒服呢？要找我的麻烦呢？打官司呢？

奉天县曾经流传过一个所谓讲哲学的段子，也许至今还在流传。学问家的说法是：世界是物质的；物质是运动的；运动是有规律的；不按规律办事要受惩罚。到了老百姓的嘴里，说出来就是：世界是个东西；东西是动弹的；动弹是有路数的；不按路数办事要挨戳的。两样的说法，一样的意思：为人办事要守规矩，当然也包括作文。

我又是怕挨戳的。

或说，怕挨戳就守规矩"按路数动弹"呗。不。以我的经见，即使按路数动弹也要挨戳的事是常有的。

所以要有声明：

我写这篇文字，完全是因为犯贱，我愿意承担犯贱之责。还有，我犯贱是因为钟红明肖元敏的鼓动。她俩是一伙的，在上海，巨鹿路 675 号。

二、题解

或说，以题目看，不晦涩也不复杂，题解不仅多余，专列一节，更有故弄玄虚之嫌。其实不然。世事和人事难说者居多，有些看似复杂的，却往往简单，看似简单的，却偏偏复杂。就我这一篇的题目，晦涩倒不晦涩，但说简单，可就有些绝对，是简单也有些复杂的。比如"追忆"，不就是要说一个死人的事吗？是的，他已是死去的人，所以用"追忆"，但何以是"部分"呢？或说，没有人有本事把一个人的经世之事全部写出，这当然也说得通。但我的"部分"，不是因为没有必要，而是因为缺失太多。比如，他是做官的，他何以当官？如何当官？尤其是现在，尤其在现在的中国，仅这一面，就可以有许多追忆的好料。但是，很可惜，我对他的这一面，却偏偏所知极少，只记着他的几句"椅论"和"狗论"，还是听别人转述的，可靠性有几多，我不敢肯定，但既然说到了，加个塞写在下边，权作存疑。

"椅论"诞生于他在咸阳做官的时候。据说，一位朋友去他的办公室看他，做官自然是很忙的，也就自然不免要在办公室接见某个朋友。朋友看他，也不免看他做官的办公室。做官的办公室自然不免有烟酒，有西洋参，有的自然还有许多。也有桌子，有抽屉。抽屉里的东西只有他和抽屉知道，朋友即使不免想看，却不免不好意思要看。但只看见的，已足以让朋友赞叹了：

"这多啊……"

"噢噢。"

也不免有来汇报工作的，进门时一样地弯腰，脸上一样地带着一样的笑，以至于要让朋友相信，笑是可以和做砖瓦一样用模子做的。朋友又一次赞叹了：

"啊啊，真是的，你看……"

这一回他没"噢噢"。他笑了一下。然后，就从椅子上站起来，发表了他的"椅论"。

"你以为他们是对我啊？"他说。

"不是的。"他把他刚才还坐着的椅子拉出来。

"是对着它的。"他说。

"不会吧？椅子在桌子背后的。"朋友说。

他摇着头，换了另一种笑，说："谁坐这把椅子，他们就对谁笑。"

又说："几年前，我也对它笑过。"

又说："明天换个人来，他们同样那么笑。"

"噢噢。"朋友似乎听明白了。也许并不明白，因为"噢"完了，并没合上嘴，依然张着。

他拍拍朋友的肩膀，给朋友提了几条烟。

"别这么张嘴，拿去抽吧。只是，"他说，"别羡慕我这号人。"

然后，就到了西安，坐了另一把椅子。以做官论，自然是升了的。

却偏偏发表了他的"狗论"。当然也是私下发表，对另一个朋友。写成文字就是：

"做官不是人事，是狗事。对上，你是狗；对下，你和狗。"

凭他的"两论"，我完全可以猜测，他的做官，一定有过许多纠缠和事故，但我说过了，我不愿我的这一篇是小说，不能用猜测和臆想来敷衍。他这一面的纠缠和事故，在我不知的领域。符驮村的人也不知晓。他的妻子和儿子也未必知晓。没办法，只能缺失。只能是"部分"。

这就剩下"符驮村人"了。我所说的复杂正在这里。为了这篇文字，我专门回过一趟符驮村，也去西安找过他的妻子和儿子。

"不是。符驮村不认这个人。"这是符驮人的一种说法。

或者干脆说："符驮村没这个人。"

"符驮村人不做符驮人的事，算什么符驮村人！"

他们翻腾出许多事故，以支持他们的"不认"和"没这个人"。可是——

是不认，还是没有？

是现在没有，还是从来没有？

"不认"就可以是"没有"吗?

若以国家可以开除一个人的国籍比照,"不认"也就可以是"没有"。但国家有开除一个人国籍的权力,符驮村人有吗?

若以国家权力来自人民比照,符驮村人就该有这样的权力,他们不认,他也就不是符驮村人,可以是"没有"。

若以人民不能直接行使权力而必须通过政权来比照的话,符驮村并未举行过表决,村委会也没有发表过类似的通告,他们的"不认"和"没有"是不能算数的。

何况,还有另一种说法在:

"敢说不是! 他狗日的敢说不是!"

支持这种说法的依据很朴素,也很直白:

"他狗日的是符驮村的水土和五谷造出来的!"

这是说,符驮村的水土和五谷滋养了他爸他妈,然后才会有他,和狗没有关系。拉扯上狗纯属感情用事。

"他狗日的也是符驮村的水土和五谷养大的,养了他二十多年!"

这是说他的成长。

他生于符驮村,长于符驮村,二十多年后才离开符驮村,不认是可以不认的,但说"没有",就和提到他的时候一定要拉扯上狗一样,也属于感情用事。

还有他妻子:

"符驮村? 符驮村是谁?"

还有他儿子：

"别提符驮村。别提。"

但我不能感情用事。我是以人事档案中的籍贯为准的。

我一直很讨厌人事档案，也曾经和几个同事在一间地下室里整理过所在单位的人事档案，这一次的经历使我对人事档案的讨厌升级为厌恶。我厌恶里边的许多栏目，更厌恶里边的五花八门的材料，比如学习心得，比如审问一样的谈话记录，可比如的还有许多。但现在，在我要写这篇追忆文字的时候，我以为人事档案里的"籍贯"还是必需的，而且以为，一个人的籍贯是无法被开除的。

他的人事档案凡有籍贯一栏的，填写的都是奉天县符驮村。

三、一筐好话

符驮村人的感情用事，不能把他推离开符驮村，他妻子和儿子的感情用事，也不能把他拔离开符驮村，反倒从另一面坐实了他和符驮村的关系。他们之间有着生与死的纠缠。这不是我的推测，我有过去知道的一些事故做证据，也有后来搜罗到的许多事故做证据。

但这样的纠缠，不是一开始就清楚就明了的。或者说，纠缠是已经纠缠上了，却彼此并不感到在纠缠。

比如他的出生。以科学的说法，那当然也是一个奇迹。别的不论，单就那多少亿个活蹦乱跳的精子，都在冲撞，都在努力，

最终穿破卵子的怎么偏是这一个呢？如果是另一个，就该是完全
不同的另一个生命、另一个人了。这么想下去，是真要让人惊
叹，也要让人害怕的。

符驮村的人不会这么想，也不以为是什么奇迹。娶婆娘就要
同房，就要做那样的事，要舒坦，也要生娃，天经地义。用他们
的话来说这件事，分阶段各挑一句，就是这样的：

"某某给婆娘弄上了。"

"肚子腆起来了。"

"快了。"

"生了。"

如此而已，和符驮村所有人的出生并不两样。

然后一天天长大。

看上去，符驮村的人像林子里的树一样，一棵一棵的，有的
挨得近一些，有的离得远一些，但大致都是各长各的，各过各的
日子。但大致也要打招呼或不打招呼，发生碰磕或不发生碰磕。
他和来娃就碰磕过。

八岁的他和来娃提着小镢头去城壕里挖树根，挖着挖着就发
生了口角。

来娃说："你到别处挖去。"

他说："别处没树根。"

"别处去。"

"不去。"

　　然后动了手脚。来娃比他壮大，压倒了他，左右连续一阵耳光，让他叫爷。

　　"叫爷!"

　　他不吭声。

　　又一阵耳光。

　　"叫爷叫爷叫爷!"来娃说。

　　他咬牙坚持着，不叫，也不动。

　　也许来娃以为他服输了，也许来娃感到累了，便松开他，提着笼子要走，或许已经走了，他突然从地上爬起来，抡起手里的小镢头，照准来娃的小腿肚砍过去。

　　这是来娃没想到的。来娃没觉得疼，以为挨了踢，回头看他，或许想着再一次压倒他。

　　但血流出来了，也终于感到疼了。来娃捂着流血的小腿肚坐下去，"哇"一声哭了。

　　来娃妈来了，看着来娃的腿，然后又看他。

　　他提着小镢头，也看着来娃妈。

　　"你你你……"来娃妈颤着身子，口齿有些不清。

　　来娃爸也来了。

　　他看着来娃爸，以为要挨打了。

　　没有。来娃爸像不认识他一样，看了他好大一会儿，然后说：

　　"土匪。"

　　来娃爸抱起嚎叫的来娃了。来娃爸扭过头，又说了一声：

"土匪!"

然后,和来娃妈一起跑着给来娃疗伤去了。

类似这样的碰磕,符驮村都记得的,也会提起,只是,在不同的场合,因不同的心情和态度,说法也就不同。

比如,他带着勤务员回符驮村探亲的时候,他们是这么对他说的:

"能下手就能成事。毛主席能下手,所以坐牢了江山。"

来娃也在场,连连点头,说:

"就是就是。"

又比如:

"狗日的心太毒了!小时候就毒,下得了毒手!"

这是在他死后。他们已经愤怒了。他们想起了他们和他的许多事情。也包括和来娃的那一次。

来娃也在愤怒者之列。他满脸涨红,摸着终生没有褪去的疤痕,说:

"狗日的就是!每到下雨天我就腿疼!他个狗日的……"

但在当时,在他砍来娃小腿肚的时候,他们没有这么说,没有发现他们后来发现了的意味。来娃和来娃家也没有。在一个村子里,像这样打歪鼻子撕破耳朵的事时常会有,何况,来娃敷了几回药,好了。

再说到树上去。

有诗人写过这样的句子：

"他们像树根一样/纠缠在一起/一个人死了/就惊动全村……"

诗人写的是村庄，从树根上得到了灵感。

但人毕竟不是树。树根的延伸是有限的，纠缠也就有限。

还有，树挪了地方呢？挪出了林子呢？是可以不再纠缠的。人却不一定有树那么洒脱：

你走了是吧？你是从这儿走的！

你"狗日的是符驮村的水土养大的！"

你能走脱这种干系么？

也有可以走脱的。生在符驮村长在符驮村，然后离开符驮村，然后却不见有什么气候，走脱走不脱，在两厢都无所谓，走脱也就走脱了。事实上，这样的"符驮村人"也有不少，扳着指头数，是可以数出几十个人的。

但他是成了气候的，做了官的。

在当兵的那些年里，他就把扛长枪变成了挎短枪，带勤务员回村探亲的那一次，就已经挎了短枪，是军官了。

然后转到地方，是地方官。然后又许多年，忽儿是这样的地方官，忽儿是那样的地方官，不管是什么样的，从咸阳到西安，就证明是往高处变着的。

在符驮村，不单是"一个人死了就惊动全村"，有可能惊动的还有很多，比如过去的当兵，比如现在的上大学。按说，这完全是个人和他们家的事，但符驮村的人不会这么淡漠寡情。也是户族的事情。也是全村的事情。

所以，临走的那几天，他家里来过许多人，先是家门户族里的，然后是不是家门户族里的。女人手帕里包着几个鸡蛋，或者拿几双袜垫。男人呢？男人是不拿东西的。他们抽着烟，或者不抽烟，但都坐着，蹲着，沉思着，然后，会给他说几句话。

比如："人是要奔大前程的，符驮村没有大前程。大前程在外边。"

比如："听领导的话，别给咱丢脸。"

比如："你得了光荣，也就是你爸你妈得了光荣。也就是咱家门户族得了光荣。也就是咱符驮村得了光荣。"

都是暖心的好话。都是从心窝子里掏出来的，可以装满一筐。

在符驮村的人看来，话和东西一样，是可以送人的。要不然，"你给某某带个话"，或者，"我只要他一句话"，这怎么解释？不是东西能让人带吗？能给人要吗？

掏心的话就更是东西了，也许还要比任何东西都要贵重。

当然，他很感动，每听一句，心里都会忽儿忽地发一阵热。

当然，他也吃了几个鸡蛋，其余的鸡蛋和袜垫留给了家人，然后，穿着一身崭新的绿军装，坐着接兵的卡车走了。

当然，也背着那筐好话。

四、另一筐好话

符驮村人在送他一筐好话的时候，是否就存了遥远的心思呢？

我以为，这样事后的臆测是不应该的，也有些不善。说给符驮村的人，他们会跳起来的：

"说他妈没屁的话！谁知道他一定能成！"

"存心思也存在我们自家儿女的身上，说他妈没屁的话！"

"说这话就该给他几个耳光，唾他几口！"

事实上，每一个当兵走的，都会接到这样的一筐好话。大多的情形是，当了几年兵以后，不回来了。符驮村的人和他们怎么样了？没怎么样。最多，有人会有几句感叹，更多的是连感叹也没有的。

也许在心底最深的那一层里存着吧？只是埋伏得太深，自己不觉得，到一定的时候就会冒出来。

这该是有人说的所谓潜意识了。我没有研究过潜意识，不知道有没有这样的东西，符驮村的人是否潜怀着后来又转而为明，也就无法判定。

或说，就因为潜怀着遥远的心思，所以才给每一个都送，说不定有一个两个会成气候的。

这就是一种策略了，所谓"普遍撒网，重点收获"。可是，一个村庄的策略该要村人一起研究判定的，符驮村却从来没有过这样的研究。

默契吧。爱人之间有默契，家人之间有默契，村人也该
有的。

就算是默契的策略，也不见得奏效。比如刘西奇。

刘西奇是工农兵大学生，由当时的贫下中农推荐，村上盖了
章的，走时也得过一筐好话，后来成了气候，现在是西安一家大
公司的老板。村上修路的时候给他要过钱，给了。盖学校又去
要，也给了。修另一条路再去要，却不接茬了。村长打电话，他
在电话那头说：符驮村的路是我家的路么？随后关了手机，怎么
样呢？

"狗日的不认符驮村了！"

"狗日的回符驮村就摧他出去！"

这里的"摧"含有打和推的意思，打着推出村去。

说这话不久，刘西奇就回来过，似乎没有人真去"摧"。

可见，纠缠是有深浅之分的。符驮村和刘西奇之间的纠缠是
浅而不深的。

但我不愿怀疑那一筐好话的真诚。就算他们怀着遥远的心
思，但首先是希望他好的。他也发过热的。不仅当时发过热，在
以后的许多年里，也不时会想起这些好话会继续发热的。谁敢说
这一次次的发热在他一步步往上走的时候没起过作用？一点也
没有？

何况，在他倒霉的时候，他们又送过他一筐好话。这在符驮
村人的送话历史上是绝无仅有的。

他被"双规"过一段时间。

　　"双规"是个新词，大意是：在规定的时候和规定的地点交待（也叫说清楚）需要交待的问题。"双规"只适用于在党的且做官的人。据说，许多在党的做官的提到这个"双规"，就会色变，不尿也要打尿颤的。如果有哪个在党的做官的突然找不见了，人间蒸发了一样，没外逃也没自杀，那就极有可能是被"双规"了，等到再现人间的时候，十有八九是要交司法进监狱的。也有不交司法不进监狱却要开除党籍撤销职务。当然，也有没"规"出问题的，那就回家回单位，继续为人民服务。

　　他属于后一类，因一个案子的牵扯，"规"了一段时间，说清了。

　　但也变过色、打过尿颤的。

　　他回了一趟符驮村。尽管他已经越来越少回符驮村了，但这一次，他想回去一趟。

　　"我回老家一趟。"他说。

　　"为什么?"妻子问他。

　　"不为什么。"

　　"可是，为什么?"

　　"凡事一定要为什么吗?"

　　"唔，噢……"妻子似乎想通了。

　　"你呢?"

　　"不。"妻子摇着头。她对符驮村一直保持着警惕。父母死后，她就不再和他回符驮村了。他一个人回去的。

"啊啊……回来了?"他们很诧异。

"噢噢。"他说。

"不是说……没事了?"

"没事了。"

然后,家里来了许多人。有家门户族的,也有不是家门户族
的。他们抽着烟,或者不抽烟,喝着他哥和嫂子端来的茶水,坐
着,蹲着,沉思着,然后和他说话:

"啥叫双规?"

他给他们作了解释。

"这不和坐牢一样么?"

"一样也不一样。"

"打你了?"

"没有。"

"屈打成招的事古今都有。"

"我没有。"

"没有为啥拉你去双规?"

是啊,为啥?他们想不通了:

"没有的事为啥要问?没有的事为啥要拉到那种地方去问?
能随便拉一个人到派出所问人家听说你是贼你偷没偷能这么
问么?"

然后,他们就得出了结论:

"这不是问人哩,是害人哩!是明摆着臊人脸哩!"

然后，他们愤怒了：

"他们嫖客日的！他们婊子养的……"

这是骂，也是话，但不能推敲。拉他去"双规"的人未必是坏人，就算是坏人，就一定是嫖客和婊子的后代吗？嫖客和婊子的后代就一定是坏人吗？嫖客和婊子相遇不是为了生养，有生养是因为不小心，这样不小心生养出的后代能有多少呢？世上的坏事大多是办过正经手续的父母生养的人做下的——符驮村的人不知道这些吗？知道的。可是——

"他们嫖客日的！他们婊子养的……"

这就是我说的那另一筐好话吗？是的，上边列举的都是，包括他们的骂话。如此粗鄙的骂话也算好话吗？也算。话的好坏不能以粗鄙和文雅区分。听这些话，在他不只是感动，也是一种享受。只有符驮村的人才能以这样的方式给他。

难道能怀疑他们在给他这一筐好话的时候，也存着心思吗？

"难说。"这是他妻子的看法。

她缓缓地摇了几下头，眼睛有些湿了，又说了一句：

"难说。"

五、辩诬

符驮村的人认为他妻子的"难说"是诬蔑。如果把他妻子和符驮村的说法用对话的形式记录下来，就该是这样的：

他妻子：这些所谓的好话是在他解除"双规"以后说的。"双规"的时候怎么不说？符驮村的人呢？在哪儿？

符驮村人：你甭问符驮村的人在哪儿，你先说说"双规"的时候他在哪儿。你知道么？你也不知道！鬼知道他在哪儿！不知道他在哪儿，咋和他说话？

他妻子：家里不能来吗？

符驮村人：哪个家？符驮村还是西安？问他哥和他嫂子去。多少人去打问过，连来娃也打问了。小时候砍过人家一镢头也去打问了。为啥要去西安呢？知道他不在家为啥要去西安？就是有一背篓的好话见不着他给谁说去？给你啊？

他妻子：那些天我像掉了魂一样，流的眼泪能湿透几个枕巾。单位的人不来了，认识的朋友不来了，符驮村的人也不来了。我是他的家人，不该安慰几句？

符驮村人：这么说证明你对符驮村不了解，别看你和他过了几十年可你对符驮村不了解。安慰家人是女人的事。你让符驮村的女人跑百十里路去西安给你说好听的话陪你抹眼泪么？这么给符驮村怪不是也太过分了吧？凭你那股子蔷皮劲儿，你不怕你家的枕巾不够要花钱买么？安慰你几句能咋？能把他从"双规"的地方安慰回来么？没问题他才能回来嘛。没问题他自然就回来了，不是么？

他妻子：要有问题呢？进监狱呢？

符驮村人：这就是两可的事了。也许符驮村有人会去监狱看他，也许不会。去了也没好话给他。进监狱就是坏人了。符驮村没有给坏人说好话的习惯。符驮村对每一个出去的人都千叮咛万嘱咐，让他听领导的话，就是不让他当坏人做坏事。你要当坏人做坏事符驮村的人有啥办法？没办法。符驮村里没有国家主席，没办法给监狱的人说哎哎他是符驮村的把他放了，就是有国家主席也不能这么做！

他妻子：就因为他没问题回来了，你们又看见希望了，所以又送好话。

符驮村人：希望错了吗？难道？你对他没希望？你会说你有因为你是他的婆娘。婆娘把希望承包了？别人不能希望了？世上有这样的理么？按时间算，符驮村的人比你早多了。他在符驮村捏尿泥甩炮的时候，你在哪儿？他在符驮村的麦茬地里灌黄鼠的时候你在哪儿？他在符驮村上学掏鸟蛋的时候你在哪儿？你说你和他生儿育女了，没错，符驮村的水土没养他你能和他生儿育女？你感谢符驮村还来不及哩，别给符驮村的人摆那个婆娘的谱！

他妻子：你们真让我恶心。

符驮村人：知道你恶心符驮村的人，早看出来了。既然恶心符驮村的人，就别说安慰不安慰的话。

他妻子：没错，早就恶心你们了。没想让你们安慰，躲都躲不及呢！多少人来过我家？缝纫机自行车买一个拿走一个买一个拿走一个。多少人拿过钱？过去工资少，三块五块，后来就三十五十。衣服袜子，什么没拿过？包括我儿子的铅笔盒作业本，连铅笔盒里的铅笔也不留下。再后来又让给这个给那个安排工作。你们真会说话！"你侄子在家没个事干你说咋办？""咱儿子中学毕业了没考上你得管。"你侄子咱儿子，多亲！多动听的话！

符驮村人：再动听也没打动你，证明还不动听。去过你家的人有几个没看过你的脸色？你恶心符驮村的人，符驮村的人也恶心你呢！所以，有好话也不会给你说，他不在，也没人去你那个家。去干啥？看你的脸色啊？说实话，你的脸并不难看，可你的脸色咋就那么难看呢？一见符驮村的人，你的脸色咋就那么难看呢？

他妻子：几十年我们家成什么了？全让你们搅乱了。

符驮村人：全是符驮村人搅的？符驮村的人拉他去"双规"了？你这话说得太欺人了吧？咋个乱？不能吃饭睡觉了？不能屙屎尿尿了？不能生儿育女了？你们家你们家，这话也够动听的。如果和你较着劲儿说，你可别嫌难听。他是你男人，你是他婆娘，一个锅里吃饭，一个床上睡觉，往好听的说是夫妻关系，往不好听的说就是肉体关系。他和符驮村呢？是水土关系，血脉关系！

他妻子：是水土关系血脉关系就欠下你们了？就要对你们负责了？就要对全村负责了？

符驮村人：好狗护三邻，好汉护三村，这是古话。啥是好狗？咬狼的狗。啥是好汉？有情有义之人。一个人成了气候做了官，该不该给家门户族给村上人帮点忙解点困？能帮解不帮解成什么人了？你也是念过书受过教育的人，你自个儿想去。你给全中国的人说去，说给全世界的人去！事实也不是你说的那样，好像全符驮村的人都苍蝇一样粘到你家的门窗上了。就说找工作，让他给七十岁的人找工作了？让他给三岁的鼻嘴娃找工作了？他确实安排了几个人，等到再让他安排的时候，他死屎了，还整了符驮村一把，害了多少人！这话就不说了。人已经死了说了没屎用。

他妻子：是你们把他缠死的。

符驮村人：啊呸！这样的话！你听这婆娘的话。他明明得的是喉癌，咋是符驮村的人缠死的？啊呸！没听哪个狗屎医生说喉癌是人缠出来的。人有这样的本事？符驮村的人有这样的本事？有这本事就好了。符驮村人就发财了。符驮村成立一个缠人公司，生意肯定红火。没准国家主席也会来符驮村，派符驮村的人去台湾：陈水扁搞"台独"，缠他个狗日的去。求他办点事就是缠了？就算缠吧，符驮村的人也缠过刘西奇，咋没见刘西奇得喉癌？

他妻子：刘西奇聪明，不吃缠。

符驮村人：他也可以不吃啊。

他妻子：说来说去成他的问题了？

符驮村人：是你先把话说绝的。

……

平心静气一点想，符驮村的人说的也没错，他是可以不吃缠的。刘西奇一句"符驮村的路是我家的么"就挂断了手机，他却没有。他吃缠了，而且越缠越深，这又能怪得了谁呢？

缠是互相的，缠与不缠，深与浅，是因人而异的。

他为什么就不能和刘西奇一样呢？

"是啊，我至今也想不通。"他妻子说。

又说：

"他也是，到死都没想通。"

可见，他妻子也承认他有问题。

六、关键词

婆娘

一个人成为另一个人的婆娘，是偶然的还是必然的？说不清。

退回去几十年，还在当兵的时候，他是订过婚的，是邻村的一个姑娘。他们遇过面。父母问他咋样？他说我不知道咋说。哥嫂说好不好总有个感觉吧？他说没觉得好也没觉得不好。他走了以后，家里开了一个家庭会，统一了看法，以为他不好意思其实是有些满意的，万一他当兵几年没当出名堂又回来了呢？那就连有些满意的也找不到了。于是，就交了一部分彩礼，订了这门亲事。但不久，就接到了他的信，说组织上信任他，要培养他，婚姻的事却只字未提。家里犯难了。万一组织上要继续信任继续培养，进一步信任进一步培养呢？不行不行，这一桩婚姻要重新考虑。父母说这话我张不开口我不去说。只能哥嫂去说了。哥嫂绕了许多弯子，终于让媒人明白了他们要退婚，也要给出去的彩礼。媒人说定了的事要反悔是不道德的，但婚姻之事和其他事情不同，强扭的瓜不甜强扭也是不道德的，这话我可以给女方家去说，可以退婚，但给彩礼不是强扭的，泼出去的水揽不回来，屙出去的屎塞不进屁眼明白么？哥嫂像扭了肠子一样一脸痛苦，一个说也是也是，一个说明白明白，又给媒人说了些谢承的话，了结了这件事。

果然，他连续几次得到了组织上进一步的信任，还上了一年的军校。那些年，他的心思都在组织的信任上了，婚姻之事直到转到地方都没考虑，所以，那一次回家探亲带的是勤务员而不是婆娘。

到地方上的时候，他已过了三十岁。

符驮村有人说："他可真能憋啊！"

符驮村另有人说："志向大着哩！"

但终于憋不住了。也不想憋了。也有了不憋的资本，可以不憋了。他想找一个城里的有文化最好是上过大学的女性做他的婆娘。那时候找对象时兴"共同语言"的说法。在他看来，只有城里的有文化最好上过大学的女性才能和他有共同语言。当然，做官的三十岁的童男对女性也是有着很大的吸引力的。

就找到了她，师范学院毕业，在一家中学做老师，小他八岁。

符驮村的人又说了："啊哈，难怪一直憋着，他想着不吃毛栗，是要吃仙桃的！"

也有人说："人家能憋住也能憋出成果，有人硬憋，憋到死怕连毛栗也吃不上哩。"

他们说的就是她，他的婆娘。

恶心

有没有见第一面就对一个人感到恶心的？大千世界无奇不
有，不能把话说得绝对。但他妻子对符驮村人的恶心不是一开始
就有的，而是在时间和事故的积累中完成的。结婚前和结婚后的
几年里，她对符驮村人不但不恶心，反倒是喜欢的。甚至，在她
还没去过符驮村之前就喜欢上了。每听到他提说到符驮村，她就
会产生一种亲切感，还会产生无边的想象。

"皂荚树真能像铃铛一样响么？"她问他。

"当然，有风的时候，满树的皂荚就会响。"他说。

"皂荚真能洗衣服？"

"当然，符驮村的女人都用皂荚洗过衣服。"

"涝池还有水么？有一圈洗衣服的女人？"

"下雨以后才有。"

"那就下雨以后再去，和你们村的女人去涝池洗衣服，不用
洗衣粉，用皂荚。"

也会提到某个人，比如来娃。

"他啥样的？会不会记恨你？"

"不会，小时候的事了。"

"多好的人！"

然后就去了符驮村。虽然和想象中的差距有些大，那又有什
么奇怪的呢？从来都是"看景不如听景"，人说"上有天堂下有
苏杭"，真去了苏杭，也会以为走错了地方，心生疑惑：这就是

天堂吗？哪怕是西湖，哪怕是三潭印月，哪怕是虎跑泉。符驮村能和苏杭比吗？"我是爱屋及乌了"，她会这样说。

当然，她也见到了符驮村的人，得到了许多从来没听过的赞美话：

"多水灵。"

"白菜一样。"

"能掐出水来。"

"还有一肚子的学问哩。"

后一句能听懂，前几句似懂非懂。就问他。也许是故意的。

"水灵是什么？"

"好看么，歌里也唱水灵灵的眼睛……"

"噢噢，那白菜呢？我是白菜么？"

"是说你年轻，漂亮。"

"为什么不说成一种花？"

"在他们看来，花虽然好看，但不中用。"

"噢噢，那掐出水呢？"

"嫩嘛。"

她觉得他们夸人夸得别致又新鲜。

来娃也见了，平平常常的，抹起裤腿给她看小腿肚上的疤痕：

"你男人用小镢头砍的。别抿着嘴笑啊，当时口子可深了，血直往外冒。不过，是我先打他的嘀嘀……"

"还疼么？"

"早不疼了，嗬嗬。"

来娃放下裤腿，给她笑着，伸手拿了一颗他和她带回来的喜糖，扔进嘴里咯嘣咯嘣嚼着。

她觉得符驮村的每一个人都很有趣味。来娃嚼水果糖的样子也很有趣味。什么是诗情画意？符驮村和符驮村的人就是。所以，这一段可称为"诗情画意时期"。

符驮村不免有人会去咸阳和西安，自然也不免去他们家。开始的时候，她也愿意他们去，递烟倒茶水，也削苹果，还有水果糖，走的时候还会抓一把给他们：带回去给娃们吃。

可是，前街有人盖房盖到半截了：

"匠人非要先付点工钱，不付就要停工，万一下几天雨我哭都没眼泪了，想来想去，头都想破了，就想到你这儿了……"

还有，后街有人给儿子娶媳：

"后天就进门，却要加两捆棉花，不给人家女子就不进咱家门你说气人不？我说棉花要钱买啊都这时候了你让我给你生钱去不成？我说日他妈不进门就不进门这媳妇不娶了，村上人都劝我说最后这么一哆嗦了千万别往气门里走，我就赶紧搭汽车来了……"

还有："城里乡下可真是两重天。你看你娃，上学用的铅笔写都写不完，还有铅笔盒，我娃见都没见过，作业本是麻纸订的，两面写……"

还有的还有许多。

她没有心情递烟倒茶拿糖果了，不愿听他们说话了。再有人来，她就躲在卧室里，或者干脆出门去。回来的时候，家里总会少去一样两样东西。

"怎么这样啊！"

她难以接受了。这一段，可称为"怎么这样啊时期"。

然后，他哥看上自行车了，自行车就没有了。

然后，嫂子看上她的缝纫机了，缝纫机也没有了。

没有的还有许多。它们大部分去了符驮村，另一些去了他舅他姑他姨一类的亲戚家。

"符驮村的人怎么这么多啊！"她说。

"噢么，你不是去过么？"他说。

"你们家怎么那么多亲戚啊！"她说。

"噢么，要怪就怪过去不搞计划生育，像现在这样一对夫妻只生一个就没这么多亲戚了。"他说。

这就到了"恶心时期"。

"恶心！"她说。

"你说谁？"他问她。

"你家里人！你户里人！你村上人！他们真让我恶心！"她说。

"噢噢。"他觉得她说得有些严重了。

"也恶心你！"她说。

"噢噢……啊？"他看着她。

这却是他没想到的。

七、关键词续

肉体关系

在符驮村人看来，夫妻关系就是肉体关系，肉体关系也就是夫妻关系。猫可以叫咪咪，咪咪就是猫，一样的。

你要问：婚外情呢？是肉体关系，却不是夫妻。

他们会说：那叫不正当的肉体关系。

你再问：一夜情呢？

他们会说：那叫一次性肉体关系，要付钱的话，就是嫖客和婊子的关系了，这下你明白了吧？

所以，他们辩诬就可以说："他是你男人，你是他婆娘，往好的说是夫妻关系，往不好的说就是肉体关系。"区别只在于，一个是文雅的，好听一点，一个是粗鄙的，难听一些。

是夫妻当然要一个床上睡觉喽，过性生活喽。但符驮村没有"过性生活"这样的说法。含糊一点的说法是"睡"，明确的说法是"日"。像"日久生情"这样的词语，他们也有他们的用法和解读，可以是：相处久了，就会生出感情；也可以是：肉体关系久了，舍不开了，就成为夫妻。他们对他们的说法很自信：世上所有的夫妻都逃不出这两样。

夫妻闹别扭打架呢？他们说，那就是"日久生事"了。

他妻子和他既有"日久生情"的时候，也有"日久生事"的时候。

　　他们的"日久生情"是不用说的，想也能想得出来。他憋了那么多年，正是精血气旺的时候。她呢？不但是城里的，"一肚子的学问"，而且，小他八岁哩！"多水灵"，能"掐出水来"哩！想想，这么两个人，在床上，也许顾不得到床上哩……如果他们是两只鸟，就可以用老话说，叫作"戏水鸳鸯"；如果他们是两个人的组合，就可以用一个新词，叫作"和谐社会"。至于怎么个"戏水"，怎么个"和谐"，那就只有他们自己知道了。城里不是符驮村，不会有人问他们这号事，他们也不会口无遮拦地把他们的性事活动讲述给想听的人。这也是城里人吝啬的一个证据。自己的男人自己的婆娘，说说有什么呢？大家乐一乐笑一笑嘛，又不是贪污受贿，说了有人追查你，抓你进监狱。村上也有人问过他，他笑而不答，也是城里人的脾气。吝啬吝啬，没劲没劲。

　　但"戏水"了，而且是"和谐"的，看脸上的气色也看得出来。

　　然后就"生事"了。生事和"恶心"有关。

　　那时候的她正在"恶心时期"，偏偏他哥来了。

　　她躲进了卧室。这个时期的她已经不愿见符驮村的任何一个人了，包括他哥。但客厅里的动静是能听得见的。

　　他哥蹲在客厅里的茶几跟前抽着他递过去的纸烟。他哥每次来他家都这么蹲着抽纸烟，和他说话，说他坐不惯沙发。但这一次，他哥连抽了几根纸烟，却没说一句话。他问他哥咋了？他哥说不咋不咋。他说不咋你咋不说话？他哥说想好了再说。他又给他哥点了一支烟。他哥抽了一阵想了一阵，说：你嫂子冬天给几个娃缝衣服做鞋纳鞋底，手都裂口子了，干疼干疼的。他说噢噢，给我嫂子带几盒凡士林回去抹着润手。他哥摇摇头，说：今年抹了明年还得抹，治标不治本。他不知道怎么才能治本。他哥说：你家三口人，不干重活，省衣服，缝纫机整天闲着不用是不是？他明白了。他说噢噢，用还是偶尔会用的，当然了，我嫂子……

卧室里的她一直恶心着，突然又一阵恶心，想吐了。

"唔啊！"

他听见了，进来问："咋啦？"

"唔啊！"

他哥不抽烟了，站到了卧室门口，惊恐地看着她，问：

"病了？"

"唔啊——哇！"

她捂着嘴跑进卫生间，吐了一阵，吐出来几口酸水。

他跟到卫生间："要不要去医院？"

她摆着手。漱口了。又回卧室了。

当然，恶心以至于呕吐是拦不住缝纫机的。

她坐在床边，一直坐到晚上。

他进来了，挨着她坐下，用一只胳膊抱着她的肩膀。

"吐了？"他说。

她的眼眶里似乎涌着泪水，她把他那只充满关切的胳膊摘开了。

"你我两个人一个月的工资还得不吃不喝你知道不?"她说。

她的眼眶里涌满泪水了。

"知道,可是……"他说。

他又一次伸过胳膊去,被她挡开了。

后来,这样的恶心以至于呕吐的事故还发生过多次。他一直以为人烦人的时候说"我恶心我想吐"只是一种情绪反应,生理上的恶心和呕吐只有看见什么不堪入目的秽物或生病的时候才会有。他妻子纠正了他:心理上情绪化的恶心是可以转化为生理反应,会真呕吐的。

一个恶心并呕吐过的人能和他戏水和谐吗?就算她已经恶心呕吐过了,睡到床上了,可是,她会想起她的呕吐和为什么呕吐的。就算她拨着他的胳膊说算了算了东西已经拿走了再想就是和自己过不去了,可是——

"想要就直接说啊,拐弯抹角绕来绕去你别动我真让我恶心!"

这不又想呕吐了吗?

他知道她说的是他哥,又扳她的胳膊了:"算了算了想要东西难张口都这样的。"

"憨憨厚厚扭扭拧拧可怜兮兮一个模式,好像一个学校培训出来的一样的模式别动我,真让我恶心!"

这不又想呕吐了吗?

他知道她从他哥想到其他人了。他放弃了动她的努力。

此夜没有肉体关系。甚至许多夜都不会有。人不是机器,没有电闸也没有开关，说不想就能不想？说不恶心就能不恶心吗？

当然，两个人的肉体关系或者性生活发生问题的原因不会是单一的，恶心也不一定都会引起呕吐，摔门摔碟子摔碗同样会影响到肉体关系。

当然，不能说他们所有的肉体关系问题全都是符驮村的人造成的，我说的只是和符驮村的人有牵扯的部分。他妻子辩诬说的"我们家成什么样子全让你们搅乱了"，其中就包括肉体关系问题，说"全"是不符合事实的。

当然，他们也并没有完全杜绝肉体关系，因为有时候他们彼此也会想的。他们都是正常人，正常人身体里生长的东西他们也会生长，包括性冲动。实际的情形是，他们的性生活是在"生情"和"生事"之间穿插变换不断反复的，一直持续到他查出患了喉癌之后。他化疗过很长时间，她陪床。在此期间，他们也有过想的时候，但不能。她知道他时间不多了。她很可怜他。她想帮助他，安慰他。她用手。完事之后，她给他掖被子。他说"谢谢你"，脸上带着笑，声音虚弱到几乎听不见。她捂着鼻子流泪了。他也眼泪汪汪，又说了声"谢谢"。她哭出了声。她说你别说了别说了好不好，他就不说了，闭上了疲惫的眼睛。

这也算一次肉体关系吗？如果算，却是不可以用戏水与和谐来言说的。她又一次想到了符驮村，因为她认为他的病和符驮村的人有关。她又呕吐了一次。

没想通

这个词是从他妻子辩诬的话语里拎出来的。

他妻子："我至今也想不通。"

还有："他到死都没想通。"

就是说，他们都想过，无数次地想过，想得很痛苦。不但各自想，也一起想过。不说别的，只凭他们对正常的性生活的需要这一点，也应该在一起努力地想一想。

她："他们为什么要这么缠你？"

他："他们不以为这是缠。"

她："这个来要钱，那个来拿物，这个要安排，那个要工作。他们以为很容易是不是？把我们家搅成这样子他们想没想？这一切都是应该的是不是？你欠他们什么了？欠了么？"

他："他们认为是容易的，也是应该的。把我们家搞成什么样子他们不会想的，也想不来。这也不是欠的问题。"

她："是什么问题？"

他："说起来太深奥。要细想能把头想破。"

她："你不理他们不行么？他们能把你吃了去？"

他："吃是吃不了的，可是……"

她："你就不能像刘西奇一样么？刘西奇能做到你为什么就做不到？你压根就没想从这种纠缠里拔出来！"

他："我不想？我天天都想！一见老家的人我的头轰一下就大了，比身子还大。我也恨我自己，恨我为什么不是刘西奇。我拧过我的大腿，揪过我的头发，你信不信？可是，人和人是不一样的，我想拔却拔不出来。所以，你恶心他们，也恶心我。"

她："就是。这么纠缠着，也有你的问题。"

他："你想没想过你呢？你是我妻子，我想拔拔不出，很痛苦，你至少该理解一点吧？可是，啪一声，门甩上了；啪一声，碟子碎了；唔——哇！你恶心你呕吐了。然后，连你的胳膊也不让动了……这不也是纠缠么？"

她："怎么怪到我了？"

他："不是怪，是说他们和我纠着缠着然后又变成了你和我的纠缠。"

她："没有他们和你的纠缠，我就不会。"

他："没有和他们的纠缠，我还算人么？你愿意和不是人的人做夫妻么？"

她："刘西奇是不是人？"

他："以符驮村人的眼光看，他就不是人。也不仅是符驮村人的眼光。我说过了，这很深奥。"

她："没办法了？"

他："没办法。"

她："就这么你缠我缠要缠到什么时候？"

他："不知道。"

她："没尽头了？"

他："有还是有的。"

她："什么时候？"

他："我死了以后。"

她无语了。她反省了一阵自己，觉得自己似乎也是有问题的。但是，她又有些不服气。

她："我尽量不纠缠你，可我控制不住了咋办？"

他："我尽量往出拔，可我拔不出来我咋办？"

她："那就互相缠着吧，往死里缠。"

他："也只能这样了。在官，是人也是狗；在符驮村，是人也不是人。"

这是诉苦，也是感叹。在他看来，人不一定是世界上最聪明的动物，但却是最复杂的，牵扯的东西太多太多。就他自己吧，仅和符驮村的牵扯就已经复杂到了说不清也想不通。他挣扎过，或者说一直在挣扎。他没给妻子说谎。他无数次下决心要和刘西奇一样，可他做不到，也说不清想不通为什么做不到。

他甚至憎恨自己，因为他没法憎恨别人。别人都是有理由的，甚至是天经地义的，比如符驮村的人，比如妻子，比如"拉他去双规"的人。所以，他只有憎恨自己，也只能憎恨自己。

在他妻子拨开他的手不让他动她的时候，他想过自杀。这并不夸张，人在想不过的时候，拿别人没办法的时候，尤其是拿自己的亲人没办法的时候，就会有这样的念头，用消灭自己以警醒和惩罚亲人，让亲人后悔。但生命是一次性的，死了就不会再活过来。就算亲人警醒了后悔了，愿意让你动她了，而你已经死了，没法动了，也就没法享受自杀的成果。你说我已经死了也就没欲望也不会想去动谁了，后悔让她后悔痛苦让她痛苦去吧我管不着了，那你算人吗？自己解脱了把永久的痛苦留给亲人你还能算人吗？你说死了的人是无所谓人不人的，我还是自杀吧，那你就得有自杀的勇气。事实证明他没有这样的勇气，因为他没有自杀。

他拧过自己的大腿，很疼，就不再拧了。在皮肉之苦和精神折磨之间，人更愿意忍受后者。

他也揪过头发。揪过两次。第一次揪下来二十三根，第二次揪下来十三根。查出喉癌住院化疗以后，他还有过揪头发的冲动，手伸上去，却没有头发可揪了。他很后悔他没保存那三十六根头发，要保存下来就好了，可以拿出来看看。可是，那时候他怎么能知道他会化疗呢？就算知道要化疗要掉光所有的头发，一个正陷身于纠缠的人，一个因纠缠而让自己和自己也纠缠着的人，怎么会有这样的雅兴呢？有雅兴会这么揪头发吗？

关于两次揪头发的数量问题，即第一次多第二次少的问题，他是能想通的。第一次的揪在上世纪的九十年代，他四十多岁，头发还算茂密，一把揪去，揪下来二十三根并不算多。第二次揪已是跨世纪之后了，十几年的时间，日复一日的人狗变换，符驮村的这个那个，肉体关系的时有时无，诸如此类的因素再加上年龄的原因，头发由密而疏，由蓬勃而蔫软就是自然的了，除了自揪下的那二十三根，其他的均为自行脱落。到第二次揪的时候，他的头发几乎已到了要"地方支援中央"的境地，每次去美发店洗头理发，他都会委婉地提醒服务生要小心对待他的头发。如此境况下的自揪，数量的减少该在情理之中。当然，揪的时候本就潜存着怜惜，也是可能的一个原因。

他想不通的是，自揪头发是因为纠缠而情急，情急之下能自揪头发，为什么就不能从那个使他情急的纠缠里自拔呢？

还有，大部分的头发是自行离他而去的，各类的纠缠为什么就不能和头发一样呢？

还有，可揪的东西还有许多，比如鼻子，比如耳朵，为什么不揪鼻子耳朵而要揪头发？尤其是第二次的揪，头发已经很少了，怎么揪的还是头发？

还有，两次揪头发之后为什么要一根一根地数呢？

硬要解释的话，只能是：头发可以揪下来，耳朵和鼻子则不可以；头发是能自行脱落的，那些纠缠则不能。至于为什么要数那几十根头发，似乎是硬解释也解释不了的。

八、木牌战略

第一次揪头发和他侄子有关。第二次是因为符驮村的请愿谈判团。

他侄子叫万利，长身体属于那种偏重横向发展的类型，长智慧也有些特别，处理人事往往会想出一些出人意料且行之有效的点子，但念书却不太灵光，考试成绩总在及格不及格升级留级的边沿上徘徊。以他哥他嫂子的判断，这孩子不是念书的料，但可以做事。基于这样的判断，在儿子考大学落榜之后，他们就不想让他复读了，就给万利说万利万利你别复读了，复读还是个考不上，你干脆做事吧，你说呢？万利说我也是这么想的，你们到西安找我大大去。

他哥和他嫂就提了二斤菜籽油，去了一趟西安。

他哥他嫂子去西安找他总要提一些挂面菜籽油一类的东西。这一回是菜籽油，二斤，不算多，但挂面菜籽油一类的东西是不能以斤两论轻重的。也不以他妻子给不给脸色决定提不提的，因为："我是提给我兄弟的。"

自然，他知道他哥他嫂子是有事要说的，给他嫂子倒上茶水给他哥递上纸烟点着后，就等他们说话了。

"我和你嫂子是为万利来的。"他哥说。

他嫂子正吹着茶杯里漂浮着的茶叶，赶紧抬头给他一个笑。

"就是就是。"他嫂子说。

他问万利咋啦？他哥说你看你咱娃今年高考你都不关心。他嫂子说就是就是，你是他大大你不关心。他说噢噢事情太多都晕头转向了，考得咋样？他哥说落榜了。他说噢噢。他哥说没考上。他说噢噢。他哥说我和你嫂子就是专程为这事来的想听你个意见。他又说了一声噢噢，然后想了一会儿，说：

"要问我的意见，就让娃复读，明年再考。"

他哥连摇了一阵头，说，不成不成不是念书的料，复读也是浪费时间浪费钱。他嫂子说就是就是万利也不想复读。

他说："让万利来我和他说。"

他哥和他嫂子一起摇头了，说，他愿意来我们就不来了。他狗日的不愿意来，他想让你给他找个工作。

他说："噢噢，找……"

　　他哥没等他说完，就截断了他的话。他哥说万利的想法也许
是对的，他不爱念书但能做事。你就给他找个工作，我和你嫂子
就省心了你也省心。他说噢噢那我就想办法托托人找找关系看
看。他嫂子的脸立刻开放成了一朵花，说：

　　"你把万利的事情办了，嫂子把你顶在头上到县城南什字转
一圈。"

　　要说送礼，这就是符驮村人心目中最大的礼。在符驮村人的
心目中，县城南什字就是奉天县的天安门广场，不但把你放在了
高处，而且是用头顶着，在那样的地方转一圈，世上有比这更重
更大的礼吗？这样的大礼只在求人办事的时候才会送，当然，是
预送。事成之后会兑现吗？好像没听说有谁要求预送者兑现，真
要求兑现，那一定是神经出了毛病。

　　两个月后，他哥打电话说母亲病了，让他回去。他回去了。
母亲确实病了，感冒加咳嗽，吃点药就会好的。他哥说咱妈病是
让你回来的一个原因，还有一个原因就是想问问你咱万利的事。
他说噢噢万利的事我记着哩。太忙还没顾上，这得慢慢来。这就
听见了厨房里马勺的响声。正在厨房做饭的嫂子扔了马勺，不做
了，回屋里去了。他哥冲进屋里，给了嫂子两个耳光，然后踩着
嫂子的哭叫声走回来安慰他，让他别和女人一般见识。他喉咙里
一阵一阵发堵，给他哥"哦"了两声。他妈要去厨房给他做饭，
他拦住了。他让他妈好好养病，过一阵他再回来看她。他哥送他
出门时还在劝他别生气。他说不生气不生气，真生气的是我嫂
子，你赶紧回家宽解我嫂子去，万利的事我会想着的。万利说大

大你光想着是不行的，你得行动起来啊！

　　然后就到了春节，他是值班的带班领导，要值两天班，就没回符驮村。大年三十晚上吃完饺子，他和妻子儿子看春节联欢晚会，电话响了，是嫂子。嫂子说兄弟你真不回来啊。我们等了你整整一天，你是不是给嫂子记仇了？他说嫂子你误会了，我不是打电话给我哥说过我要带班吗？嫂子说可是你在家看节目你没带班啊。你吃过年夜饭了吧？他说吃过了谢谢，家里也吃了吧？嫂子说家里吃不吃无所谓，只要你和你媳妇你儿子吃了舒服了就行了。你看你的节目吧——啪啦，电话挂上了。他拿着电话半晌缓不过气，喉咙又一阵一阵发堵了，然后又牵连到胃和肺以及胸膛里边的所有器官。手似乎也在发抖。他仰头对着虚空眨了几下眼。

　　"我没有撒谎啊！"他说。

　　"确实要带班啊！"他说。

　　他妻子把遥控板甩给儿子，说：

　　"就是不带班不回去又怎么了？这不是存心不让人过节吗？恶心！"

　　然后，回屋里躺下来，脸朝着墙壁。很明显，他们的肉体关系又要发生问题了。好不容易有一个可以不回符驮村的春节，他本想着要好好动动她的。

　　正月十五是可以回符驮村的，原来也有这样的打算。但妻子不回了。

"不去。我和儿子不去,你也不许去。"

自从进入"恶心时期"以后,他妻子就把"回符驮村"改
为"去"了。

"事先说好的嘛。"他说。

"说好的也可以改变。你嫂子不让咱过节,偏要过。春节没
过好,十五好好过。"

他听得出来,他妻子的"好好过"里是包含有肉体关系的。

是啊,嫂子的一个电话为什么要剥夺我的节日呢?是啊,从
初一到十五,除过带班的几个夜晚,其余的夜晚都是和妻子在一
个床上挨着的,和欲望与冲动艰苦斗争着的,身心煎熬着的,为
什么就不能有一个或者连续几个好好的肉体关系呢?

妻子已有安排了:

"白天去兴庆公园,听长安县的唐韵锣鼓表演,陪儿子
滑冰。"

"好的好的。"他说。

"晚饭后上城墙看灯展。"

"好的好的。"他说。

去兴庆公园了,很好。长安县的老年锣鼓队敲出的是否唐朝
的宋朝的韵是无关紧要的,管它什么韵呢!儿子也滑冰了,虽然
摔了几次,但很好。

上城墙了,也很好。不但看了灯展,还猜了灯谜。然后,抱
着一堆灯谜奖品的儿子说"我累了我要回"。这就更好。妻子的
安排也许正是要让儿子早说"我累了我要回"的。

回家后到上床前的一段可以略去不说，只说上床以后。妻子很主动，没等他拨她的胳膊，她已经把他的手往她身上拉了，很好很好，往下会越来越好的。妻子虽然恶心了十几天，但现在不恶心了。不恶心了的妻子自然就有了冲动，何况还有嫂子的电话这一人为因素的加入，就是没有冲动，妻子也会让自己冲动起来，她把他的手往她身上拉就已经证明她有了冲动或者要制造冲动。这也就是所谓的"成也萧何败也萧何"吧！很好很好，嫂子的电话……

丁零零零——电话响了。就在这节骨眼上，电话真响了！

他们被吓了一跳，正在动作着的都停了下来。

"不会是嫂子吧？"他说。

"不接！"妻子说。

他不能不接。万一有突发性事件和风波呢？上边有通知的，节日期间每个单位不但要安排值班，也要保证所有的通讯二十四小时畅通。正月十五也是节日啊。

他下床接电话时看了妻子一眼。妻子脸上刚刚泛出的红潮正在消退。但不要紧，如果没有突发性事件需要处理，如果不是嫂子的恶意骚扰，回到床上，红潮还会再泛起来的。

不是单位打来的，也不是嫂子，是侄子。

"是万利。"他扭头给妻子说。

妻子立刻把头扭向了墙壁。

万利说大大我知道你已经睡了，也许没睡正看电视，可我睡不着，全家都睡不着都在想我的事。万利说大大事实证明你对我的事是漠不关心的，我必须采取行动让你关心。万利说我所说的行动很简单，我做个木牌子写上你的名字也写上我的名字，并写清这两个人的关系。我挂在胸膛上去西安啊。万利说大大我知道这么做有些丢人现眼，可我已经丢人现眼了也无所谓了。万利说大大你在西安做官，我在符驮村没事可干。符驮村的人怎么看我怎么看你，这不叫丢人现眼吗？万利说我没准哪天就提着木牌子来西安了，大大你可听清了？我说的是提不是挂。万利说我先提到西安让你看看，挂不挂就看你嫌不嫌丢人现眼了。万利说人活脸树要皮，伤我的脸也就是伤你的脸，因为你是我叔父。你要觉着无所谓不怕伤脸，我就真挂在脖子上每天在你家院子在你单位门口转悠，直到你把我的事落到实处。万利说大大你要生气了硬狠着心不落实，我就一直转悠下去，我说到做到，哪怕转悠到死也不后悔。万利不紧不慢心平气缓地一连串说了许多。

电话听筒是怎么放回去的，怎么回到床上的，和妻子有没有发生肉体关系，他一概记不得了。能记得的只是喉咙一直被什么东西堵着的那种感受。

许多天以后，万利推开了他办公室的门。万利说我没去家里是怕我婶子不给我开门，我知道你家门上装着猫眼。万利提着一个包袱，解开来是一块牌子，确实写着他说过的内容，只是把"大大"写成了叔父。万利说写成叔父是为了让所有看见的人都能看懂。

他想骂万利太不要脸，又觉得没用，要脸就不这么做了，所以，就咽了一口唾沫，说：

"你这么做我就不认你这个侄子。"

万利说："我现在还没做，真做了也就不怕你不认了。你不认我就不是你侄子了？这是老天安排的，人是没办法改变的，国家主席也改变不了，你的官没有国家主席大吧？"

万利又拿出一套破旧衣服，说："我挂牌子就穿这一身。"

又拿出一个干粮袋，说："我不要你管吃管喝，我吃自己的，吃完了回符驮村再拿，来回都挂上这块牌子。"

他问："你这么做你爸你妈知道不？"

万利说："他们拦不住我。"

他咽了几口唾沫，说："你先回去吧。"

万利很理解的样子，说："我这一次来也没打算就挂牌子，我只是想向你表示一下我的决心。"

万利用包袱包好牌子，收起破旧衣服和干粮袋，出门时又说了一句："大大你放心，不到必要的时候我不会真挂的。"

万利给他笑了一下，拉上了门。他听着万利走了。他直直地站着。

"唉！"他突然叫唤了一声，手抓到了头发上，却并没有揪。

"啊！"他抓着头发，跺了一下脚。

"唉啊！"他又叫唤了一声，这才揪了。

他紧握着揪下来的头发，想着他侄子和那块牌子，想了好长时间，然后就不想继续想了。他想他要继续想的话还会叫唤的，还会揪的，不叫唤喉咙憋得难受，不揪头发心里发急，再这么叫唤着揪着说不定会有更严重的事情发生。

他坐在了沙发上。他伸开手，看着手心里的头发，一根一根数着，是二十三根，长短不一。他把它们倒在另一只手心里，又数了一遍，还是二十三根。没有更严重的事情发生。他朝它们吹了一口气，看着它们飞向各处，飘落下去。然后，他拍拍手，坐到了办公室后边的椅子上，端起茶杯一口一口喝茶水了。

万利的木牌子没有派上用场，因为万利到底在西安做事了，成了西安人。当然，是他给落实的，这倒不是因为害怕万利真的实施木牌战略，没有木牌战略他也要想办法落实，为什么呢？就因为他是万利的大大。万利说得对，这是老天爷安排的，国家主席也改变不了。

万利也许早忘了木牌子的事，也许记着，只是不再提起，但符驮村的人却时不时会想起，会说到的。正因为时不时会想起会说到，忽儿就受了启发，就有了十几年后的请愿谈判团。

九、谈判

是人都有眼睛，但眼界不同，有人看得远有人看得近，有人看得细有人看得粗。也有人看世界太纷乱觉得烦心就干脆闭着眼睛不看了糊里糊涂往前走，符驮村的人就叫作混世界。他是做官的，不可能闭着眼睛混世界，是要看的，但是否看得不太细致呢？比如，改革开放二十多年，中国发生了多少大事情，他当然是看到了的，但符驮村呢？符驮村不是世外桃源啊，是中国的一个村子啊，中国发生的许多大事情会在符驮村引起反应并造成影响的。对别人，符驮村可以忽略不计，但对他，一个和符驮村有牵绊的做官的人来说，是不能忽略的，因为中国的变化牵扯到符驮村，继而也可能牵扯到他。后来发生的事故证明，他没有看到这一点，当符驮村的请愿谈判团坐到他家客厅的时候，他竟然一时惊愕得不知道该张大眼睛还是该闭紧眼睛了。他没有这样的精神准备。

快速发展的商品经济使符驮村的人种地不挣钱反要赔钱了，有人气不过干脆"日他妈"撂下不种了。像火车不断提速一样的城市化进程使符驮村一些年轻人去广东一带打工了，时不时会寄钱回来，看得另一些人眼馋心热了。怎么办？都去广东吗？

有人想到了万利和万利的木牌子，想到了他。

然后就有了："何必舍近求远呢？远就是广东，近就是西安。"

然后就联络了一伙人，去找党支部书记兼村委会主任赵互助，要求赵互助出面去西安找他。他们认为这不是解决一个人的问题而是解决许多人的问题，应该由村委会出面。

赵互助想了一阵，说："这是好事情，为啥？村上闲散着的年轻人是潜在的不安定因素，有人已经开始偷盗抢劫了。听说也有人吸白面了。能给一部分年轻人找个正经出路，当然是利国利村利民的好事情。但是，"赵互助又说，"这事情虽然牵扯面比较大，但没有牵扯到每家每户，说到底还是私人问题，所以，村委会出面不合适。"他明确表示了他本人的态度：不参与但不反对。

他们说你不参与，你啥都合适着哩你当然不参与。村委会不出面，我们自己组织起来去西安找他总可以吧？你帮我们出主意想办法总可以吧？不出主意不想办法帮我们判断一下总可以吧？赵互助说判断当然是可以判断的。然后，就把他们想出的办法在脑子里倒腾了一阵，说：

"第一，万利可以用木牌子给他施加压力因为万利是他侄子，有血亲关系，你们没有万利的优势。第二，你们一伙人去西安成群结队浩浩荡荡像请愿示威，这恐怕不好吧？请愿示威要挨戳的。"

他们笑了。因为赵互助说的两点他们已经想过了，也解决了。第一点是上官月解决的。上官月读了大半辈子《论语》，是有说法的：中国人讲究血亲姻亲，也讲究族亲干亲和朋亲，我们拉扯不上前两亲，后边的几个亲是可以拉扯上的，比如来娃，小时候一起耍大的，挨过他一镢头，没记仇没结怨，不是族亲算朋亲总该可以吧？关于第二点，高文革当场给赵互助作了说明。他曾经和普选打过官司，经见过法律。他说我们不打牌子不举旗子不去省政府而是去我们村里人家里，对的是个人不是政府，就不是请愿示威，不犯法律。

赵互助也笑了，说："还是请愿示威嘛，给人家施加压力嘛。人家不报警你们就不犯法，要报警一样犯法挨戳。"

他们说压力当然是要有的，找他就是要给他压力他会报警吗？我们求他办事和他说情说理他会报警？我们找他最多能说成协商和谈判他就是报到公安部也不能说成犯法。

但还是把原来的想法作了调整，不浩浩荡荡了，选五个人做他们的代表。他们对请愿谈判的复杂性作了充分的考虑，有三个人是不能不去的，他们是：熟读《论语》的上官月，打过官司懂得法律的高文革和挨过镢头不记仇不结怨的来娃。

请愿谈判团也应修正为请愿谈判代表团。

请愿是好说的，一句话便可说清，几位代表坐在他家的客厅里，说明来意不管他是张大眼睛还是紧闭眼睛，请愿的意思就已明了。但谈判及谈判的过程就有些复杂了，怎么说好呢？如实记录可以是一种方法，可是当时双方都没有记录，只能依据几位当事人事后的回忆概述了。但概述也可以有多种方法，比如，把他们的谈判看成一曲音乐呢？就可以分为几个乐章。看作打拳或广播体操呢？就可分为几套或几节。这样概述是否会别致一些呢？但当事的双方并没有演奏音乐或打拳做广播体操，我与音乐和打拳都是外行，也不喜欢广播体操，别致的想法未必有别致的果实。我在作文，还是以"篇"分述较为合适，当然，偶尔也夹带一点现场实况——

苏智篇

奉天县人都知道苏智，符驮村人当然也知道，从符驮村走出来的他也知道的。符驮村先是西府游击队的骨干，解放后是奉天县第一任县委书记，然后去咸阳，然后去西安。上世纪五十年代国家大规模工业化的时候，他负责陕西省的国防工业，先后有上千奉天县的年轻男女经他的手进入西安的国防工厂，成了公家人，端上了公家的饭碗。当然，苏智已是故去的人了，但苏智在奉天人的心里活着，是奉天人的骄傲。上官月借用《论语》中的话给苏智作了这样的定论：己欲立而立人，己欲达而达人，君子也，仁人也。

提起苏智并把这样的定论说给他，意思是很明确的：苏智立了自己达了自己，也立了乡亲达了乡亲，你可以也应该和苏智一样的。还有，苏智立达了几千人，我们只要你解决符驮村区区十几个。当然，君子仁人的标准不在于立达了多少而在于立不立达不达。

当然当然，他说，苏智是我的前辈确实了不起确实是君子仁人，我也很敬佩他。只是，现在的情况和苏智时候不一样了。那时候国家恨不能一夜间就工业化而工业化是需要劳动力的，而农村人大都不愿意去工厂的，他们更愿意在刚刚分得的土地上种庄稼，离不开老婆孩子热炕头的。许多人进了工厂吃不了苦又跑回去了，咱村上就有嘛。

这倒是事实，也很丢人的，也很后悔的。刘抗战的婆娘照明他妈就是跑回来的，想挨屎了嘛，回来的当晚就让刘抗战把腿折腾软了，走路像面条一样，刘抗战为此得意了许多天，后来就有了照明，再后来就后悔了。她要不跑回来，照明就是西安人了，儿女也是西安人了。这一次要你解决的人里就有照明的儿子。前车之鉴，后事之师，你可以放心，那样给人家苏智丢脸自己后悔的事不会再有了。至于说现在城里不像苏智那时候缺人的问题，我们也相信，缺人的话就不找你了嘛，不给你添麻烦了嘛。我们的意思是，西安城那么大，再不缺人挤进去几个符驮村的人能把它撑破吗？撑不破吧？

也顺带着批评了奉天县人：都记着苏智的好却只说在嘴上，怎么不给苏智立碑纪念呢？毛主席对全国人民好，毛主席有纪念堂，天天有人献花圈。这是符驮村人应该从中汲取的，受人恩惠不能只说在嘴上。

官官相护相通篇

这是因为他的一句话引发的。他说现在不是苏智那时候的时代，他也没有苏智那么大的权力，解决这么多人的工作太难太难几乎是办不到的。

谈判团的说法是：人和人是相通的，官和官也是相通的。一个人做不成的事人托人合起来就能做成，一个官办不到的事官托官就能办到。他们看他一脸怪异的神情，就说，你可能以为我们在说梦话，你要是想一想就不会以为我们是胡说。人不是单个的，是你连我我连他这么连着的，只要下功夫，人托人是可以托到中南海里边去的。也可以托到外国，和克林顿也能拉上勾的。中国人总有认识美国人的吧？美国人里总有克林顿的亲戚同学同事朋友吧？一个托一个，勾不上么？全世界人民是一家，毛主席曾说过这样的话。现在虽不时兴说他老人家也不是他的时代了，但他的话还是对的。（上官月插话说，不兴说毛主席但时兴说古人了，古人说"四海之内皆兄弟"，和全世界人民是一家一个意思。）人托人能托到美国官托官不能和西安的官们拉上勾么？自古官官相护官官相通，到哪个时代也不会变。你就托一托嘛，托到几个算几个，解决几个算几个，工夫下到了，也就都解决了是不是？

城乡比较兼骂人篇

这是因为他的一句感慨而引发的。

他说："为什么非要往城里挤嘛！"

他们说："城里有钱挣。"

"钱不是一切啊。"他继续感叹着。

"听不懂。"他们说。

"钱买不来安静，买不来清新的空气，买不来……"

"在我们看来，钱就是一切。全中国的人都这样看了。钱能买房子买地买媳妇买感情，也能买春，有啥能买啥。有钱啥也不买揣在怀里心情也好啊，你踏踏实实安安静静地躺着，咋能说买不来安静呢？"

"城里有城里的不好。"

"我们只知道乡下的不好，倒愿意尝尝城里的不好。有人愿意和乡下人换么？他们搬到乡下，我们住到城里……"

"确实有许多有钱人想过乡下的日子。"

"那是因为他们有钱了，去乡下也是找乐，找几天乐还会回城里的。别说一辈子，真让他们过一年两年乡下人的日子试试。让他们三伏天割三亩麦起几天牛圈背几天麦糠试试。让他们有儿女上学没学费去看老师的白眼去。看他们还想不想过乡下的日子! 还有那些狗屁文人写乡下这么好那么好，都是不缺钱不愁吃喝的眼睛看的，不缺钱不愁吃喝的手写的! 有哪个真正的乡下人写过这样的文章？没有! 写这样文章的人都是路人，走过了看过了觉得好这也没啥，别说啊，别写啊，可偏要写，显摆自己，还要骗人骗世界。狗日的他们。你在城里待久了是不是也沾上这样的文人气了？可别啊，嫖客逛窑子买春享受了但不会写文章夸婊子的，婊子本来就没啥可夸嘛。那些文人是连嫖客都不如的。"

根本篇

你的根在符驮村你不会不认吧？

当然，他是认的。

全世界人民是一家，符驮村的人更是一家。一九五八年吃大灶全村在一口锅里吃过几年饭你也吃过的记得不？不是一家人你离村时能给你送鸡蛋袜垫给你说那么多好话么？根连根心连心都希望你好啊。（上官月插话：这也是己欲立而立人，己欲达而达人。符驮村的人从心里给你鼓着劲。）也常常牵挂着啊。有人正在锄地锄得腰疼了扶着腰忽儿就会想起你的。这样的牵挂可以从符驮村搜罗出一大堆。为什么牵扯？一家人啊。你要是能把你和符驮村说成两家，我们立马就走，不和你费口舌了。

"当然，一家人还是一家的话还是可以这么说的……"

上面是从"根"上说的，你认了就好不认也没关系我们还要和你说"本"。本是啥？本钱啊! 你别这么受惊了一样看我们，你没拿过符驮村哪个人的钱，符驮村的人也没钱给你，但鸡蛋呢？袜垫呢？那些掏心掏肺的话呢？你不认为这些东西也是你闯世界走天下的盘缠么？这么说好像成商人了。这也是没办法的办法，商人就商人吧，商人也是人还是正时兴的人呢。君子之道行不通，行商人之道也可以。以商人之道，你能给那些鸡蛋袜垫和掏心的话还有那么多的牵挂定个价钱么？能算出利息么？话说到这儿我们就抖底子和你说了，总之不管行哪个道我们都要和你有个结果，回去也好给符驮村的人有个交代。

结果是代表团拿出来早已拟好的两份合同，一份依君子之道，一份以商人之道，实质内容当然是一样的：他要下功夫托人托官解决符驮村十几个年轻人的进城问题。

他在两份合同上都签了字。他说这两份合同他都认可。至于代表团离开后他情急之下第二次揪头发的细节，是和第一次大致相同的，"唉啊"一声，揪下来十三根。唯一不同的是，他不知道为什么像哭一样笑了一阵，然后才朝手心里的那十三根头发吹气。

十、解缠

"在那样的合同上签字你不觉得荒唐吗？"妻子质问他。

"为一个合同的事你这么朝着我吼叫你不觉得可笑吗？"他也质问妻子了。

"你应该摔到他们脸上去！"妻子说。

"但我没摔，我签了。"他说。

"恶心!"妻子拍下正吃饭的筷子,要去洗手间了。

"我没想让你恶心,但也拦不住你恶心。"他说,"我应该做的就是不做这个官了,辞官。"

"那怎么成!"妻子立刻扭过身来,似乎不恶心了,"这样会让人怎么说?别忘了你是被'双规'过的,你不做了让人怎么看?我和孩子让人怎么看?"

"呃呃,呃!"吃进去的一块肉丸子卡在喉咙里了,怎么也咽不下去。

然后就去医院检查和化验,就查出了喉癌,晚期。然后就开始化疗,还要做手术。妻子说晚期也要做手术,转移到哪儿就做到哪儿,你们不能见死不救啊医生!她很激动,眼里喷出的泪水也带着激动的情绪。

他一点也不感到突然。他甚至为跑前跑后日夜陪床的妻子感到心疼。妻子呢?似乎不但没再恶心过,反而对她过去的许多次控制不住有些后悔。

"我真是我怎么就那么控制不住自己呢?"她捂着鼻子要哭了。

"我倒是能控制,却控出了喉癌。"他说。

"呜呜。"妻子把头埋在他的跟前,真哭了。

"没关系的,别这样。"他摸着妻子的头发。

又说:"每一次控制的时候,喉咙就堵,就想,总有一天会出事的。"

"呜呜,我不要你这样!"妻子说。

"我也不想啊。"他继续摸着她的头发。

就在那天晚上，她用手和他有了他们的最后一次肉体关系。他很感谢她，我前边已经说过了。

但不是所有喉咙发堵的人都要得喉癌的。

躺在病床上的人，思维似乎比平常活跃，会想到许多，甚至无数次想过的也会再想。比如被拉去"双规"；比如妻子的恶心和呕吐；比如万利的木牌子，还有新近的谈判和合同。当然，也会想到癌。这是他正在遭遇抑或是最终遭遇的要面对的东西。他能推离它吗？或者，能从它的纠缠里拔出来吗？癌事和人事比，更让人无奈，一旦缠上，即使刘西奇者流，也难以或简直就无法推开。但医生说了，早发现还是可以被摘除的。而他不在此列，是晚发现的，能推开吗？

癌的来路和人的来路一样，至今还是一个未知，说未定也可。它在人不知道的时候在人体的任何一个部位生成并生长，并任意游走，消耗直到消灭人的生命。这是它比人的有力之处。但它是依附于人的，人的消灭也正是它的末日。这或许又证明了它并不比人更有力。

人因癌而痛而恨癌，是把癌没当作生命（医生说癌不但有生命而且有旺盛的生命力），或者看作有害于生命的生命。是生命就要生长，也该有生长的权利，包括有害于生命的生命。老虎和鸡都是生命，老虎是吃鸡的；鸡和小虫子都是生命，鸡是吃小虫子的。都是为了生存。人吃猪吃羊也一样的。癌吃人也一样的。

生命世界，可谓天经地义，被吃会有痛苦，但何恨之有？中央电视台的《动物世界》几乎天天都有这样的讲述，看过的，为什么没想呢？为什么没把这些和人事合在一起想呢？也许是还没遇到癌。

现在想了，也似乎能够想通。已经遭遇，痛是不可避免的，也可以忍的，恨却是不应该的，不仅不应该，还要感谢癌的。他做不到的，癌可以帮他做到。

"啊啊？感谢？"妻子惊讶得眼睛要鼓出来了。

妻子摸他的额头，以为他在发烧。他拨开了妻子的手。在他的记忆中，这是他唯一一次拨妻子的手。他说：

"我忍住了许多，但喉咙不争气，对不起……"

妻子听不懂，要叫护士。他摇了一下头。

"也许是我的官做得不大，没做到北京去。"他说。

说完，又自嘲一样给妻子笑了一下。

"哪儿跟哪儿啊，你想得太多了。你应该想癌。"妻子说，"你能忍过去的。医生在努力，你也要努力。"

这回，他没摇头，点头了。

但喉咙还在堵，又似乎想不通了：我说都说不清楚你，医生也不怎么能说清，为什么要缠上我呢？就因为你是我生命里的一部分么？

每到这时候，他就会给自己摇几下头。

手术前几天，他让妻子找了两页纸和一个信封，又借用护士值班室给那两页纸上写满了字，叠好，放进信封，用胶水封了。

然后，用手机给符驮村的代表们打了电话，让他们来一趟。他们来了。

"啊啊你病了？"他们说。

"我签了字，我该兑现。"他把信封交给了他们。

"病好了再说好了再说嘛。"他们说。

两页纸上写着三十六个单位的地址和联系人，不知是有意还是巧合，和他揪下来的头发一样多少。它们分布在北京上海哈尔滨广州深圳等十几个城市。

他们坚持要等到他进手术室以后再回去。他说不用了我婆娘不愿意看见你们事已办好了你们回去吧再见。他给他们微笑着，送走了他们。

他解决的是三十六个，比他们要求解决的多了一些。如何分配呢？是好事也麻烦。符驮村为此起了纠纷，但最终还是解决了。三十六个年轻人带着盘缠去了各自分配到的城市和单位。许多天以后，又陆续回到了符驮村，因为他们没有找到他所列出的单位。有的找到了，但人家压根就不要人，也没有他列出的联系人，也没人知道他是谁。他们愤怒了。他们去西安找他，他已经被装在了骨灰盒里，没法给他们一个说法了。

他狗日的骗了咱！他狗日的知道他活不了就骗人！太恶毒了他！他害我们糟蹋了那么多盘缠！不愿意帮忙可以说啊咋就起这样的毒心下这样的毒手！

这也许是符驮村进入二十一世纪至今发生的最大事件。

但愤怒很快就消散了。符驮村立村多少年多少代，比这样更大的事件不知经历了多少，不都过去了吗？上当受骗当然是不光彩的，可是，谁能做到一辈子不上当受骗呢？国家主席也免不了的。

花了盘缠的人是这么想的：盘缠是花了，可也逛了地方，没有这件事，恐怕一辈子也去不了北京上海哈尔滨。愤怒消散之后，他们也互相交流各自的经见，比如：上海人说话听不懂；在哈尔滨好像去了外国；北京日他妈可是太大太大了……

为什么不事先打电话呢？这实在是个疏忽。但他给的两页纸上没写电话。为什么没想到给他要呢？这也是个疏忽。但人家要做手术，适合么？也没想到他会骗人啊。

他没了，他婆娘还在，为什么不找他婆娘理论？他们说，好男不和女斗，也没人想看她的那张驴脸！

其他的，似乎也再没什么了。只要不提起，就和没发生过一样。

还要说说骨灰。

他曾想过他死后要埋在符驮村的，尤其在经历了"双规"事件之后，以当时的心情，是死后一定要叶落归根的。但后来就不这么想了。喉癌化疗期间就不但不这么想，连骨灰都不愿意存留了。他给陪床的妻子说过的。

他说："我过去想，周恩来周总理把他的骨灰撒在祖国的江河湖海里，是因为爱，很感动的。现在我不全这么想了。我这么一个小人物，都活得这么难缠难解，周总理的难缠难解就不可想象了，不知拧过自己的大腿揪过自己的头发没有？他也许厌烦人了，才那么处置自己的骨灰的。我这么想也许很可笑，但我确实这么想了。我不说周总理，我没资格说他，他是大人物。我只说我自己。我不要骨灰，也不麻烦你去江河湖海，顺手倒在火葬场随便什么地方就行。"

他没提符驮村。

以后来的情形，他就是有意愿叶落归根，符驮村的人也未必欢迎。

他们互相唾弃了。

十一、结语

至此，我的这篇追忆文字该收尾了。

我一直没有提及他的姓名，这并不是我的疏忽。姓名也者，符号而已。若以"鲁迅浙江绍兴周树人字豫才"这样的写法，反倒落了俗套。

2007 年 7 月 25 日

（原载于《收获》2007 年第 6 期）